CRUSH

CUANDO
TE CONOCÍ

ESTELLE MASKAME

CRUSH

CUANDO TE CONOCÍ

CROSS BOOKS

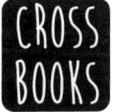

CROSSBOOKS, 2022
infoinfantilyjuvenil@planeta.es
www.planetadelibrosjuvenil.com
www.planetadelibros.com
Editado por Editorial Planeta, S. A.

Título original: *Becoming Mila*
© del texto: Estelle Maskame, 2021
Publicado originalmente por Ink Road, en 2021. INK ROAD es un sello y marca de Black & White Publishing Ltd.
Publicado mediante acuerdo con VicLit Agency
© de la traducción, María Cárcamo, 2022

© Editorial Planeta, S. A., 2022
Avda. Diagonal, 662-664, 08034 Barcelona
Primera edición: mayo de 2022
ISBN: 978-84-08-25391-4
Depósito legal: B. 6.328-2022
Impreso en España

El papel utilizado para la impresión de este libro está calificado como papel ecológico y procede de bosques gestionados de manera sostenible.

No se permite la reproducción total o parcial de este libro, ni su incorporación a un sistema informático, ni su transmisión en cualquier forma o por cualquier medio, sea este electrónico, mecánico, por fotocopia, por grabación u otros métodos, sin el permiso previo y por escrito del editor. La infracción de los derechos mencionados puede ser constitutiva de delito contra la propiedad intelectual (Art. 270 y siguientes del Código Penal).
Diríjase a CEDRO (Centro Español de Derechos Reprográficos) si necesita fotocopiar o escanear algún fragmento de esta obra. Puede contactar con CEDRO a través de la web www.conlicencia.com o por teléfono en el 91 702 19 70 / 93 272 04 47.

*Para las dos estrellas más brillantes del cielo,
el pequeño Buchan y Jensen Buchan*

Capítulo 1

Pues la he cagado.

La he cagado pero bien.

No puedo hacer nada para intentar calmarme; me lamento bajo el peso de mis remordimientos y lucho contra la migraña que me taladra la cabeza. Y es que, después de la metedura de pata de anoche, me merezco sufrir.

La estancia está en silencio, solo se escucha el murmullo del aire acondicionado, y miro fijamente una mancha que ensucia el mármol blanco de la mesa del comedor.

—¿Cómo vamos a arreglarlo? —Ruben suspira frustrado.

Se le ha acabado la paciencia conmigo, y ha dejado más que claro lo cansado que está de estas reuniones imprevistas de control de daños.

—Tu trabajo es, precisamente, arreglarlo —le suelta mamá tecleando nerviosa en su móvil—. Así que ya puedes empezar a pensar.

—Marnie, hay un límite de indiscreciones que podemos esconder bajo la alfombra —responde él—. La prensa se está percatando muy rápidamente de que tu hija se está convirtiendo en una fuente de ingresos muy fiable.

Consigo aguantarme las náuseas lo suficiente para dejar

de mirar la mesa durante un segundo. Ruben me da la espalda, muy concentrado en su MacBook, que se encuentra sobre la encimera de la cocina. Mamá está inmersa en sus teléfonos móviles, alternando continuamente la atención entre los dos: uno para los negocios y el otro de uso personal. A estas horas intempestivas de la mañana, ya ha tenido tiempo, no sé cómo, de secarse el pelo y maquillarse mientras lidiaba con la última crisis publicitaria. También hay dos mujeres de la productora; creo que son ejecutivas o algo así, pero no sé cómo se llaman. Lo único que sé es que están tremendamente enfadadas.

—¿No podemos decir que fue un episodio de vértigo? —sugiere una de ellas.

Se queda mirándome fijamente hasta que yo aparto la mirada.

—Sí, claro, seguro que funciona —ironiza Ruben.

Se da la vuelta apretando la mandíbula. Lleva diez años con nosotros, pero todavía me sigue asustando muchísimo de vez en cuando. Suelta el ordenador sobre la mesa enfrente de mí e inclina hacia atrás la pantalla.

—Mira —dice, pero yo estoy demasiado avergonzada para leer los titulares—. Mila, mira —me ordena.

Noto cómo el calor se extiende por toda mi cara y miro la pantalla a regañadientes. Hay varias ventanas abiertas, todas minimizadas en pequeños cuadrados que cubren todo el espacio; veo un montón de palabras borrosas que me aprietan cada vez más el pecho.

¿LA HIJA DE EVERETT HARDING SE HA VUELTO UNA SALVAJE?

MILA HARDING MONTA UNA ESCENA EN LA RUEDA DE PRENSA DE ZONA CONFLICTIVA: SIN RETORNO.

¿ES LA SUPERVISIÓN PARENTAL EL PUNTO DÉBIL DE EVERETT HARDING?

—Lo siento —susurro, afónica por la deshidratación, lo que me hace parecer débil e insincera.

—Las disculpas no van a callar a esos buitres —suelta Ruben, y se vuelve a retirar con el ordenador. Lo deja sobre la encimera y dirige ahora su ira contra las ejecutivas de la productora—.Y a vosotras ¿qué os hizo pensar que era una buena idea darle champán a la hija adolescente de Everett en un evento de ese calibre? —les pregunta—. Alguien que ya no debería trabajar para vuestra empresa, sinceramente.

—Nadie me dio champán —intervengo tímidamente, más que nada porque ya me siento lo suficientemente mal sin necesidad de arrastrar a nadie más conmigo al fango. Además, no hay nadie a quien culpar. Tomé mis propias decisiones, lo que significa que el error fue solo mío—. Las copas ya estaban llenas. Yo cogí una cuando nadie me estaba mirando, ya está.

Ruben me lanza una mirada de indignación por encima del hombro.

—Mila, ya tienes una edad y sabes perfectamente cómo tergiversa la prensa el más mínimo tropiezo. Se les dibuja el símbolo del dólar en los ojos. No tienen una pizca de piedad, sobre todo si la que comete el desliz es la hija de Everett Harding.

Suena un teléfono. Una de las ejecutivas sale de la estancia ladrando órdenes.

—Lo siento —repito.

No sé cuántas veces me he disculpado desde anoche, pero parece que no las suficientes. Además, ¿qué otra cosa puedo hacer? Me muerdo el labio inferior y vuelvo a mirar la mesa, esforzándome para que no se me salten las lágrimas.

—Ya lo sé, cariño —dice mamá. Suelta los dos teléfonos y se me acerca, pasándome un brazo sobre los hombros. Huele a flores frescas de primavera—. Desde un punto de vista general, que los adolescentes experimenten es un rito de iniciación. No estoy enfadada contigo, simplemente... —Apoya la barbilla en mi hombro y exhala, haciéndome cosquillas en el cuello con su respiración. Baja la voz—. Otras chicas pueden permitirse meter la pata de vez en cuando. Tú no. Todo el mundo está pendiente de nosotros. Y, ahora mismo, más que nunca, el foco está iluminándonos con un poco más de intensidad.

Empiezo a llorar entre sus brazos cálidos y perfumados.

Las demás veces que la he cagado no han sido nada comparadas con esta última. Cuando les hice una peineta a los *paparazzi* desde el asiento del pasajero de nuestro Range Rover porque se me olvidó que los cristales no estaban tintados, Ruben casi me estrangula. Y el mes pasado, cuando me peleé por Twitter con una modelo fracasada, Ruben me castigó dos semanas sin redes sociales. Pero ahora esas travesuras no parecen tan importantes, porque las gracietas de anoche fueron completamente de otra liga.

Te pongo en situación: rueda de prensa del lanzamiento de uno de los taquillazos del verano, la campaña de marketing para la tercera entrega de la serie de películas de *Zona conflictiva* está en pleno apogeo, un lujoso cine de Beverly Hills repleto de periodistas con un montón de preguntas preparadas. La mayoría del elenco principal va a asistir, pero el protagonista, Everett Harding, y su glamurosa coprotagonista, Laurel Peyton, son quienes están en boca de todos. En el escenario, el elenco se ríe con el público, responde a sus preguntas y comparten su pasión por la película. Mientras tanto, entre bambalinas, la productora está de celebración. El champán corre un poco demasiado libremente. La esposa de

Everett Harding se mueve con elegancia, conversando con los ejecutivos y haciéndole fotos entre bastidores a su marido para compartirlas más tarde en las redes sociales.

Y ahí estoy yo, su hija, que comete el tremendo error de adolescente principiante de beber champán a escondidas en una fiesta del mundillo y que ya de por sí está sometida a un escrutinio extremo. Debería haberlo pensado mejor, pero como estoy entre bambalinas, supongo que nadie se dará cuenta.

Mal hecho.

El evento termina con un **ensordecedor** aplauso. Mamá tira de papá y le da un abrazo tambaleante en cuanto aparece entre bastidores, y Ruben llama a nuestro chófer para que acerque el coche porque papá está demasiado cansado después de todo un día de entrevistas como para quedarse a socializar. Ruben me coge y me arrastra por la puerta trasera, detrás de mis padres, hasta los deslumbrantes *flashes* de los *paparazzi* y sus cámaras. «Son como chispas en el cielo», pensaba cuando era más pequeña. Pero ahora me parecen luces cegadoras.

El aire fresco me golpea demasiado fuerte. Me tropiezo con mis propios pies, golpeo a mi madre y me caigo contra las vallas que nos separan de los periodistas. Papá escucha el alboroto y se gira para sujetarme, pero Ruben lo mete de un empujón en la furgoneta. Mamá desaparece detrás de él dentro del vehículo y, para cuando Ruben vuelve para recogerme, estoy de rodillas sobre el hormigón, tratando de ponerme de pie. Siento unas náuseas repentinas por todo el cuerpo, demasiado intensas como para reprimirlas. Vomito mientras intento recordar cuántas copas de champán me he metido en el cuerpo.

Las cámaras brillan cada vez más y los clics de los obturadores resuenan en mi cabeza. Un montón de voces gritan varias cosas a la vez. Algunas dicen mi nombre con la esperanza de que mire directamente a sus cámaras para obtener la fotografía perfecta; otros lanzan preguntas groseras esperando provocar una reacción aún más inapropiada.

Ruben me coge por los codos y me levanta del suelo. Con un brazo arriba, aparta a las cámaras mientras me empuja hasta la furgoneta, me mete dentro y cierra la puerta de un golpe. El ruido exterior se amortigua, pero las manos siguen golpeando las ventanas.

—¡Mila! —exclama mamá poniéndose de rodillas en el suelo y agarrándome la cara mientras mi cabeza se balancea. Me mira, todavía con el maquillaje impoluto, muy sorprendida—. ¿Estás bien? ¿Qué has...?

Pero es papá quien termina la pregunta. Con una profunda mirada de incredulidad, suelta:

—Pero ¿qué coño pasa? ¿Has bebido?

La he cagado.

Y ahora que ya es la mañana siguiente, todo parece cien veces peor. Los titulares arrastran el nombre de los Harding. Hay fotos por todo internet. He dejado a mi padre en ridículo.

—Este tipo de cosas están ocurriendo demasiado a menudo —se queja Ruben desde la cocina. Entiendo que esté enfadado. Es el mánager de papá, le pagamos para que gestione nuestras vidas, pero yo no se lo pongo fácil, ya que no paro de agitar el avispero que es la prensa rosa—. Quedan cuatro semanas para que se estrene la película. Que aparezcan fotografías de Mila Harding vomitando en una rueda de prensa en todas las revistas y programas de cotilleo no nos hace ningún favor.

—No nos deberíamos estar encargando de la mala prensa de nuestro protagonista masculino cuando queda tan poco para el lanzamiento —añade la ejecutiva de la productora que aún sigue en la estancia.

Cruza los brazos y me mira fijamente. No tiene ningún

interés personal en nosotros como familia, lo único que le preocupa es la cantidad de dólares que la película recaude en taquilla.

—Además, las clases ya han terminado, lo que quiere decir, señorita, que estarás más a menudo bajo el escrutinio público —dice Ruben, frotándose la barbilla como si estuviera pensando muy intensamente.

Me seco las lágrimas de las mejillas y me libero del abrazo de mamá. Me siento recta, sorbo la nariz y miro a Ruben directamente a los ojos.

—¿Qué puedo hacer para arreglarlo?

Él se encoge de hombros.

—Lo ideal sería que desaparecieses las próximas semanas, para que nadie tenga que preocuparse de evitar que te conviertas en la nueva mejor amiga de la prensa rosa.

—Ruben —susurra mamá, colocándome una mano sobre el brazo y apretando muy fuerte, como si quisiera protegerme de sus palabras. La mirada que le lanza es de todo menos amable.

—¿Qué? ¿Se te ocurre algo mejor, Marnie? —señala él, irónico.

La puerta de la cocina cruje. A través de los ojos hinchados, veo a mi padre apoyado en el marco de la puerta. Se ha puesto sus gafas de sol favoritas, probablemente porque tiene la vista cansada y sensible tras el día tan ajetreado de ayer; y lleva las manos metidas en los bolsillos del pantalón vaquero. Nos quedamos todos en silencio, sin saber muy bien cuánto tiempo lleva escuchando en el pasillo. Mamá me agarra la mano.

—Mila —dice papá aclarándose la garganta. Tiene la voz grave y ronca (uno de los motivos por los que se le da tan bien vender la imagen de galán mundial), pero aún más por las mañanas. Se quita lentamente las gafas de sol y me mira con sus ojos oscuros. Los tiene rojos y pesados por la falta de sueño—. Creo que lo mejor será que te vayas a casa un tiempo.

—¿A casa? —repite mamá al mismo tiempo que a mí se me encoge el corazón en el pecho—. Esta es nuestra casa, Everett. La casa de Mila está aquí. Con nosotros. Vamos a hablarlo antes de...

—Ruben, prepara el viaje —dice papá, pisoteando las protestas de mamá. Sigue mirándome fijamente y le noto un ligero remordimiento en los ojos. Entonces se coloca de nuevo las gafas de sol y dice tranquilamente—: Mila, haz las maletas. Pasarás el verano en Tennessee.

Capítulo 2

«FINCA HARDING»

Las palabras están grabadas en dorado en una placa atornillada a los muros de piedra que rodean las más de veinte hectáreas del rancho. Las puertas de entrada son eléctricas, y parece que el acceso se concede a través de un teclado para el que no tengo el código, así que pulso el botón y me quedo mirando la cámara de seguridad, esperando a que pase algo.

Mi chófer personal, que me ha traído desde el aeropuerto, ya se ha marchado, abandonándome a mi suerte en mitad de la nada, de pie con mi equipaje bajo el calor sofocante. El silencio que hay en estas carreteras rurales es inquietante. El rancho de los vecinos está, al menos, a un kilómetro y medio, y la falta de contaminación acústica es irritante. En Los Ángeles, directamente, no existe el silencio.

Me seco una gota de sudor de la ceja y no me doy cuenta de que las puertas también tienen un altavoz hasta que oigo un zumbido y el sonido de alguien carraspeando.

—¡Mila! ¡Ya has llegado! Dame un segundo.

¡Es la tía Sheri! Hace años que no escuchaba su voz en persona —con su reconfortante e inconfundible acento—, así que en mi cara aparece una sonrisa de oreja a oreja.

Espero un poco, sudando cada vez más, y sigo observando los imponentes muros.

Cuando era pequeña, el rancho estaba abierto a la carretera: nada de vallas, ni muros ni puertas. Ni seguridad. Simplemente un poste de madera corroído por el tiempo con el nombre de la finca tallado a mano. Por aquel entonces no era necesario nada más, pero, cuando empezaron a acercarse los desconocidos, no quedó otra opción. De vez en cuando merodeaban por aquí superfans de todas las edades porque, por algún motivo, visitar la finca en la que creció Everett Harding es muy *heavy*, o algo así. Por eso Sheri insistió a mis padres en que la vallasen, por motivos de seguridad, y papá contrató a una empresa de construcción y sufragó todos los gastos para que dejaran de fastidiar los visitantes no bienvenidos. Aun así, yo no recuerdo que los muros fueran tan opulentos cuando vinimos por última vez. La piedra gris está impoluta y no pega para nada aquí, en mitad del campo. El rancho parece más una fortaleza que un hogar familiar.

Suena una campana y las puertas comienzan a abrirse lentamente; la tía Sheri está esperando al otro lado.

—¡Mila! —exclama, dándome ese tipo de abrazo que yo siempre asocio con la amabilidad de esta zona: un abrazo de oso que me ahoga, con el cuerpo anclado entre sus brazos mientras me balancea de un lado al otro—. ¡Deja que te vea! —Se echa un poco hacia atrás, con las manos sobre mis hombros, y me examina centímetro a centímetro, como si fuera un aparato extraño.

La tía Sheri es hermana de papá, pero no se parecen absolutamente en nada. Mi padre tiene facciones oscuras e intensas, mientras que la cara de la tía Sheri es mucho más suave, tiene las mejillas redondas y sonrosadas, y una melena rubia de rizos naturales. Es la más pequeña de los hermanos Harding, y su cara fresca es la prueba de ello.

—Hola, tía Sheri —digo con una sonrisa bobalicona.

Hace casi cuatro años que no nos veíamos en persona y, aunque Sheri parece no haber envejecido ni un solo día, entiendo por qué me mira con tanta fascinación. Ya no soy esa niña escuálida con ortodoncia en los dientes y gafas rosas.

—¡Cuánto has crecido! —dice—. Qué bien poder verte de verdad y no a través de una pantalla de ordenador. —Pero entonces frunce el ceño y me aprieta las mejillas—. No hace falta que te maquilles tanto, y menos aquí.

Sé que tiene razón, así que me limito a encogerme de hombros.

Pero es que, en este momento de mi vida, nunca sé cuándo va a aparecer alguien con una cámara a mi lado, y tengo muy arraigada la necesidad de estar siempre perfecta, gracias a Ruben —y también al inmaculado ejemplo de mi madre—. Suspiro mientras siento cómo se derrite el maquillaje cuanto más tiempo pasamos aquí fuera.

—Qué calor hace —comento.

Sheri se ríe y me pasa un brazo sobre los hombros.

—¡Bienvenida a Tennessee!

A Fairview, Tennessee, para ser más exactas.

Supongo que mi padre sigue pensando en este lugar como nuestra casa, y me imagino que, en cierto modo, lo es. Nací aquí y eso imagino que hace que sea mi casa. Pero la realidad es que he pasado la mayor parte de mi vida en California y es prácticamente lo único que he conocido, así que considero Los Ángeles más mi casa que este pueblo. No tengo ese tipo de vínculo con Tennessee, pero ¿cómo voy a tenerlo si me fui de Fairview a los seis años?

De eso sí que me acuerdo.

De marcharme.

Estaba en primero de primaria, a mitad de curso, cuando guardé mis juguetes favoritos en cajas de cartón, abracé a mis abuelos —muy tristes— una última vez y embarqué en un avión con destino a Los Ángeles. En aquel momento no entendía qué significaba marcharse, pero mis padres no paraban de llamarlo «nuestra pequeña aventura», y yo no tenía ni idea de cuánto iban a cambiar nuestras vidas. Lo único que me importaba era que iba a vivir al lado de la playa.

Nos mudamos a la otra punta del país por un motivo muy sencillo: que papá persiguiera sus sueños.

Papá siempre fue el payaso de la clase, pero de adolescente, un inoportuno castigo durante el que tuvo que ayudar al departamento de teatro cambió para siempre el curso de su vida. Pintar los decorados de la obra de invierno pronto lo llevó a «descubrir» sus talentos naturales —además de disponer de la apariencia y el carisma de una estrella de cine, que fueron muy evidentes poco después— y, en un abrir y cerrar de ojos, se convirtió en el rompecorazones oficial del grupo de teatro. Tanto fue así que, para sorpresa de todos, decidió perseguir su pasión en la universidad, donde conoció a mi madre. A los veintitantos, ya participaba en películas independientes de bajo presupuesto, construyendo poco a poco una filmografía con su nombre en cada vez más secuencias de créditos. Y luego, de buenas a primeras, clavó una audición para una película de la que se decía que sería el próximo gran taquillazo de Hollywood. Y así fue. Ese papel fue el trampolín que lanzó a Everett Harding a la fama y al estrellato.

Así que nos fuimos a California. Mamá dejó su trabajo y pasó a ser la asistente personal de papá, apoyándolo en cada paso del camino al mismo tiempo que reconstruía su propia carrera, lo que le salió de maravilla, ya que ahora es una maquilladora de cine muy solicitada. Tengo que reconocer que mis padres han trabajado muy duro durante estos años para llegar tan alto.

Llevamos diez años viviendo en Los Ángeles, mudándonos de una casa a otra, la nueva siempre más grande y elegante que la anterior. De momento, estamos muy cómodos en nuestro chalet en una urbanización privada en Thousand Oaks. Mi instituto, mis amigos y mi vida entera están allí.

En resumen, California es mi hogar; y Tennessee no es más que un recuerdo muy lejano.

Fairview, en mi cabeza, se convirtió en el lugar donde pasábamos las vacaciones. Los únicos recuerdos de verdad que guardo son de viajes ocasionales que hemos hecho a lo largo de los años para visitar a la familia; la última vez que estuve aquí tenía doce años.

Pero esta vez no es solo un fin de semana. Papá no dio su brazo a torcer y Ruben estuvo de acuerdo en que sería mejor que me quedase aquí un tiempo, al menos hasta que se calme un poco el revuelo inicial por el estreno de la película. Es evidente que no puedo hacer ningún daño si no estoy cerca de él ni de la prensa de Hollywood, ¿no?

—Estás de suerte —dice Sheri—: tengo el aire acondicionado a tope. Venga, vamos a instalarte.

Coge mi maleta y la arrastra por el camino de arena que serpentea hasta la casa. El rancho no ha cambiado demasiado desde la última vez que nos reunimos todos por Acción de Gracias hace cuatro años. Es un campo enorme que hace eones estaba dedicado al pastoreo de vacas y ovejas, cuando mis abuelos se encargaban de él, pero ahora el único ganado que queda son los caballos. Veo algunos ahora, entretenidos en los prados junto a los establos, justo detrás de la casa familiar de tres plantas.

Supongo que la seguridad de esta finca será de la calidad más alta que exista.

Todo lo demás es... normal. Al césped le hace falta un corte, a los establos les vendría bien una mano de pintura, y a la casa se le notan los años, con sus contraventanas antiguas, la barandilla algo oxidada y el porche de madera. Da una sensación humilde y encantadora. Nada del glamur de Hollywood. Un rancho sureño auténtico y realista.

—¿Seguro que no te importa que pase aquí el verano? —pregunto mientras nos acercamos a la casa.

Este plan solo existe desde hace dos días, así que es muy precipitado para todo el personal involucrado. Es probable que Sheri ni siquiera haya tenido tiempo de pensárselo bien, y tengo la sensación de que igual molesto.

Detiene mi maleta delante de la puerta principal.

—Cariño, eres de la familia, ¿no? —dice con una sonrisa cálida y la cabeza ligeramente inclinada.

—Sí.

—¡Pues ahí tienes la respuesta! —Abre la puerta de un empujón y me hace un gesto para que pase yo primero—. Además, nos vendría bien un poco de juventud por aquí.

Entro en la casa y el frío del aire acondicionado me golpea en la cara, un alivio muy agradable en comparación con el calor sofocante de fuera. Sheri arrastra mi maleta por encima del felpudo y entra hasta el amplio recibidor, donde una rústica escalera de madera lleva hasta la planta de arriba. La estancia que tengo delante es prácticamente de concepto abierto, con estructuras en arco que separan los ambientes. Miro el salón y la cocina, sorprendida por la sensación de familiaridad que me envuelve. No parece que haya cambiado nada desde mi última visita. Los entrañables muebles son los mismos de siempre, llevan décadas aquí, y las paredes están cubiertas por fotos familiares en marcos de cristal que acumulan polvo. La cocina no se ha renovado en años y, aunque la puerta de uno de los armarios está colgando de las bisagras, me gusta que no sea todo perfecto. Da una sensación de autenticidad, como si aquí vivieran seres humanos de verdad, aunque sea demasiado grande para dos personas. Además, el olor de la maravillosa comida que prepara Sheri permanece igual que en mis recuerdos.

—Guiso de carne —anuncia ella cuando me ve olisquear el ambiente—. Y todos los acompañamientos que te puedas imaginar. Te mereces una bienvenida en condiciones.

Se oye un fuerte crujido en lo alto de la escalera, mi corazón se acelera y casi se me sale del pecho cuando escucho estas palabras:

—¿Esa es mi pequeña Mila?

Es la voz de mi abuelo.

Despacio, baja hasta donde puedo verlo e instantáneamente mi boca se convierte en una sonrisa como la suya.

—¡Popeye!

Subo corriendo para encontrarme con él a medio camino y me lanzo entre sus brazos. Nos tambaleamos, pero él se agarra a la barandilla para apoyarse mientras me pasa el otro brazo sobre los hombros y aprieta fuerte.

Mi abuelo huele como a detergente de lavadora y pacas de heno, lo suficiente como para hacerme cosquillas en la nariz. Lo abrazo muy fuerte, con miedo a aplastarlo, y no lo suelto hasta que no recuerdo lo cariñosos que pueden llegar a ser sus abrazos. Cuatro años de videollamadas organizadas por Sheri no son suficientes. Ver a Popeye en persona otra vez, después de tanto tiempo, me llena de una ternura tan abrumadora que los ojos se me llenan de lágrimas de felicidad.

Le agarro las manos y noto un ligero temblor en ellas. Están ásperas y raídas por toda una vida de trabajo duro. Tiene la cara un poco más delgada y hundida de lo que recuerdo, pero han pasado años desde que estuve cara a cara con él, es lógico que haya envejecido. Su cabeza, llena de pelo blanco, es suave como la seda, y veo mi reflejo en el ojo de cristal que reemplaza al que perdió en la guerra de Vietnam. Cuando era pequeña, pensaba que el abuelo era como Popeye, el de los dibujos animados, y se le ha quedado el apodo.

—El ordenador no te hace justicia, pequeña Mila —dice Popeye, sonriendo con alegría mientras me aprieta las manos con fuerza—. Te estás convirtiendo en una jovencita preciosa. Quince años ya...

No me atrevo a decirle que él parece más frágil en la vida real que en nuestras llamadas de Skype, así que simplemente me río y le devuelvo el apretón de manos.

—Tengo dieciséis, Popeye. Me enviaste una tarjeta por mi cumpleaños, ¿te acuerdas?

—Lo que yo te diga, que estás creciendo muy rápido.

Después de ponerme al día con mi abuelo, Sheri insiste en hacerme un *tour* por la granja para refrescar la memoria. Nos quedamos una semana entera en Acción de Gracias hace cuatro años, así que, aunque no recuerdo demasiado de Fairview en general, pero sí que me acuerdo de la casa. Sheri incluso me ha preparado la misma habitación en la que me quedé la última vez. Subo mi equipaje, me refresco un poco después de pasarme diez minutos intentando averiguar cómo funciona la vieja ducha y vuelvo a la cocina para sentarme a comer con Sheri y Popeye.

Hay demasiada comida para tres personas: guiso de carne casero y todos los acompañamientos que te puedas imaginar. Y no quiero que se desperdicie nada, así que me lleno bien el plato y me pongo a comer. Además, me muero de hambre. Tenía el estómago revuelto de arrepentimiento estos días y apenas he tomado nada.

—Bueno y... ¿qué es lo que se hace por aquí? —pregunto justo cuando estoy terminando de comer.

Está todo tan rico que podría chupar el plato. En casa,

mamá nos tiene sometidos a una estricta dieta rica en proteína a petición de mi padre, y estoy hasta las narices del salmón y de los espárragos al horno.

—Puedes ayudarme a limpiar los establos. El estiércol no huele tan mal una vez que te acostumbras —dice Sheri. Al ver mi cara de póker se ríe—. Es una broma, Mila. Aunque sí que voy a necesitar que me ayudes un poco.

—Puedo echarte una mano con la colada. Y con la limpieza —me ofrezco. Aparto mi plato como una señal clara de que he terminado de comer y apoyo los codos sobre la mesa—. Pero, en serio. ¿Qué se suele hacer en Fairview para pasárselo bien? Porque no creo que los parques que me gustaban cuando tenía cuatro años vayan a servirme de mucho. ¿Hay alguna forma de ir al centro de Nashville?

Popeye suelta una risotada mientras recoge el vaso vacío y se levanta rígidamente.

—La única forma de llegar a Nashville es conducir tú misma —dice, dándome una palmadita en el hombro y continuando hasta el fregadero.

Sheri se inclina en la silla con resignación dando una palmada.

—De hecho, Mila... Hay algunas normas que tendrás que seguir mientras estés aquí.

—¿Normas?

—Impuestas por el señor Ruben Fisher.

—Menudo fantoche —gruñe Popeye en voz baja, llenándose el vaso en el fregadero. Sheri lo mira de reojo—. Un hombre horrible. Horrible...

—Ah, sí. Ya —digo, relajándome. Ruben me repitió una frase durante horas y horas—. «Sé discreta y no llames la atención, ni sobre ti ni sobre tu padre» —cito textualmente poniendo los ojos en blanco.

—Eso no es todo —dice Sheri. Se queda contemplándose

las manos entrelazadas sobre sus piernas y luego vuelve a mirarme con preocupación—. Ruben me ha ordenado que te quedes dentro de la finca todo el tiempo.

—¿Qué? —Se me retuerce el estómago—. ¿No puedo ir a ningún sitio?

Sheri sonríe.

—¿Quién te ha dicho que vayamos a seguir a rajatabla las instrucciones de Ruben? Tú y yo... tendremos nuestras propias normas.

—Entonces —digo esperanzada, poniendo los hombros rectos—. ¿Puedo salir del rancho?

—Sí. Pero, Mila, me tienes que prometer que harás absolutamente todo lo que puedas para no meterte en ningún problema —me pide Sheri con un tono serio y preocupado—. Necesito saber dónde estás, con quién y qué estás haciendo. Mientras me mantengas al corriente de todo, puedes tener algo de libertad y yo me encargaré de Ruben. ¿Te parece bien?

—¡Sí! Te lo prometo. Cero problemas. —Hago como que me cierro la boca con una cremallera y le guiño un ojo, inocente.

Popeye vuelve a la mesa con un vaso de agua fresca. Se le derrama un poco cuando se vuelve a sentar con cuidado en la silla, y pregunta:

—¿Tienes algún viejo amigo por aquí?

—Me fui cuando tenía seis años —le recuerdo amablemente con un suspiro—. Así que no, la verdad.

—Pues entonces vete a hacer alguno nuevo —dice tranquilamente, como si fuese así de fácil. Puede que cuando era pequeña, sí, por supuesto; pero ¿en pleno siglo xxi? Pues... no.

Sheri pega un salto que casi se cae de la silla.

—¡Ay! ¡Los Bennett tienen hijos! Son los dueños del rancho que está al final de la carretera. Son muy buena gente. —Se pone el dedo índice sobre los labios, mirando al techo—. La hija se llama Savannah.

—¿Savannah? —repito.

El nombre me suena de algo y despierta un vago recuerdo de una amistad de la infancia, las dos sentadas en esos pupitres bajitos de primero de primaria.

—Me parece que debe de tener tu edad.

—Creo que me acuerdo de ella. —Cierro los ojos para concentrarme profundamente, pero no me viene nada más.

—Bueno, por algo se empieza —dice Sheri alegremente. Se levanta de la mesa y recoge los platos—. Puedo llevarte para que te presentes.

—¿Eh? Espera..., no. ¿Qué? —Me quedo mirándola horrorizada. ¿De dónde se ha sacado esa idea? ¿Presentarme a una chica a la que llevo diez años sin ver? ¿Quién narices hace algo así?

Sheri mete los platos en el fregadero con un ruido estruendoso, luego rebusca en un armario y saca una bandeja de horno.

—¡Perfecto! —Anuncia dándose la vuelta para mirarme—. Le pedí a Patsy esto la semana pasada. Quise probar una nueva receta de *brownies* de mantequilla de cacahuete. Fueron un desastre, por cierto. Pero sería superamable de tu parte que se la devolvieras por mí. Hala, ya tienes una buena excusa.

—No... Las cosas no funcionan... así —balbuceo. ¿En serio quiere que me plante en el porche de unos desconocidos y les dé una bandeja de horno? El mundo no es así.

—En Tennessee sí —dice firmemente Sheri mientras me coloca la bandeja en las manos.

Miro a Popeye en busca de apoyo, pero me encuentro con una sonrisa petulante en su cara. Están muy anticuados.

—¿Puedo ir mañana, al menos?

Sheri no me da opción. Recoge los platos que quedan en la mesa, los mete en el fregadero y coge las llaves del coche de la encimera.

—No, porque para mañana habrás redactado una lista de cientos de excusas y, para disponer de libertad, tienes que tener amigos —me dice—. Papá, ¿estarás bien mientras llevo a Mila a casa de los Bennett? —le pregunta a Popeye.

—Vete, vete —dice animándola, haciendo un gesto con la mano para que nos vayamos. Antes de que desaparezcamos, se inclina sobre la mesa y coloca su mano sobre la mía—. Haz amigos. Con nosotros te vas a morir de aburrimiento.

No puedo ni reírme. Con la bandeja de horno agarrada con fuerza, salgo hacia el coche; el corazón me golpea con fuerza en el pecho.

Capítulo 3

Esto es una estupidez. Una estupidez muy muy grande.

La casa de los Bennett es el rancho Willowbank. Está a un kilómetro y medio por la tranquila y serpenteante carretera y se llega fácilmente andando, pero Sheri insiste en llevarme en coche para que (1) no me pierda —aunque no consigo entender cómo podría ser eso posible teniendo en cuenta que es el primer rancho que aparece— y (2) no pueda escaquearme. Metafóricamente hablando, me está arrastrando al rancho Willowbank en contra de mi voluntad.

Me pongo una mano en la frente para secarme el sudor. Incluso con el aire acondicionado a tope en la furgoneta de Sheri, el vehículo sigue pareciendo un horno. La tapicería de cuero es una trampa ardiente y tengo los muslos pegados al asiento. Desde que me duché ha pasado ¿cuánto?, ¿una hora?, y ya me siento asquerosa otra vez. Puede que, en realidad, esto sea el séptimo círculo del infierno: soportar la humedad de Nashville, estar a kilómetros de la civilización y ser obligada por la tía Sheri a hablar con los vecinos. Me estoy dando cuenta bastante rápido de que estar aquí de visita fugaz es muy diferente a saber que voy a tener que quedarme.

Hemos pasado el cartel de la finca y hemos tomado un viejo camino de arena que atraviesa toda la propiedad. A diferencia de la finca de mi familia, Willowbank no está escondido tras unos muros robustos de dos metros y medio de alto y no hay ninguna puerta de seguridad que nos obligue a esperar.

Pasamos frente a un tractor aparcado en el borde del césped y Sheri para el coche en frente de la casa. Ahora mismo estoy sudando con ganas. ¿Estamos a cincuenta grados o es que soy así de pringada? Me relaciono con grandes nombres de la industria del cine, desde actrices ganadoras de un Oscar hasta ejecutivos de los más importantes estudios, ¿y no soy capaz de saludar a una chica con la que fui a clase hace mil años sin convertirme en un manojo de nervios? ¿Qué me pasa?

—Sé amable y sonríe mucho —dice Sheri, asintiendo de forma auténtica y alentadora. Pero, aun así, creo que si me negara a bajarme del coche, me arrastraría por los pies. Aunque tenga que agachar la cabeza, es verdad que tener al menos una amiga con la que quedar durante el verano es bueno tanto para Sheri como para mí. Dudo mucho que quiera tener a una adolescente de dieciséis años merodeando todos los días por el rancho, aunque eso haya sido exactamente lo que me haya ordenado Ruben—. Y devuélveles la bandeja del horno.

—Vale —Cojo una bocanada de aire caliente y me encajo la bandeja bajo el brazo—. Voy.

Relajando los hombros, bajo del coche y avanzo hacia la casa. No he andado ni tres metros cuando oigo el rugido de los neumáticos contra la arena; me doy la vuelta y se me cae la mandíbula al suelo al ver cómo desaparece la furgoneta de Sheri por el camino, levantando una nube de polvo. ¿Me va a dejar aquí? Esperaba devolver la bandeja del horno, ofrecer un saludo cortés y luego volver a la seguridad de la furgoneta hirviente.

¿De verdad la tía Sheri espera que me quede aquí a pasar el rato con una completa desconocida? ¿Y si Savannah Bennett no se acuerda de mí y cree que soy una colgada por presentarme en su casa después de diez años? Tendría que esconder la cabeza bajo tierra muerta de vergüenza y volver a casa andando. No está lejos, pero aun así. Menuda humillación.

Sheri se va a enterar.

Aprieto los dientes y subo al porche. La barandilla de madera me roza la pierna desnuda y está tan caliente que me quemo. Me aparto de un respingo hacia la puerta, y me quedo justo encima del felpudo de bienvenida.

—Madura —me digo a mí misma en voz baja.

A ver. Estoy en el campo. En el Tennessee rural. La gente aquí es muy amable. No va a pasar nada.

«Hazlo de una vez, Mila.»

Trago saliva con fuerza y llamo a la puerta.

Pasan unos largos y agonizantes segundos antes de que note cualquier tipo de movimiento detrás de la puerta. Por fin, oigo el pestillo y se abre la puerta de par en par.

—¡Hola! —dice la mujer bajita y sonriente que aparece en frente de mí, con las cejas muy levantadas, curiosa. Patsy, supongo.

Es un poco raro pensar que puede que haya conocido a esta mujer en otra época, cuando yo tenía seis años. Igual mi madre hablaba con ella a menudo en la puerta del colegio. ¿Quién sabe?

—Hola. Disculpa que te interrumpa, pero soy... Soy la sobrina de Sheri Harding —empiezo a decir, pero me tiembla la voz. Me resulta extraño presentarme como la sobrina de Sheri Harding en vez de como la hija de Everett Harding.

Estas palabras no suenan muy bien en mi boca—. Me ha pedido que os devuelva la bandeja del horno, así que... Toma. —Le doy la bandeja con lo que espero que sea una sonrisa educada.

—Gracias, cielo —dice saliendo al porche. Me mira de arriba abajo y me siento como una rata de laboratorio metida en una jaula, pero no creo que ella sea consciente de lo intensamente que me está analizando. Casi puedo ver los engranajes de su cerebro girando conforme va uniendo las piezas—. La sobrina de Sheri. —Piensa en voz alta—. Entonces ¿tú debes de ser...?

—Sí —digo un poco demasiado cortante antes de darle tiempo a terminar. A juzgar por su sonrisa de reconocimiento, ya sabía la respuesta. No es muy complicado unir los puntos: el único hermano de Sheri es mi padre—. Esa soy yo —añado con una risilla para que no piense que soy una antipática.

Es que estoy muy cansada de que a todo el mundo le importe tanto quién es mi padre. Es solo... mi padre. Lleva pantuflas cuando está en casa y canta a voz en grito clásicos del *rock* en la ducha.

—¡Qué bien! —dice Patsy, pero no parece sincera del todo. Se aprieta la bandeja del horno contra el pecho y se inclina sobre el marco de la puerta. Tiene una sonrisa que claramente esconde una mueca—. ¿Estáis de visita? Espero que la prensa no se entere o el atasco llegará hasta Nashville.

Puede que se acuerde de lo que pasó cuando vinimos por Acción de Gracias hace unos cuantos años. No entiendo cómo se enteran, pero tanto la prensa como los fans siempre saben exactamente dónde está papá. ¿Celebrando su aniversario con mamá en las Bahamas? La prensa ya los está esperando en la puerta del hotel antes incluso de que el avión aterrice. ¿Un viaje de Acción de Gracias al pueblo para ver a la familia? Los fans de Tennessee montan un campamento delante de los muros de la finca con la esperanza de ver a papá aunque sea de lejos, hasta que la policía consigue echarlos.

Apenas salimos de casa en aquel viaje y, cuando lo hacíamos, era para escaparnos a Nashville por la mañana temprano, amparados por el amanecer. Ahora que lo pienso, entiendo que a los vecinos de por aquí no les hiciera demasiada gracia que perturbaran su habitual calma y tranquilidad.

—No, he venido sola —tranquilizo a Patsy. En otras palabras: «No te preocupes, no atraigo a los *paparazzi* ni a las hordas de fans acosadores»—. Voy a quedarme un tiempo para descansar un poco de Los Ángeles; nadie sabe que estoy aquí.

—Ah. —Patsy parece aliviada—. Mis labios están sellados.

—Gracias —respondo, y lo digo de verdad.

En cuanto se estrene la película y se calme un poco el ambiente, podré irme a casa. Pero no hasta que a mi padre se le pase el cabreo. De momento, ninguno nos podemos permitir que los vecinos se dediquen a vender historias a la prensa.

Estoy a punto de despedirme y marcharme cuando recuerdo el motivo real por el que estoy en este porche.

—Estaba pensando... ¿Está Savannah por aquí? Creo que estábamos en la misma clase en primero de primaria.

A Patsy se le iluminan los ojos.

—¡Sí, es verdad! Espera, que voy a buscarla. —Se da la vuelta y desaparece en las profundidades de la casa—. ¡Savannah!

Menos mal. Me preocupaba estar imaginándome que conocía a Savannah Bennett. Habría sido una situación incómoda, ¿no?

Muevo las manos con nerviosismo mientras espero a que

Patsy o Savannah aparezca delante de mí. El aire acondicionado de la casa me refresca las piernas y no puedo evitar acercarme un poco más a la puerta, abanicándome la cara con las manos. Incluso a la sombra del porche este clima es de locos. Me quedo ahí de pie un minuto, puede que más, escuchando el lejano sonido de las voces que llegan desde algún rincón de la casa. Puede que Savannah no quiera ver a su amiga de la infancia que ha reaparecido, inesperadamente, en su porche. A lo mejor Patsy está teniendo que rogarle que salga a saludarme.

Todo esto es un poco irritante, la verdad.

—¿Estás husmeando? —dice una voz.

Me doy la vuelta, con el corazón acelerado, y me encuentro con un chico.

—¿Tú quién eres? —digo a la defensiva.

No parece ser mucho más mayor que yo. Tiene polvo en la cara y un montón de pelo rubio alborotado. Está apoyado en una pala clavada en la tierra y lleva unas botas de goma cubiertas de barro.

—Perdona —dice—. No solemos ver a desconocidos merodeando por aquí. ¿Buscas algo?

—Estoy esperando a Savannah —respondo, pero me siento como una completa idiota. Esperando a alguien a quien probablemente ni siquiera le apetezca saludarme, y no hablemos ya de pasarse el verano quedando conmigo—. No soy una intrusa, te lo juro.

Saca la pala de la tierra y se acerca hasta el primer escalón del porche.

—Myles —se presenta, inclinándose sobre la escalera para alargarme una mano mugrienta—. El más guapo y listo de los vástagos de los Bennett.

Vaya, Savannah tiene un hermano. Y su hermano tiene las manos cubiertas de fango.

—Ah —balbuceo mirando su mano.

Myles sonríe.

—Veo que no eres una chica de campo —apunta él. Supongo que es muy evidente—. ¿De dónde es ese acento? Porque no eres de por aquí...

Depende de cómo lo mires. ¿Nacer aquí cuenta como ser de por aquí? Aprieto los labios y le respondo:

—De California.

—Guay. Me gustaría aprender a surfear —comenta—. ¿De qué conoces a Savannah?

—Íbamos a la misma clase en primero de primaria.

Enseguida me queda claro que Myles piensa que es un poco raro que una vieja conocida aparezca de pronto en el porche después de tanto tiempo. A lo mejor esperaba que dijera algo más normal. Algo en plan: «Nos conocimos en una fiesta hace un par de meses». Algo que justificara de verdad que yo estuviera aquí.

Entonces oigo unos pasos dentro de la casa. Le doy la espalda a Myles y me giro hacia la puerta para ver quién ha aparecido.

Savannah Bennett ha decidido, por fin, venir a saludarme. Seguramente sea más que nada por pura curiosidad, pero me sirve.

Es más baja que su madre —poco más de metro cincuenta— y la cara lavada hace que parezca más joven de lo que es. El pelo rubio fresa le enmarca la cara, con las mejillas redondas y los ojos grandes y brillantes definidos por unas pestañas muy largas. Es la única persona que he conocido hasta ahora que no lleva ninguna prenda a cuadros: viste un peto vaquero desgastado y una camiseta de rayas. Me dedica una sonrisa cálida y amable que libera un poco la tensión que siento en el pecho.

—Pensaba que mamá estaba de coña —dice saliendo al

porche, delante de mí. Me examina de arriba abajo, exactamente igual que su madre—. Pero estás aquí de verdad, ¿eh?

¿Se acordará de mí o simplemente mi nombre resuena ligeramente en su memoria, igual que me pasaba a mí con el suyo? Éramos tan pequeñas cuando me fui de Fairview que, durante un segundo, se me pasa por la cabeza que es posible que ella no tenga ni idea de lo que me pasó realmente. Estoy bastante segura de que me fui bastante de improviso, ¿hubo tiempo para dar explicaciones? No me acuerdo si me reuní con mis amigos en el parque para despedirme. A lo mejor simplemente desaparecí un día y, para el verano siguiente, todos se habían olvidado de mi existencia. Y en todas las ocasiones en las que hemos venido de visita, era demasiado pequeña como para separarme de papá y mamá. Nada de ponerse al día con viejos amigos, solo el constante ir y venir de furgonetas y entrar en edificios por la puerta de atrás para escondernos de los *paparazzi*.

—Sí. Viva y coleando —bromeo.

—¿Qué haces aquí? ¿No vivías en Los Ángeles? —pregunta Savannah con un acento menos marcado que el de su madre y su hermano. Parece que sí que se acuerda de mí, al menos en parte. Se fija en mi ceja ligeramente levantada y se sonroja—. Te he seguido la pista. ¿Es raro? Solo de vez en cuando, cuando veo algo de Everett Harding en Twitter, me acuerdo y te busco. —Agacha la cabeza muerta de vergüenza, como si no pudiera hacer nada para que las palabras dejasen de salir de su boca—. Mierda, ahora parezco una acosadora, ¿verdad? Y ¿por qué lo he llamado Everett? ¿Por qué no he dicho simplemente tu padre?

—Savannah —la corto, y ella detiene su verborrea—. No pasa nada.

Se cubre la cara con las manos, no puede ni mirarme. Incluso gruñe un poco.

Yo me aguanto la risa. Es gracioso, nunca había vivido nada parecido a esto. A mis amigos del instituto de Thousand Oaks no les puede importar menos quién es mi padre. Porque sus madres son modelos. O sus padres estrellas del *rock*. O sus abuelas diseñadoras de moda. Allí todos tenemos algún tipo de conexión con el mundo de las estrellas, lo que significa que tener familiares famosos es algo bastante normal. Y, por lo tanto, a nadie le importa.

—¡Aaaaaah! —exclama Myles mientras ata cabos con una expresión de fascinación y horror al mismo tiempo—. ¿El rancho que queda al final de la carretera es el vuestro?

Asiento con recelo. El hecho de que Sheri le pida cosas prestadas a Patsy Bennett me lleva a creer que los vecinos se llevan bien, pero ¿quién sabe? Puede que haya algún resentimiento. A lo mejor los Bennett nos odian en secreto por ser, pues eso, los Harding. No sería la primera vez. La fama puede tener bastantes cosas malas y el resentimiento es algo común. Lo he aprendido de primera mano.

—Entonces ¿eres la hija del tío ese de las pelis de *Zona conflictiva*?

También soy la hija de Marnie Harding, y la mejor amiga de Roxanne Cohen, y la mejor estudiante de química del señor Sabatini, pero nadie se refiere a mí como nada de eso. El único relevante es mi padre, y el motivo por el que le importo lo más mínimo a este mundo es porque comparto su ADN.

—Sí, esa soy yo —digo con los labios un poco apretados. Tengo nombre—. Mila Harding.

Afortunadamente, Savannah cambia de tema, por su bien o por el mío, no estoy muy segura.

—Mi madre dice que vas a quedarte aquí un tiempo —afirma alegremente—. Qué guay. ¿Echabas de menos Tennessee?

—Sí. No sé cuánto tiempo me quedaré, pero creo que un

mes o dos —admito. Miro a Myles, que tiene la cabeza inclinada hacia un lado y me mira con fascinación, luego vuelvo a centrarme en Savannah—. Sé que ha pasado mucho tiempo y que no viene muy a cuento que aparezca en vuestra casa de esta forma, pero la verdad es que... me gustaría tener a alguien con quien pasar el rato que no sean mi tía o mi abuelo.

—Ah. —Savannah entrecierra ligeramente los ojos—. Así que solo buscas a alguien a quien utilizar un par de meses, ¿no?

—Ay, Dios —balbuceo sintiendo cómo se me hunde el pecho. Qué narices tengo, la verdad—. Perdona, tienes razón. No debería haber venido.

A Savannah se le escapa la risa y se acerca para agarrarme por la muñeca.

—¡Es broma!

—Ah.

Myles empieza a reírse con su hermana. Yo me quedo mirando las láminas de madera del porche que hay bajo mis pies. ¿Siempre he sido este manojo de nervios? En mi defensa diré que esta situación se sale mucho de mi zona de confort y no sé cómo manejarla.

—Sí. Podemos ser amigas —me reconforta Savannah con una voz muy amable una vez que se le ha calmado la risa. Levanto la cabeza para mirarla a los ojos y me sonríe cariñosamente—. Ya lo fuimos una vez.

—Gracias —digo, tan bajito que casi parece un susurro. Algo es algo.

—¡Ay! —exclama Savannah haciéndole a Myles un gesto con la mano, como si él pudiera saber telepáticamente lo que está pensando. A lo mejor sí que puede, igual es una cosa de hermanos. Yo no puedo saberlo—. En un rato nos vamos a una fiesta en un aparcamiento —dice—. Muy de tranquis. ¡Ven con nosotros! Así conoces a más gente de Fairview, no somos muchos.

—¿Una fiesta en un aparcamiento? —No puedo evitar la expresión de sorpresa—. ¿En serio se hacen esas cosas?

En uno de los primeros telefilms de papá, creo que había una escena de muy bajo presupuesto en una fiesta en un aparcamiento donde por fin se liga a la chica y la besa en el remolque de una camioneta. Me dio repelús cuando la vi y me sigue dando repelús ahora. Es bastante turbio ver a tu padre besándose con alguien en la pantalla, sobre todo cuando no es tu madre.

—Solo por decir eso, ya no vienes —suelta Myles negando con la cabeza mientras me mira con decepción. Luego pone una sonrisa bobalicona para que quede claro que se está quedando conmigo porque, por lo visto, no soy la persona más espabilada a la hora de reconocer una broma—. Puedes venir. Voy a avisar a Blake.

—¿Quién es Blake?

—Nuestro primo —responde Savannah—. Es el que organiza la fiesta.

Además de estar cansada por el madrugón y el viaje, me parece un poco arriesgado empezar a incumplir las normas de Ruben el primer día. A lo mejor esta noche debería quedarme en casa con Sheri y Popeye. Pero una fiesta en un aparcamiento...

—Parece divertido. —Me seco una ceja—. Pero, no sé..., seguro que habrá mucha gente y no debería...

—Esto es Fairview, nena —dice Savannah sonriendo—. Ya sé que acabas de llegar, pero para una vez que pasa algo por aquí, no tienes ni que pensártelo. Lo haces y punto.

Capítulo 4

La tía Sheri y yo estamos juntas en el porche, esperando a que Savannah y Myles vengan a recogerme. Han pasado varias horas desde que volví del rancho Willowbank.

Está empezando a oscurecer, y el cielo despejado está de un precioso color azul oscuro, con los restos del sol de verano todavía en el horizonte. El calor que ha hecho durante el día ha desaparecido, reemplazado por una temperatura cálida muy agradable. Por la noche, el rancho está aún más tranquilo y silencioso. No se oyen motores de coches en la distancia, ni voces en el ambiente, ni siquiera el ladrido de un perro. Solo una silenciosa calma que ralentiza un poco el mundo.

—Intenta no hablar de tu padre esta noche.

Sheri se balancea tranquilamente en una mecedora de madera, pasándose las manos por los muslos, rascando la tela vaquera de los pantalones. ¿Un tic nervioso?

—No lo haré. —Me giro para mirarla—. Nunca lo hago.

—Bien —dice, aunque parece algo preocupada por las posibles repercusiones de romper las normas de Ruben al dejarme salir, me alegro de que no haya cambiado de idea con respecto al pacto—. ¿Has hablado ya con tus padres?

—Solo con mi madre —admito girándome de nuevo. Apoyo las manos en la barandilla del porche y me quedo mirando los muros que nos separan del resto del mundo. Miro a mi alrededor y me doy cuenta, por primera vez, de cuánto se parece el rancho a una prisión. Es un poco claustrofóbico a pesar de la cantidad de hectáreas de terreno que nos rodean—. Le he escrito un mensaje, pero sigo enfadada.

—Bueno, algo es algo —dice Sheri detrás de mí. Oigo el crujido de la mecedora balanceándose—. Sé que el plan le preocupa. También ha hablado conmigo antes.

Debería llamar a mis padres en algún momento, pero no tengo ninguna prisa por hablar con papá. Mamá intentó luchar por mi bienestar, pero el trabajo de Ruben es anteponer la carrera de papá a cualquier otra cosa. Todos los argumentos que presentó mamá en mi defensa se ignoraron rápidamente, y ninguna clase de persuasión hizo que papá cambiara de idea. Aquella noche, me quedé tumbada en la cama hasta tarde mientras escuchaba cómo discutían mis padres en su habitación, pero, por la mañana, mamá estaba muda, derrotada. La decisión era definitiva. Desde el punto de vista de papá fue demasiado fácil. No le protestó a Ruben, como mamá; no ofreció ninguna alternativa, no se opuso... Está claro que la opinión pública es lo más importante.

—¿Tus padres te han hablado de cómo gestionaremos el dinero?

Miro hacia atrás por encima del hombro.

—No. Me han bloqueado el acceso a mi cuenta, así que...

Sheri asiente y deja de balancearse en la mecedora. Se levanta y se mete la mano en uno de los bolsillos delanteros del pantalón para sacar unos cuantos billetes.

—Aquí tienes algo para esta noche, por si lo necesitas —dice. Me giro para cogerlo: son cincuenta dólares—. Tengo que administrarte las finanzas. Te daré algo de vez en cuando, aunque no sé cómo piensan que te vas a gastar nada si se supone que no puedes salir de aquí... Les diré que has huido del aburrimiento comprando en internet.

—Gracias, tía Sheri.

Me guardo los billetes en la carcasa del móvil, que justo empieza a vibrar en mi mano. Es un mensaje del número que he añadido más recientemente a la lista de contactos.

> SAVANNAH: Nena, estamos en la puerta. ¿Entramos o sales? Soy demasiado pobre como para saber cómo funciona esta cosa. LOL.

—Ya están aquí —le digo a Sheri para calmar su curiosidad—. ¿Puedes abrir la puerta para que entren? ¿O salgo yo?

En defensa de Savannah, diré que yo tampoco sé cómo funciona nada. En casa, las puertas de seguridad se controlan con un mecanismo de reconocimiento de huella dactilar de última generación.

—¡Ay! Claro, la puerta. Los mandos a distancia están dando problemas últimamente, así que tendrás que abrirla manualmente desde dentro, como hice yo antes. Es el botón más grande que hay en el panel de control de la izquierda —me explica Sheri, balanceándose de atrás adelante sobre los talones—. Mila, si hay alcohol en esa fiesta, prométeme que no vas a beber.

—¿Después de los titulares del jueves por la noche? No, gracias —intento bromear, pero la vergüenza me da un fuerte golpe en el pecho.

En internet hay un vídeo mío vomitando. Y las imágenes que circulan por las revistas son asquerosas. He aprendido la lección: se acabó eso de «experimentar».

Sheri frunce el ceño y dice tranquilamente:

—Recuerda quién eres.

Bufff. El mero sonido de esas palabras hace que cierre los puños con fuerza. Que sí, que lo entiendo, voy a una fiesta en un aparcamiento con un montón de desconocidos que no me deben ninguna lealtad, pero estoy segura de que a nadie le importará un pimiento y no correrán a hablar con un periodista o venderán unas fotos a una página de cotilleo. Todo lo relacionado con Everett Harding debe de aburrir bastante a los chavales que han crecido en este pueblo. Seguro que están hasta las narices de escuchar ese nombre.

—¡Ay! ¡Y te tengo que dar el código de la puerta para cuando vuelvas! Hay un teclado fuera. Toma, apúntatelo —dice Sheri rápidamente cuando me dirijo a los escalones. Me canta una lista de números que apunto en la aplicación de notas del teléfono.

—Genial, ya está. ¡Adiós!

Bajo los escalones del porche y corro hacia la puerta amenazante en la distancia. Sería de mala educación ir andando y hacer esperar tanto rato a Savannah y Myles. Cuando llego, veo el panel de control, lo abro y pulso el botón que me parece más obvio: uno enorme y verde. Suena un zumbido estruendoso cuando el engranaje eléctrico se activa y la puerta se mueve. Me aparto para dejar que se abra del todo, exponiéndome al mundo exterior como si yo fuera alguien especial. Es muy vergonzoso.

Fuera hay una camioneta parada. La pintura negra, seguramente recién lavada y encerada para esta noche, brilla bajo las luces que iluminan los muros. Las ventanas están tintadas y Savannah baja la suya en el asiento trasero.

—¡Sube! —dice sonriente.

Rodeo la camioneta y me monto por el otro lado, con cuidado de no manchar la pintura con las zapatillas. No creo que a Myles le hiciera mucha gracia que le estropeara el coche.

—Siento haberos hecho esperar —me disculpo.

No sé cuánto tiempo llevaban aquí cuando Savannah me envió el mensaje, pero espero que no mucho. Me abrocho el cinturón y me fijo en la ropa de Savannah para asegurarme de que me he vestido como se espera.

Llevo unos pantalones vaqueros cortos y rotos, unas Nike blancas y un top corto. Me he alisado el pelo y me he puesto una capa generosa de maquillaje, tanto que tengo los labios pegajosos por el brillo. Por suerte, Savannah va casi igual que yo, excepto porque lleva el pelo con rizos despeinados y una minifalda vaquera.

—Acabamos de llegar, no te preocupes —dice Myles, y entonces lo miro y me doy cuenta de que va en el asiento del pasajero.

Lo que quiere decir que él no conduce. Esta no es su camioneta.

—Eh... —Le lanzo a Savannah una mirada inquisitiva y señalo sutilmente a quien sea que está detrás del volante. Todavía no se ha girado ni ha dicho nada.

—¡Ah! —dice Savannah poniéndose recta de un respingo, como si se acabara de acordar de que tiene que presentarme—. Este es nuestro primo Blake. Blake, esta es Mila Harding. —Savannah pone un ligero énfasis en el apellido. O a lo mejor son imaginaciones mías.

Miro hacia arriba para ver al conductor a través del espejo retrovisor. Me está observando, con unos ojos marrones ligeramente entornados que brillan bajo los focos que rodean el rancho. Luego se gira en su asiento y me mira directamente.

—Hola, Mila —dice tranquilo—. Es tu primera fiesta en un aparcamiento, ¿verdad?

—Sí. En Los Ángeles no se hacen.

—Claro que no —afirma inexpresivo. Luego se da la vuelta para mirar hacia la carretera.

Al contrario que sus familiares rubios, las facciones de Blake son más oscuras. Tiene el pelo despeinado de forma natural y los ojos ensombrecidos bajo unas cejas densas. Su cara es más rectangular, tiene la mandíbula muy marcada y parece mucho más reservado que sus simpáticos primos.

Trago saliva y me apoyo en el respaldo del asiento, muy consciente, de pronto, de los latidos de mi corazón. Siento un cosquilleo en la piel. Voy a una fiesta en un aparcamiento con desconocidos... Pero esto es lo que hacen los adolescentes normales en Fairview, ¿no? Aunque, como me recuerdan mis padres a menudo, yo no soy una adolescente normal.

—Pues venga, en marcha. Vamos a darle a Mila un chute de realidad —dice Blake, subiendo un poco el volumen de la música y alejándose del rancho por las silenciosas carreteras.

Hay algo que no termino de pillar en su tono. Como una burla. Algo que, si no estuviera tan nerviosa, le pediría que me explicara.

Pero lo dejo pasar.

La elección musical no es lo que me esperaba, porque, en lugar de R & B, han puesto *country* acústico. No son precisamente las canciones más adecuadas para ir metiéndonos en un ambiente de fiesta, pero resulta agradable y relajante escuchar esos temas mientras vemos como el cielo continúa oscureciéndose al otro lado de las ventanas tintadas. La puesta de sol ya ha terminado.

Myles y Blake hablan entre ellos, así que Savannah se vuelve hacia mí para charlar en el asiento trasero. Sin embargo, de vez en cuando, se me van los ojos hacia los chicos y observo las manos de Blake sobre el volante, los gestos más animados de Myles y ambos perfiles, aún desconocidos, cuando se miran para decirse algo.

—¿Estás emocionada? —pregunta Savannah colocándose un mechón de pelo detrás de la oreja. Es entonces cuando me doy cuenta de los pendientes tan raros que lleva: unos caballos colgantes.

—Nerviosa —admito.

—A lo mejor reconoces a alguien de nuestra clase —dice intentando hacerme sentir cómoda. Teniendo en cuenta que apenas me acordaba de Savannah, que era mi mejor amiga, dudo mucho recordar a cualquier otra persona—. También habrá algunos de un curso menos y otros de un curso más, como Myles y Blake.

—¿Cuánta gente habrá?

Savannah sonríe y pone los ojos en blanco.

—Estamos en Fairview. Seremos unos veinte o así.

—Ah —digo, mirándome las deportivas.

Un grupo pequeño es incluso peor. Es más complicado pasar desapercibida. En un grupo pequeño, lo más probable es que todos estén siempre juntos en una única y gran conversación. Hasta hace un instante, me imaginaba un montón de camionetas aparcadas, música *dance* resonando en un campo oscuro y un montón de gente diferente yendo a lo suyo. Pero me doy cuenta de que esta «fiesta», en lugar de eso, es, en realidad, más como una reunión de amigos. A lo mejor, en pueblos tan pequeños como Fairview no existen los grandes eventos.

Vuelvo a mirar a Savannah.

—Un momento. ¿Vamos a ir a un partido o algo? Este tipo de fiestas se hacen en esas ocasiones, ¿no?

Es verano, así que no hay fútbol, pero a lo mejor es de béisbol.

—Así suele ser —dice Savannah—, pero también es divertido organizarlas por tu cuenta. Te lo vas a pasar genial.

Eso espero. He de admitir que me gusta la idea de probar cosas nuevas por mi cuenta, sin tener a mis padres como comitiva, porque nunca he disfrutado de una libertad así. Sí, he tenido algunas experiencias increíbles, como recorrer la alfombra roja de los Oscar, pero puede que haya llegado el momento de diversificar y hacer cosas yo sola. Quizá este pequeño descanso me venga bien. Una oportunidad para ser yo misma sin las órdenes de Ruben, una oportunidad para descubrir quién es Mila Harding de verdad. Porque no es simplemente la hija de Everett Harding. Tiene que ser algo más.

¿O no?

Me quedo mirando por la ventana, observando cómo se va revelando Fairview ante mis ojos. Hay un montón de nada. Una carretera abierta, árboles que nos rodean y el destello ocasional de otro coche. Con el murmullo de las voces de Myles y Blake y la música de fondo, casi parece como si estuviéramos haciendo un viaje largo por carretera. Todo este vacío también es un poco espeluznante. Apenas hay coches, solo aparece una casa de vez en cuando y, por supuesto, ni una sola persona.

No sé si me gusta lo sola que me hace sentir Fairview, desconectada del resto del mundo. Pero me trato de convencer de que tal vez esta desconexión sea buena.

Después de unos cinco minutos, empiezo a ver farolas, lo que solo puede significar que hemos dejado atrás el desierto campo y estamos entrando en la zona metropolitana del pueblo. O, al menos, lo que sea a lo que llaman centro urbano en un pueblo como Fairview.

—¿Recuerdas algo de cuando vivías aquí? —pregunta Myles.

Blake me mira por el retrovisor, esperando mi respuesta. Me pregunto cuánto le ha contado Savannah sobre mí... Pero, teniendo en cuenta que Blake me acaba de recoger de la famosa Finca Harding, estoy bastante segura de que puede averiguar él solito quién soy.

Me incorporo un poco y miro hacia fuera. Vamos por una carretera muy larga en la que hay algunos establecimientos que me resultan familiares y me tranquiliza ver que Fairview, Tennessee, es más que un pueblo en mitad de la nada. Hay McDonald's, Dunkin' Donuts —menos mal, porque soy adicta a sus cafés helados con avellana— y un Walmart, por lo que veo en la oscuridad. En un cartel leo que nos encontramos en Fairview Boulevard. Está un poco más animado, hay más tráfico y varias personas por las aceras, pero, aun así..., no me suena nada. Estoy tan acostumbrada a Los Ángeles que la vida en un pueblo pequeño me parece demasiado restringida, aunque seguro que tiene sus ventajas.

—La verdad es que no —respondo por fin, negando con la cabeza—. Me fui cuando era muy pequeña.

—Seguramente pienses que somos una panda de paletos —dice Savannah con una risilla—. Pero te prometo que aquí no se vive tan mal. Hoy en día tenemos hasta fibra óptica y todo.

Myles y Blake sueltan una carcajada. Sé que Savannah está bromeando, pero me agobia que crean que soy una chica de ciudad de la Costa Oeste que va a marchitarse y a morir aquí. Nací en este pueblo, puedo sobrevivir en Tennessee. Quizá hasta me guste.

—Blake, pasa por el colegio primero —le pide Savannah, echándose hacia delante y tocándole emocionada el hombro—. Para que Mila lo vea.

A la izquierda, pasamos el cartel del instituto de Fairview y, a la derecha, está el colegio. Entramos en el pequeño aparcamiento y Blake aminora la velocidad, dando círculos y apuntando con las luces largas hacia el edificio de ladrillo rojo. En el coche todos parecen estar expectantes, como si esperaran que me golpeara la nostalgia.

—¿Reconoces algo? —pregunta Savannah con emoción.

Es como un cachorro al que le han devuelto por fin su juguete favorito. Parece estar muy contenta de que yo esté aquí—. ¡Jugábamos un montón a la pelota en el recreo!

Miro bien el edificio. Me resulta familiar, como una especie de *déjà-vu*. Sé que lo he visto antes, pero no lo asocio con ningún recuerdo y, por supuesto, no me acuerdo de jugar a la pelota con Savannah Bennett. Apenas me acuerdo de la casa en la que vivimos, como para acordarme de mi colegio.

—Lo siento —digo, encogiéndome de hombros.

A lo mejor Savannah quiere que me acuerde para que me sienta un poco menos extraña con ella.

—Pues vaya gasto inútil de gasolina —murmura Blake, y vuelve a salir a la carretera.

No sé dónde es la fiesta, pero la duda se resuelve cuando Blake cruza la carretera hacia el instituto. Es verano, el edificio está cerrado, no hay nadie alrededor, pero aun así... ¿Una fiesta en el recinto escolar?

Nos acercamos a un aparcamiento al lado del campo de fútbol, donde ya hay varias camionetas y un pequeño grupo de gente. Hay una chica de pie en un remolque colocando un par de altavoces enormes en el techo del vehículo y un chico de rodillas en el suelo rebuscando en una nevera.

Se me van humedeciendo las manos conforme voy siendo consciente de que voy a tener que hablar con toda esa gente en algún momento. Normalmente soy una persona sociable, pero ayuda que todas las personas con las que me relaciono sepan de qué voy. Aquí no sé quién lo sabe y quién no. Un desconocido no podría calarme simplemente con mirarme. Solo me prestan atención los superfans de papá y la prensa, así que, para el resto del mundo, soy una adolescente cualquiera... Solo que esto es Fairview, el pintoresco pueblo de papá, por lo que todas las personas que viven aquí conocen a los Harding. Aunque, de momento, los únicos que saben que soy la hija de Everett Harding son Savannah, Myles y Blake. Ninguno de los demás asistentes a la fiesta sabe que vengo de la Finca Harding.

Igual puedo hacerme pasar por otra persona. Una chica que se acaba de mudar al pueblo porque sus padres han comprado una casa aquí... Algo normal. Nada de lo que merezca la pena hablar.

Aparcamos en el siguiente hueco disponible en el amplio círculo que forman todas las camionetas. Blake apaga el motor y se desabrocha el cinturón para salir con firmeza del coche.

—¿Nerviosa? —me pregunta Myles en el silencio del interior de la camioneta. Cuando lo miro, me está sonriendo. Es un poco bobo, pero de una forma atractiva. Frunce un poco los labios con una mueca juguetona—. No te preocupes. Les caerás bien.

—Encajarás enseguida —añade Savannah.

«¿De verdad?»

Los hermanos Bennett salen de la camioneta y yo hago lo mismo, tirándome de las trabillas de los vaqueros para mantener las manos ocupadas. El *piercing* de mi ombligo brilla bajo las luces, que hacen destellar la gema aguamarina: mi piedra de nacimiento. Mis padres todavía no saben que lo llevo, pero, por primera vez en mi vida, no están aquí conmigo. Siento una especie de emoción cuando pienso que se encuentran a kilómetros de distancia y no tienen ningún tipo de control sobre mí durante el tiempo que vaya a pasar aquí. Propicia que haga cosas como enseñar mi *piercing* a todo el mundo sin temer las consecuencias.

—Me gusta.

Miro hacia un lado y me encuentro a Blake mirándome el *piercing* mientras asiente con la cabeza.

Me rodeo la cintura con los brazos y lo miro de arriba

abajo. Me siento un poco rara, más que nada porque temo que se esté riendo de mí. Dejé pasar sus comentarios en la camioneta porque quiero hacer amigos, pero me da la sensación de que... No sé, no es la persona más agradable. No es tan hospitalario como sus primos y, desde luego, es mucho más complicado de interpretar.

Blake se burla de mi postura.

—¿Para qué te haces un *piercing* en el ombligo si te lo vas a esconder?

Se da la vuelta y se dirige al remolque para ayudar a Myles a abrirlo. Me aparto un mechón de la cara, enfadada, mientras él se sube sin esfuerzo a la camioneta y empieza a sacar cosas, lo que hace que se le marquen los músculos de los brazos.

Por suerte, Savannah aparece a mi lado como distracción. Me agarra de la muñeca.

—Vamos a saludar a Tori.

Dejo que me guíe por el círculo de camionetas. Aparcan un par más, llenando los huecos que quedaban, y todo el mundo se pone a preparar cosas. Abren los remolques, sacan sillas, neveras y aperitivos. Veo a una persona montando una barbacoa portátil y colocando en el remolque de su camioneta bollos de perritos calientes. El ambiente está animado y me gusta el rumor de las voces, que cada vez suena más alto. Todos parecen estar de muy buen humor.

—Tori, baja un momento —dice Savannah cuando nos detenemos al lado de la camioneta de la chica que está preparando los altavoces.

—Espera —dice ella dándonos la espalda, toqueteando los botones de los altavoces con una mano y buscando en su teléfono con la otra. Tras unos segundos, la música empieza a sonar, un ritmo muy agradable de R & B, algo que agradezco después del *country* que veníamos escuchando de camino.

Baja el volumen hasta un nivel adecuado y se da la vuelta con una sonrisa de oreja a oreja—. Listo. Me podéis llamar la genio de la tecnología.

—Quiero presentarte a alguien —le dice Savannah.

Tori baja de un salto de la camioneta, le da un abrazo a Savannah y luego se queda mirándome con los brazos aún sobre los hombros de mi vecina. Es su mejor amiga.

—Esta es Mila. Estaba en nuestra clase en primero de primaria —le explica Savannah.

—¡Anda! —dice Tori guiñando un ojo. Lleva el pelo teñido de rosa, que destaca contra su piel bronceada, y tiene un *piercing* en la nariz—. Mila Harding. ¿Qué pasa, tía? ¡Has vuelto! —Se acerca y me da un abrazo apretado, envolviéndome en un delicioso aroma a perfume. Yo le devuelvo el abrazo, pese a que no me acuerdo de ella.

¿Así es como va a ser? ¿Mis compañeros de la infancia saben quién soy porque, evidentemente, son perfectamente conscientes de que fueron al colegio con una celebridad, pero yo no me acuerdo de ninguno porque, en los últimos diez años, los recuerdos de mi infancia han sido sustituidos por otros más emocionantes y glamurosos? No he olvidado ni un detalle de cuando conocí a las Kardashian, ni la emoción de volar a París en un *jet* privado. Pero me cuesta desenterrar los recuerdos con Savannah y Tori en primero de primaria, jugando a la pelota en el patio del colegio. ¿No me convierte eso en alguien muy superficial?

Durante un segundo, me siento muy culpable. Pero tampoco es que me haya olvidado de mi vida aquí a propósito. Era muy pequeña, ya está.

—Sí, he vuelto —le digo a Tori con una sonrisa muy poco convincente.

—¿Para siempre?

—Para un futuro cercano, de momento.

Tori y Savannah se miran y se dicen algo sin hablar, como si tuvieran su propio lenguaje secreto de mejores amigas, uno que, quizá, yo habría podido entender si hubiera crecido con ellas. Pero no fue así.

De pronto, se produce un ruido inmenso en el aparcamiento. Me sobresalto, pero me relajo en cuanto miro hacia atrás y veo a Blake de pie sobre su camioneta, golpeando unas pinzas de barbacoa contra el suelo del remolque. El rumor de voces se detiene y todo el mundo se concentra, de forma instintiva, alrededor de Blake. Tori baja el volumen de la música hasta que suena solo como un ruido de fondo.

—¡Muy bien, chicos! Gracias a todos por venir a la fiesta de junio —dice Blake, sentándose en el remolque de la camioneta con las piernas colgando en el borde.

Todavía no sé muy bien cuál es la dinámica del grupo, aparte del hecho de que Savannah y Tori son mejores amigas, pero parece que Blake es el que manda. No podía ser de otra manera, tiene el típico aspecto de líder.

—Esta vez tenéis que darle las gracias a Barney por la comida. Tori se encarga de la música. Si alguien tiene cerveza, no seáis capullos: no conduzcáis —dice Blake a la atenta multitud, como un profesor en clase explicando en qué va a consistir la lección del día. Es fascinante lo civilizado que es todo esto—. Y puede que algunos ya os hayáis dado cuenta de que hay una cara nueva esta noche.

«Ay, Dios, no.»

Evidentemente, todo el mundo se ha dado cuenta ya, porque todos me están mirando sin que Blake haya tenido que señalarme. Me encojo, agachando los hombros y deseando haberme llevado una chaqueta bajo la que poder esconderme. Puede que a papá le encante ser el centro de atención, pero yo lo odio.

—Esta es Mila —dice Blake, pronunciando las vocales

con un acento claro y marcado. Me mira a los ojos y yo le devuelvo la mirada con el ceño fruncido y las mejillas ardiendo. Juro que, aunque solo sea durante una milésima de segundo, él sonríe como si estuviera disfrutando muchísimo de avergonzarme. Luego pestañea y aparta la mirada—. Así que nada, haced que la señorita Mila se sienta a gusto.

¿«Señorita Mila»? Aprieto los dientes y lo miro aún más enfadada, deseando poder quemarlo solo con la intensidad de mi mirada. ¿Qué problema tiene el tío este? Porque me da la impresión de que se está burlando de mí por estar aquí, algo ridículo teniendo en cuenta que no sabe nada de mí. ¡Hace dos minutos que nos conocemos! A lo mejor debería haber puntualizado en el coche que me gustaría pasar desapercibida, porque esto es todo lo contrario a no llamar la atención.

Hay unos cuantos gritos y vítores y todo el mundo vuelve a sus conversaciones, aunque todavía noto alguna que otra mirada. Blake no habrá dicho mi nombre completo, pero no creo que haga falta ser un genio para unir los puntos.

Blake se reclina hacia atrás y se apoya en las manos, todavía sentado en el remolque de su camioneta. Me está mirando otra vez, entre la multitud, con una sonrisa burlona en la cara. Noto cierta diversión retorcida en sus ojos. No creo que simplemente intentara ser amable al presentarme. Lo veo escrito en su cara: disfruta haciéndome sentir incómoda.

Yo le devuelvo una mirada furiosa.

Capítulo 5

Savannah me toca el brazo para llamar mi atención.

—¿Estás bien? —pregunta.

Aparto la mirada de Blake para fijarla en Savannah.

—¿De qué va tu primo? —pregunto con un tono más cortante de lo que pretendía—. ¿Es el capitán del equipo de fútbol o algo así? ¿El presidente del consejo de estudiantes?

Tori suelta una carcajada y Savannah se muerde el labio para evitar hacer lo mismo, ambas compartiendo una de esas miradas que no puedo entender. Tori se excusa para volver a sus tareas de DJ y Savannah juguetea con sus pendientes delante de mí. Levanto una ceja, instándola a que me responda.

—Nuestro instituto es muy pequeño, así que no existen las pandillas. Todos somos amigos de todos —explica encogiéndose de hombros y mirando detrás de mí, sobre mi hombro—. A Blake se le da bien conseguir cosas y hacer que todo vaya bien, así que tiende a estar en la primera línea de este tipo de eventos. Lo lleva en la sangre.

Vale, de acuerdo. Así que puedo ir a hablar con él sin miedo a toparme con la cara oculta del mandamás del instituto de Fairview, ya que no hay, por lo visto. Cosa que no me creo para nada. ¿En qué mundo existe un instituto sin jerarquía?

—Gracias. Ahora vuelvo —le digo a Savannah. Luego me doy la vuelta y me marcho.

Blake sigue en el remolque de su camioneta, inclinado sobre una nevera, rebuscando en su interior. Me paro al lado de la camioneta y golpeo el metal con los nudillos para llamar su atención. Él me mira, pero no deja lo que está haciendo.

—¿«Señorita Mila»? —lo reto, cruzándome de brazos.

Siento que me ha tratado con condescendencia y, por lo tanto, estoy a la defensiva. No creo que esté bien que un completo desconocido me llame «Señorita Mila», y tampoco creo que se trate de una forma de hablar en el sur.

—Bueno, no estás casada, ¿no? —dice Blake con total naturalidad, apartándose por fin de la nevera con una lata de Dr. Pepper en la mano—. Eres una señorita y te llamas Mila. Simplemente he dado por hecho que estás acostumbrada a que se refieran a ti con un título.

—¿Me estás tomando el pelo?

Blake abre la lata y me mira con desinterés.

—¿Por qué piensas eso? —Da un sorbo, exhala con fuerza y espera mi respuesta.

—Porque no quiero que se refieran a mí con un título, ni que me presenten. Y mucho menos como «Señorita Mila».

—Vaya, cuánto lo siento. ¿Habrías preferido que te presentara como Mila Harding, la hija del tío este...? ¿Cómo se llamaba? —Se coloca una mano detrás de la oreja y se inclina hacia mí para escuchar una respuesta que no llega nunca—. Ya decía yo.

Incrédula, niego con la cabeza sin responderle. Menudo gilipollas. Me apoyo contra la camioneta y susurro entre dientes:

—¿Quién te crees que eres?

Blake baja tranquilamente del remolque y acorta la distancia entre nosotros. Me mira directamente a los ojos.

—Blake Avery —dice con una sonrisa irritante—. Encantado de conocerte, Mila.

Buf. No puedo soportar ni un segundo más esta detestable confianza en sí mismo. Mirándolo de la forma más intimidante posible, me doy la vuelta y me voy, furiosa, con Savannah, que parece haber sido testigo de todo.

—¿A qué ha venido eso? —me pregunta, mirándonos a Blake y a mí.

Él se ha puesto a hablar con otro chico, moviendo con indiferencia el refresco mientras habla.

—A nada —digo en voz baja, ignorando lo rápido que me late el corazón—. Tu primo es... —empiezo a decir, pero estoy tan alterada que me quedo sin voz cuando caigo en que puede que no sea la mejor idea hablar mal de los familiares de Savannah.

—Ya le pillarás el rollo —dice con una sonrisa. Pero desde luego que no lo haré—. Vamos a sentarnos.

No sé de quién es la camioneta en la que está poniendo la música Tori, pero ayudo a Savannah a sacar unas cuantas sillas de jardín del remolque y las colocamos. Nos sentamos y aprovecho para analizar en profundidad a la gente.

Hay personas de edades diferentes, y la misma cantidad de chicas y chicos. Myles está recostado en una tumbona y hay una chica sentada sobre sus piernas, mordiéndole una oreja. Miro a Savannah de reojo para ver si se ha dado cuenta, pero creo que está tratando de evitar mirar en esa dirección.

Vuelvo a dirigir la vista a la camioneta de antes, la de los bollos de perritos calientes colocados en el remolque. Hay un chico montando barbacoas portátiles y doy por hecho que es Barney.

—¿Te ha gustado algún chico? ¿O ya tienes novio? —dice una voz.

Miro hacia arriba y veo a Tori inclinada sobre nosotras desde el remolque de la camioneta. Me saca la lengua, bocabajo, y luego baja de un salto, se pone cómoda en una silla a mi lado y nos pasa unas latas de refrescos. Supongo que estará satisfecha con la lista de reproducción que ha hecho y con que todo funciona correctamente.

—No y no —digo—. ¿Y vosotras?

—Savannah está coladísima por Nathan Hunt. Ese que está ayudando a Barney con la comida.

—¡Qué dices! —protesta ella, dando un salto hacia delante en la silla para pasar por encima de mí y darle un golpe a Tori en el brazo—. Una vez dije que era mono y ahora Tori se cree que estoy obsesionada con él —me explica.

—¡Venga ya! —Tori se ríe—. Lo acosas en Instagram todos los días.

Tori empieza a contarme algo sobre un tío con el que queda de vez en cuando, que no está aquí, y luego empieza a informarme sobre todos los que sí que están. Me proporcionan todos los detalles de quién está saliendo con quién, a quiénes coronaron en el baile de graduación, quién está en el equipo de fútbol (sorprendentemente, Blake no) y quién se bañó desnudo en el lago el mes pasado. Empiezo a pensar que hay más Fairview de lo que se ve a simple vista.

Barney y Nathan reparten perritos para todos, pero yo no lo cojo cuando me lo ofrecen. De pequeña, papá me compró un perrito caliente de un carrito en la playa y me sentó fatal, así que no he vuelto a ser capaz de comerme uno desde entonces. Pero Savannah y Tori devoran los suyos.

La «fiesta» es más una reunión de amigos tranquila que la noche de desenfreno que yo temía que fuera, así que estoy bastante aliviada. La gente está relajada, sentada en las sillas o en los remolques de las camionetas, bebiendo refrescos y agua con gas, aunque veo alguna que otra cerveza de vez en cuando. El olor a perritos calientes llena el aire y la música marca el ritmo de la noche. Es agradable y me siento cómoda con Savannah y Tori, sin que nadie más me moleste, hasta que Blake empieza a golpear otra vez las pinzas de la barbacoa contra su camioneta.

—¿Habéis comido bien todos? —pregunta levantando un brazo. La pequeña multitud asiente y levantan las bebidas—. Genial. Pues ha llegado la hora de jugar a Reto o verdad.

Vale, creo que ahora es cuando empieza la «fiesta». Un revuelo de susurros nerviosos y risas recorre todo el grupo y la gente acerca sus sillas para formar un círculo cerrado. Yo hago lo mismo junto a Savannah y Tori; estamos todos tan juntos que me resulta un poco incómodo.

Para sorpresa de nadie, Blake lidera el juego. Se acerca hasta el centro del círculo y coloca una botella vacía de Pepsi en el suelo, sujetándola firmemente con el pie. La música sigue sonando, puede que demasiado alto. Blake resume las reglas del juego, como si siempre existiera la posibilidad de que haya algún adolescente en el mundo que no sepa jugar a Reto o verdad. Luego gira la botella y se apoya en su camioneta. El polo blanco que lleva le marca los pectorales.

La botella apunta a Savannah.

—Verdad —dice nerviosa, apretando los labios y mirando a su primo con ojos de cordero degollado. A lo mejor espera que Blake no se pase con ella, pero dudo que sea así.

—¿Es verdad que mojas las patatas fritas en el batido?

Vaya, me he equivocado.

—¡Patético! —grita alguien.

Savannah suelta un suspiro exagerado a mi lado y su cara se ilumina con una sonrisa de alivio. Salvada por los lazos de sangre.

Nadie más tiene la misma suerte.

El pobre Barney elige reto y Savannah le ordena que cruce desnudo el campo de béisbol. Él acepta con entusiasmo y entretiene a su público con un falso estriptis para salir pitando con el culo al aire. Vuelve, tapándose la entrepierna con las manos, y hace una reverencia ante una ronda de aplausos en la que participo. Tengo la sensación de que todo esto estaba preparado. Tiene pinta de ser el payaso del grupo de amigos.

El juego continúa, con una mezcla de verdades y retos que se van eligiendo. Las verdades son preguntas muy obvias, como ¿quién fue la última persona con la que te enrollaste? Y los retos son relativamente sosos en comparación con el que impuso Savannah: besa a alguien del grupo, publica una foto vergonzosa tuya en Instagram, bebe de un trago la última lata de cerveza que ha aparecido en el fondo de una nevera. Cada vez que alguien vuelve a girar la botella, miro al cielo y rezo para que apunte a cualquiera menos a mí. De momento, la suerte ha estado de mi lado.

Hasta que...

—Anda, Mila —dice Blake conforme la botella se va parando en mi dirección—. ¿Reto o verdad?

El corazón me late muy rápido y todo el mundo me mira, expectantes por ver si la chica nueva es lo suficientemente valiente como para elegir reto. Pero es que, en un grupo de completos desconocidos que no saben nada de mí, también da miedo elegir verdad. Podrían preguntarme cualquier cosa, porque hay mucho que averiguar. Pero siempre está la opción de mentir, ¿no? ¿Cómo sabrían si digo o no la verdad?

—Verdad —elijo, tragando con fuerza. Cómo no, la botella ha tenido que señalarme a mí cuando le tocaba a Blake girarla.

Se sienta en una silla en el círculo, en frente de mí, con una lata de refresco en la mano. Pasa el dedo por el borde metálico, haciendo como que piensa intensamente. Luego me mira y sonríe.

—¿Quién es tu padre?

Se me para el corazón. ¿Perdona?

Me quedo observándolo con una mirada fría, deseando hacer desaparecer esa sonrisa de su cara de un tortazo. Sabe exactamente quién es mi padre, pero está claro que quiere que todos los demás lo descubran ya que su presentación no causó el revuelo que él esperaba.

El grupo parece confuso, hay ceños fruncidos y murmullos que ponen fin al silencio forzado. Reina la curiosidad, pero las pocas personas que parecen haber atado cabos van reaccionando con los típicos «¡Lo sabía!».

—Venga ya, qué más da... —susurro con una humillación patética, recurriendo a la bondad de Blake. Si es que la tiene.

¿No se da cuenta de que no quiero hablar del tema? ¿De que si me apeteciese que todo el mundo supiera quién es mi padre ya habría buscado la forma de meterlo en alguna conversación a estas alturas?

Blake mira al silencioso círculo, aumentando la tensión a propósito.

—¿Sabíais que tenemos a una estrella entre nosotros? Perdón, a la hija de una estrella.

Separo los labios, sorprendida de que me exponga de esta forma. Nos acabamos de conocer, ¿qué narices he podido hacer para que se porte así conmigo?

No voy presumiendo de fama. La verdad habría salido a la luz en algún momento, pero Blake se está esforzando mucho para que toda la atención se centre en mí y, ahora mismo, el foco brilla con demasiada intensidad.

Barney es el primero que lo dice en voz alta. Se inclina hacia delante en la silla, todavía con los botones de la camisa desabrochados.

—Un momento. Mila... ¿Harding? ¿Tu padre es Everett Harding?

Cierro los ojos e inhalo profundamente. Ya está, empieza el revuelo. Las preguntas van de un lado a otro, tanto dirigidas a mí como a los demás.

—¿Quién? —pregunta alguien.

—¡El que hace de Jacob Knight en *Zona conflictiva*! —responde otro.

—¿Está en Fairview? —pregunta una voz animada al mismo tiempo que otra persona dice:

—¡Lo sabía!

Abro los ojos y busco entre el grupo hasta que encuentro a Blake. Se echa hacia atrás en la silla, relajado, bebiéndose el refresco como si no acabara de crear un completo caos en mi vida. Niego con la cabeza con rabia y vocalizo: «¿Por qué?».

Los demás se han levantado de la silla para acercarse más a mí y me rodean con la esperanza de que responda a sus preguntas o les cuente algún cotilleo. Durante toda la noche, nadie me ha dirigido la palabra más que para saludarme amablemente. Pero ahora que se ha revelado el nombre de mi padre, de pronto todo el mundo piensa que soy superguay e interesante.

—¿Hacemos de guardaespaldas? —bromea Tori con Savannah, ambas aún sentadas a mi lado.

La verdad es que hasta Savannah flipó un poco cuando descubrió quién era mi padre. Tori es la única que se acordaba de mí, pero no parece tener demasiado interés en papá. Y, si lo tiene, lo disimula muy bien.

La chica que se ha pasado la mayor parte de la noche sentada encima de Myles coloca una silla enfrente de mí y me mira con los ojos muy abiertos.

—¿Te da repelús que diga que tu padre está bueno? ¿Me podrías conseguir un autógrafo?

—¿Tienes fotos con él? —pregunta Barney, apareciendo por encima de mi hombro—. ¿Nos las enseñas?

Saco mi teléfono y busco en la galería, muy consciente de que todo el mundo está mirando mi pantalla, cada vez más y más cerca para conseguir un buen ángulo de visión. Solo hay seis personas acorralándome, pero parecen mil. Todos los demás mantienen las distancias, de momento, aunque sigo oyendo el rumor de sus voces.

Encuentro una foto que nos hicimos papá y yo el mes pasado. Un selfi en la playa de Malibú durante el atardecer, con una especie de aura dorada sobre nosotros. Tengo el pelo húmedo pegado en las mejillas y la mirada de un millón de dólares de papá es incluso más ardiente de lo normal. Ruben publicó esta foto del atardecer en el Instagram de papá para recordarle a todo el mundo que Everett Harding es un orgulloso hombre de familia. Ahora, eso sí, no tuvo ningún reparo a la hora de mandarme aquí.

De pronto, mientras todos observan la foto, alguien me quita el teléfono de las manos.

—¡Eh! —grito, levantándome de un salto de la silla.

Pero Barney ya ha salido corriendo, apartando a los demás a empujones y metiéndose por un hueco entre dos camionetas. Tiene mi teléfono en la mano y no aparta la mirada de él mientras corre. Yo salgo detrás de él... ¡porque tiene mi puñetero teléfono! Y con él tiene acceso a muchísimas cosas, como mis redes sociales, mi lista de contactos y mis fotos privadas con papá que nunca se han hecho públicas y que muchos columnistas de la prensa rosa matarían por conseguir. Desde el momento en el que me compraron un móvil, Ruben me ha dejado muy claro que nunca nunca nunca puedo permitir que nadie, ni mis mejores amigos, se acerquen a él.

Savannah y Tori y los demás me siguen, creando un jaleo

enorme mientras pasamos entre las camionetas para pillar a Barney. Mueve los dedos por mi pantalla, deslizándola, y luego se lleva el teléfono a la oreja. Se ríe mientras se mueve rápida y ágilmente por el hormigón, con una mano estirada como si intentara hacerme un placaje para mantenerme a distancia cada vez que me acerco.

—¡Devuélvemelo! —le ruego, con los dos brazos estirados para intentar arrebatarle mi teléfono. Está llamando a alguien. Noto cómo las lágrimas empiezan a brotar de mis ojos—. ¡Por favor, para!

—¡Hola! —dice Barney alegremente—. ¿Cómo está? ¿Es usted Everett Harding?

«¡No!»

—¡Devuélvele el teléfono, Barney! —le exige Tori mientras se acerca lo suficiente para darle una patada en la espinilla.

—¡Ay! —grita él, apartándose el teléfono de la oreja para agacharse a frotarse la pierna, y aprovecho la oportunidad para quitárselo—. ¿Qué coño haces, Tori?

Agarro fuerte el teléfono y salgo corriendo con él, agachándome entre dos camionetas para apartarme de la vista de los demás. Estoy jadeando y el corazón me late muy rápido. Hay una llamada activa, una llamada con el contacto guardado como «Papá». Esperaba que Barney estuviera de coña, pero no. Ha llamado a mi padre de verdad. Los nervios me recorren todo el cuerpo y me tengo que obligar a llevarme el teléfono a la oreja.

—¿Papá?

—¿Mila? —suelta él al otro lado de la línea—. ¿Qué narices está pasando? —Entiendo que esté enfadado, pero, aun así, su tono hace que me estremezca—. ¿Acabas de llegar a casa y ya la estás liando con el teléfono? ¿Por qué no estás en el rancho? Joder, pensaba que era una emergencia. —Lo oigo gruñir y exhalar profundamente—. Escucha, Mila, estoy en una cena de trabajo. ¿Puedes comportarte, por favor?

—Sí. ¡Lo siento mucho! No...

Pero ya ha colgado.

Me guardo el teléfono en el bolsillo del pantalón y me aprieto la cara con las manos, intentando calmar mi respiración. Sigo agachada entre dos camionetas, pero me obligo a levantarme y a volver a aparecer con un subidón de adrenalina. Barney está discutiendo con Tori, y Savannah la está apoyando. Los tres se quedan callados cuando me ven.

—¿Por qué has hecho eso? —pregunto mirando fijamente a Barney con las manos en las caderas.

Todavía hay alguno más merodeando por aquí, pero otros, como Blake, ni siquiera se han molestado en levantarse de sus sillas.

—Ha sido divertido —dice Barney avergonzado, y riéndose al mirar a todos los que lo han presenciado—. Ya sabes... una broma.

Antes de pelearme con él, decido que es mejor apartarme de la situación. Esta fiesta parecía una buena idea, pero resulta que ha sobrepasado los límites demasiado pronto. Blake se ha burlado de mí delante de todos, ya no queda nadie que no sepa que soy la hija de Everett Harding y, encima, papá vuelve a estar decepcionado conmigo... Solo espero que Ruben no se entere.

Se suponía que iba a ser divertido, una noche tranquila..., pero la verdad es que ya no me apetece quedarme aquí. Quiero volver al rancho, encerrarme en mi habitación para el resto del verano y garabatear en mi *bullet journal*. Que, irónicamente, es lo que Ruben espera que haga.

Me aparto de todos y camino hasta la camioneta de Blake. Intento abrir la puerta, pero está cerrada. Debe de haberme visto peleándome con la manilla, porque aparece a mi lado con una ceja levantada.

—Ábreme la puerta —le pido—. Por favor.

—¿Por qué?

—Porque quiero esconderme aquí hasta que me lleves a casa.

Blake aprieta los labios, se saca las llaves del bolsillo y me abre la puerta. En cuanto oigo el clic, me subo al asiento de atrás y cierro de un portazo. Él se queda mirándome por la ventanilla, me analiza durante un segundo y luego se vuelve con sus colegas. Me gustaría pensar que todo esto ha sido culpa suya, pero la verdad es que la única culpable soy yo, por haber accedido a venir.

Apoyo la espalda en el respaldo del asiento y disfruto del silencio durante un minuto. Todos parecen haberse relajado y se han vuelto a reunir en el círculo de camionetas. Escucho música y voces, como un coro amortiguado a través de los cristales. Menuda forma de terminar el juego. Nota para el futuro: tener más cuidado con el teléfono.

Un poco después, se abre la puerta de la camioneta y Savannah se sienta a mi lado.

—Lo siento mucho, Mila —dice, con la mirada culpable pese a que ella no ha hecho absolutamente nada—. Barney se ha pasado tres pueblos. ¿Ha llamado de verdad a tu padre?

—¡Sí! —Levanto las manos desesperada—. ¡Ya verás la que me espera! Y, además, ahora solo me vais a ver como la hija de Everett Harding.

—Bueno, tampoco es tan malo —interviene Savannah intentando alegrarme—. Todos piensan que eres superguay.

—¡Eso me da igual! —grito.

Savannah parece un poco confusa, como si no supiera muy bien cómo tratarme.

—Ah.

—Lo siento —digo, frotándome la sien. No pretendo descargar mi frustración con ella—. Es que no debo llamar la atención. No quería que nadie me relacionara con mi padre. Siempre me complica mucho la vida.

—Pero... se iba a terminar sabiendo tarde o temprano, ¿no? Es un pueblo pequeño. No hay muchas Milas. Y no hay muchos Harding.

—Ya lo sé, pero, de verdad, solo necesito que no se haga todo un mundo de esto. Que quede entre nosotras: el mánager supercontrolador de mi padre no quiere que la prensa se entere de que estoy aquí.

—¿Por qué? —pregunta Savannah—. ¿Qué tiene de escandaloso pasar el verano en tu pueblo?

Miro su cara amable e inocente y me parece absurdo no contarle la verdad.

—Que yo no quería hacerlo —confieso.

—Aaah —Savannah respira hondo—. ¿Es una especie de castigo o algo así?

—Medidas preventivas —corrijo.

—Entendido. Pues yo me encargo —dice Savannah con confianza, poniéndose recta—. Voy a ir a hacer un control de daños. —Saca el dedo meñique y me lo acerca—. Yo te protegeré, te lo prometo. Me aseguraré de que todo el mundo se relaje y de que no digan nada. Y le haré un placaje a cualquier fan obsesionado que se ponga en tu camino cuando sea necesario.

Esto por fin me saca una sonrisa. Supongo que ahora entiendo por qué Savannah Bennett fue mi mejor amiga en el cole: porque cuida a los demás y sigue haciendo promesas de meñique con dieciséis años. Y también porque cree que con su cuerpo diminuto podría hacerle un placaje a alguien.

Asiento con la cabeza y engancho mi meñique con el suyo.

Capítulo 6

La fiesta termina una hora después, más o menos. Miro cómo todo el mundo recoge la basura y guarda las sillas y las neveras. Tori apaga la música y guarda los altavoces. Poco después, los demás se van subiendo a sus camionetas y desaparecen. No queda absolutamente ningún rastro de ninguno de los que hemos estado aquí esta noche.

Yo me he quedado dentro de la camioneta de Blake. Estoy agotada del vuelo de esta mañana, así que sentarme aquí en silencio y cerrar los ojos durante una media hora (más que nada para evitar ver aparecer en la pantalla del teléfono cualquier mensaje de mis padres o de Ruben echándome la bronca) ha sido un descanso muy necesario. Y ahora, por fin, ha llegado la hora de volver a casa.

Primero suben a la camioneta Savannah y Myles, discutiendo escandalosamente sobre algo. Me pongo recta y me froto los ojos cansados.

—¿Qué tal ha seguido la fiesta? —pregunto mirando de reojo mi teléfono. Ni mensajes ni llamadas. Menos mal.

Savannah se abrocha el cinturón, cabreada.

—Genial, menos porque aquí el Príncipe Encantador quería colar a Cindy en casa. Qué asco. —Myles se burla de ella en el asiento del pasajero, pero Savannah lo ignora y me mira a mí—. Y me he asegurado de que todo el mundo sepa cómo comportarse mientras estás en el pueblo.

Se abre la puerta del conductor y Blake se desliza en su asiento silbando tranquilamente una melodía. El mero hecho de mirarle la nuca me molesta. Arranca el motor, pone su música *country* y sale del aparcamiento del instituto.

—Bueno, señorita Mila —dice, mirándome por el espejo retrovisor—. ¿Seguirás por aquí para la fiesta de julio?

—Espero que no —digo con los labios apretados. ¿Por qué se molesta en hablarme?

—Anda, ¿no te lo has pasado bien?

—Blake, cállate —le suelta Savannah—. ¿Sería posible que todos los que estamos aquí nos pusiéramos de acuerdo en hacer que Mila se sienta a gusto el tiempo que vaya a estar en el pueblo?

—Por supuesto —dice Blake con una risa ahogada—. Prometo que me portaré muy bien con Mila.

Savannah me lanza una mirada compungida.

—Gracias —le digo vocalizando. Agradezco mucho su esfuerzo, pero parece que su primo se ha empeñado en ser un gilipollas. Menos mal que se pone a bromear con Myles y no me vuelve a decir nada más mientras atravesamos Fairview Boulevard y nos adentramos de nuevo en el paisaje del pueblo.

Es casi medianoche, así que ya no se ve a nadie por la calle. No nos cruzamos con un solo coche de vuelta a los ranchos, y no hay nada a lo que mirar aparte del oscuro vacío. En un momento dado, cogemos la serpenteante carretera que reconozco de esta mañana, y veo aparecer en la distancia las luces de la finca de los Bennett.

Entonces me doy cuenta de que Blake va a dejar primero a sus primos, lo que quiere decir que me quedaré sola con él en la camioneta. «¿Por qué? ¿Por qué? ¿Por qué?» Había dado por hecho que me llevaría a mí primero a casa, es lo que más sentido tiene, ¿no? Siempre dejas primero a quien menos conoces, precisamente para evitar este problema. No quiero quedarme sola con Blake en la camioneta. No me apetece discutir con él, y mucho menos sin que esté Savannah para cortarle la diversión.

Siento la boca seca e intento centrarme en el crujido de la tierra bajo los neumáticos mientras el coche baja por el polvoriento camino de Willowbank. Blake para el coche frente a la casa, y Savannah y Myles se bajan.

—Blake te dejará en casa —susurra Savannah con una mano apoyada en la puerta—. Son solo cinco minutos. —Luego levanta la voz y se dirige a Blake—: Pórtate bien con Mila.

—A sus órdenes —dice él con firmeza, llevándose la mano a la frente.

Los Bennett se despiden y se meten en casa, golpeándose en silencio con los codos para pasar primero por la puerta. Desaparecen de nuestra vista y Blake gira para salir de la finca.

Me siento ridícula en el asiento trasero con él delante, como si fuera mi chófer, así que me desabrocho el cinturón y paso por encima de la palanca de cambios.

—¡Oye! —protesta él cuando lo golpeo «accidentalmente» en la cabeza con el codo.

Me siento en el asiento del pasajero que Myles ha dejado caliente y me pongo el cinturón. Ahora que estoy sola con Blake, tengo dos opciones: me comporto como una pringada y le permito que me pisotee, o me defiendo.

—¿De qué vas? —le digo, con los brazos cruzados y el cuerpo ligeramente angulado hacia él.

Blake me mira con desdén, poco impresionado por mi paseo por su tapicería.

—¿Que de qué voy?

—Sí. ¿De qué vas? —pregunto de nuevo, más firme esta vez—. Porque parece que te ha encantado ver cómo me moría de vergüenza esta noche. ¿Eres el típico abusón o algo así? ¿Quién te ha coronado rey del instituto de Fairview?

Blake echa la cabeza hacia atrás y se ríe.

—Eres tú la reina del drama. Te he presentado a todos y te he integrado en el juego dándote algo de lo que hablar. ¿Por qué me convierte eso en un abusón exactamente?

—No pretendías hacerme ningún favor. ¿Por qué has tenido que decirle a todo el mundo quién es mi padre?

—Bueno, personalmente, creo que tu padre debería pulir sus habilidades interpretativas. Las películas de *Zona conflictiva* son una mierda, pero hay mucha gente que piensa lo contrario —dice, encogiéndose de hombros. Conduce con una mano sobre el volante y con la otra toquetea los botones de la consola central—. Me daba pena tener que ocultárselo a los demás. Además, no sabía que era un secreto.

—¡Venga ya, Blake! —Casi le escupo al decir su nombre—. No te comportes como si no supieras exactamente lo que estabas haciendo. Eres un gilipollas. Me has arruinado la fiesta.

Me giro para mirar por la ventanilla, rezando para que Savannah no quede mucho con su primo, porque no quiero estar cerca de él nunca más.

Blake ni se molesta en responderme, simplemente chasquea la lengua y nos quedamos en silencio durante un rato, hasta que por fin aparece la Finca Harding. Los focos del muro iluminan la carretera con un haz azul frío. Me desabrocho el cinturón antes de que Blake llegue a la puerta, preparada para huir y, con suerte, no volver a verlo nunca más.

—Mila Harding ha sido entregada con éxito en su prisión. Digo, en su casa —afirma, parando la camioneta.

—¿Prisión? —repito perpleja.

O sea, sí, los muros son intimidantes, y la idea de que el rancho parecía una cárcel se me pasó antes por la cabeza. Pero, aun así, los muros están ahí por un motivo: para proteger a Sheri y a Popeye.

Blake agacha la cabeza y mira a través del parabrisas.

—Sí, ¿no? Al menos, es la sensación que da.

No he estado en el rancho el tiempo suficiente como para sentirme encerrada, así que ignoro sus reflexiones y salgo de la camioneta. Por supuesto, no se merece ni un «gracias» ni un «adiós», así que agarro la puerta para dar un portazo.

—¿Tienes la llave?

—Tengo un código —digo, cerrando de un portazo—. Evidentemente.

Camino hasta la puerta y abro la aplicación de notas del teléfono para buscar el código que escribí antes, pero me doy cuenta de que la camioneta de Blake sigue detrás de mí. ¿Por qué no se va? Odio notar cómo me mira.

Me giro y le grito:

—¿Tienes que quedarte ahí mirándome?

Blake baja la ventanilla, saca un brazo y sonríe con dulzura. Es la sonrisa más amable que me ha dedicado en toda la noche, pero no disimula la crudeza de su voz.

—Solo quiero asegurarme de que llegas a casa bien, como he prometido. Estoy seguro de que pedirían mucho dinero por tu rescate. Si desaparecieses ahora mismo, yo sería el principal sospechoso.

—Vete a casa, Blake —le ordeno haciéndole un gesto con la mano—. Adiós. Buenas noches. Nos vemos nunca.

Vuelvo a girarme hacia la puerta y respiro hondo, ignorándolo y escribiendo los números que me dio Sheri. La puerta emite un pequeño pitido agudo y se enciende una luz roja en el teclado.

«¿Cómo?»

Lo vuelvo a intentar, pulsando esta vez más despacio los números en el teclado para asegurarme de introducir bien el código, pero otro pitido y otra luz roja me dicen lo contrario. ¿Se equivocó Sheri al darme el código? ¿Me equivoqué yo al apuntarlo? Tenía prisa por salir cuando lo hice, la verdad.

Nerviosa, golpeo el suelo con el pie de la misma forma que hice cuando llegué al rancho, y me pongo a pensar. No quiero girarme y admitirle a Blake que no puedo entrar, así que sigo mirando hacia abajo y busco en la lista de contactos.

Entro en pánico cuando me doy cuenta de que no tengo el teléfono de la tía Sheri.

Abro cada vez más los ojos mientras vuelvo a comprobarlo. El pánico se está apoderando de mí. ¿Por qué no tengo su teléfono? Le escribí el mío en un pósit en la cocina, pero no se me ocurrió pedirle a Sheri el suyo por si surgiera, yo qué sé, una emergencia como esta.

—¡¿Hay algún problema con esa puerta tan grande y tan cara?! —escucho gritar a Blake.

—Te he dicho que te vayas —digo muy bajito, dándole la espalda. Parezco muy segura de mí misma, pero, en realidad, estoy devanándome los sesos buscando la forma de entrar en la finca.

—¿No te alegras de que haya alguien para ayudarte?

El motor del coche se apaga y oigo cómo se cierra la puerta y, a continuación, unos pasos. Se pone a mi lado y se coloca las manos en las caderas, con la cabeza inclinada hacia un lado, mirando a la imponente puerta que tenemos delante. Mientras tanto, yo lo miro a él, horrorizada. ¿Podría ir peor esta noche?

—Igual deberías, no sé, ¿llamar a alguien? —me sugiere.

—Sí, claro —me veo obligada a replicar—. Pero no tengo el número de mi tía.

Me mira de reojo y la luz de los focos resalta el hoyuelo de su mejilla.

—¿No tienes el número de tu tía? —Se ríe como si no se pudiera creer que alguien pudiera ser tan tonto.

—¡Cállate! —gruño sin parar de deslizar mi lista de contactos por si estuviera el teléfono fijo del rancho, pero es inútil. Siempre que llamo a Popeye, lo hago desde el fijo de casa. No tengo el número de nadie guardado en mi teléfono—. Acabo de llegar hoy.

—Qué mala suerte —dice. Luego se da la vuelta y camina hacia la oscuridad, gritando—: ¡¿Alguien puede dejarle a Mila una tienda de campaña?! —Su voz resuena en la oscuridad, produciendo eco en la distancia—. ¿Y un saco de dormir?

—Para. No tiene gracia.

Echo la cabeza hacia atrás y recorro el muro con la mirada. Mide dos metros y medio por un motivo: para que nadie sea capaz de escalarlo. Me aprieto las manos contra la cara en un esfuerzo de repasar mis pocas opciones.

—¿De verdad no tienes forma de entrar? —pregunta Blake.

—¿Acaso te piensas que quiero estar aquí contigo?

Él sonríe y se saca el teléfono del bolsillo.

—Esta vez voy a hacerte un favor de verdad.

No sé qué puede hacer para ayudarme a entrar, pero estoy dispuesta a darle el beneficio de la duda. Estoy enfadada con él, pero la verdad es que ahora me alegro (en secreto) de que no siguiera mis órdenes y se marchara.

Blake marca un número, se lleva el teléfono a la oreja y se aparta de mí. Se mete la otra mano en el bolsillo y camina en silencio cerca de la camioneta, sin mirarme. Yo me quedo donde estoy y lo miro, expectante. ¿A quién está llamando?

Deja de andar y se aclara la garganta cuando alguien responde al otro lado de la línea.

—Ey, hola, sí, sí, estoy bien. No te preocupes —dice tranquilamente, dándome la espalda—. Ya sé que es tarde, pero necesito que llames a alguien. Es una emergencia. —Escucha y suspira—. Te lo acabo de decir, estoy bien. No es por mí. —Hace una pausa y se gira hacia mí, apartándose el teléfono de la oreja—. ¿Cómo se llamaba tu tía?

—Sheri.

Blake vuelve a girarse y sigue hablando por teléfono, en voz baja, pero no lo suficiente.

—¿Puedes llamar a Sheri Harding y decirle que su sobrina no puede entrar en su finca? Sí, su sobrina. La hija de él. —Pausa larga—. Ya lo sé, pero tú eres la única persona despierta a estas horas que puede ayudar. —Otra pausa—. Vale. Gracias. —Cuelga, se vuelve a guardar el teléfono en el bolsillo y viene hacia mí.

—¿Quién era? —pregunto.

Blake tiene las dos manos en los bolsillos y se balancea de atrás adelante. Se queda mirando el suelo unos segundos, y luego dice:

—Mi madre.

—¿Tu madre?

—Conoce a mucha gente. Además, es un pueblo pequeño, ¿recuerdas? Más de lo que te imaginas.

Es un poco inquietante, sí, pero supongo que da igual cómo consiga entrar en el rancho, siempre y cuando lo consiga. Me quedo en silencio y me rodeo con los brazos, sin saber muy bien qué hacer además de esperar.

A estas horas de la noche, el calor del verano ha amainado y la brisa me ondea el pelo, que se me pone en la cara. Al otro lado de la carretera solo hay un inmenso campo vacío que desaparece en la oscuridad. Esta noche hay luna llena y las estrellas bailan en el cielo sobre nosotros. A causa de la contaminación lumínica de Los Ángeles, nunca había visto las estrellas brillar con tanta intensidad.

Blake y yo estamos de pie, juntos, en el silencio de la noche, con el único sonido del cantar incesante de un grillo, y no nos dirigimos la palabra. Cuanto más tiempo pasa sin que hablemos, más aumenta la tensión. Yo soy la primera en romper el hielo.

—Gracias por quedarte conmigo —digo.

Él se apoya en la camioneta.

—Un gesto bastante considerado para un gilipollas como yo, ¿no?

El breve intento de mantener una conversación civilizada se ve interrumpido por el estridente ruido de la campana que indica que se está abriendo la puerta. Cuando termina de abrirse, la tía Sheri aparece al otro lado, envuelta en una bata.

—¡Mila! Ay, cielo, ¡cuánto lo siento! —balbucea. Arrastra las zapatillas de estar por casa por la arena cuando sale corriendo y me abraza como si llevara cinco días desaparecida—. ¿Ya está dando por saco otra vez la puerta? ¿No funcionaba el código?

—No pasa nada —la tranquilizo, dándole incómodas palmaditas en la espalda hasta que me libera de su abrazo. Miro su expresión de culpabilidad y le sonrío para hacerle sentir mejor—. Creo que lo apunté mal. Por cierto, tienes que darme tu número.

—¡Es verdad! Ni si quiera se me había ocurrido... Di por hecho que lo tenías... —Sheri se queda en silencio de pronto mientras mira por encima de mi hombro—. Hola, Blake.

—Buenas noches, señorita Harding —la saluda él, haciendo un gesto educado con la cabeza. O sea, que si quiere, puede ser simpático.

Sheri me mira extrañada y dice:

—¿No habías salido con Savannah?

—Sí —responde Blake por mí—. Íbamos todos en mi camioneta. He venido a dejar a Mila en casa.

—Pues muchas gracias, Blake. Y dale las gracias a tu madre de nuevo. No sabía qué esperarme cuando he cogido el teléfono.

—Lo haré —asegura. Hay una tensión muy rara entre los dos que no termino de entender. No se miran a los ojos—. Será mejor que me vaya a casa. Buenas noches, Mila.

—Buenas noches —digo perpleja. ¿Ahora resulta que es superamable y agradable?

Blake vuelve a subirse a su camioneta, se despide con la mano y enciende el motor. Las luces de atrás brillan con intensidad en la distancia hasta que desaparecen. Y se va.

Capítulo 7

Suena el teléfono y respondo, medio dormida, al sonido de la voz histérica de Ruben al otro lado de la línea.

—Tu padre me ha contado lo que pasó anoche. ¡Total y completamente inaceptable!

—Buenos días a ti también, Ruben —murmuro, sentándome en la cama y mirando la hora en mi reloj. Las ocho de la mañana. La luz del sol se cuela en mi habitación, pero todavía tengo los ojos demasiado sensibles, así que los cierro y me froto los párpados—. ¿Qué hora es en Los Ángeles? ¿Las seis? ¿Por qué te despiertas tan pronto?

—Mila, corazón, aquí siempre trabajamos los mismos, sin descanso —dice con un tono árido—. Tu padre anoche estaba en una cena muy importante ¿y a ti te pareció una buena idea que tu coleguita del pueblo lo llamara? ¿Dónde estabas, si puede saberse? No parecía que estuvieras en el rancho, donde te había ordenado que te quedaras.

—No es mi coleguita —protesto.

Tengo la garganta seca por la sed. Me destapo y saco una pierna desnuda por el lado de la cama para notar el aire acondicionado en la piel.

—Entonces ¿qué pasó? ¿Pretendes trabar nuevas amistades ofreciendo llamadas personales con Everett Harding?

¿Cómo había podido olvidar lo pesado que es Ruben? Es como si fuera un tío mío al que odio por darme la brasa por absolutamente todo.

—¡Claro que no! Estaba en... —Me callo de golpe. A lo mejor no debería confesarle a Ruben que he incumplido las normas tan pronto.

—¿Dónde estabas, Mila? —insiste.

—Fui a una fiesta en un aparcamiento con una amiga del colegio. —Me rindo. Pero tengo que salvar la situación para evitar que la tía Sheri también se meta en problemas—. Sheri no lo sabía, pero no te preocupes, ya me ha echado la bronca. Nada de salir del rancho. Lo pillo.

—Mila. —Ruben está prácticamente gruñendo—. ¡No llevas ahí ni veinticuatro horas y ya la has liado! Estoy seguro de que es un nuevo récord. No pudiste evitar hablar de tu padre, ¿no?

—¡No fui yo! ¡Fue otra persona!

Ruben suspira.

—¿Por qué no creas vínculos con tus familiares, los ayudas a recoger la mierda del establo y te lees una o dos novelas románticas? No salgas del rancho. Nada de fiestas. ¿Entendido, Mila?

Abro lentamente los ojos para que se acostumbren a la luz, y me espabilo lo suficiente como para ponerme a la defensiva.

—Ruben, eso es imposible. ¿Cómo pretendes que no llame la atención en el pueblo de papá, donde todo el mundo sabe quiénes somos? Deberías haberme enviado a otro continente si tanto querías que no me relacionase con nadie.

—¡No seas ridícula! —grita—. ¡Como si pudiera fiarme de ti en algún otro sitio! —Luego, su tono cambia—. Sinceramente, me importa un pimiento dónde estés. Y que sepas que ahora me encargo yo de tus redes sociales.

Aprieto con fuerza el teléfono.

—¿Cómo?

—He cambiado todas las contraseñas —me anuncia—. Basta con que publiques un tuit o una foto en Instagram que dé alguna pista, por mínima que sea, de que vuelves a las andadas para que la prensa empiece a indagar.

—Ruben, ¿te ha dicho alguien alguna vez que eres la persona más insoportable del mundo? —pregunto amablemente, deseando poder traspasar el teléfono y estrangularlo.

—Sí, corazón, muchas. Pero soy el mejor en mi trabajo. —Oigo cómo me lanza un beso desde el otro lado de la línea—. Compórtate, Mila, cielo, y quédate en el rancho. No me obligues a llamarte otra vez.

Cuelga la llamada, tiro el teléfono al suelo y me vuelvo a tumbar en la cama, gritando con las sábanas en la cara. Ojalá pudiera ser una chica de dieciséis años normal que no tiene al mánager de su padre controlando cada movimiento que hace. Pero, como me recuerda siempre mamá, no soy normal. Para ella tampoco es fácil. Es la mujer de una puñetera estrella de cine. Los rumores que circulan son de locos y la presión por representar el papel de la esposa perfecta, preciosa y comprensiva también le pasa factura. No me extraña que se centre con tanto ímpetu en su vida laboral. Así puede ser ella misma.

Joder, ojalá yo tuviera una identidad propia.

Con un bostezo cansado, estiro los brazos y salgo de la cama. Es una sensación extraña despertar en una habitación diferente. En casa, tengo mi *bullet journal* en la mesita de noche; mi crema hidratante favorita y mis perfumes perfectamente alineados sobre la cómoda; mis joyas están ordenadas en pequeñas cajitas colocadas en las estanterías de la pared.

Aquí, todo está desordenado, tirado por el suelo. Empiezo a deshacer la maleta, pero me agobio aún más en cuanto me pongo a rebuscar. He apilado la ropa en motones en el suelo, he ordenado todos los productos de belleza y he colocado mi osito de peluche sobre la cama. Hasta que me canso de guardar cosas y me voy abajo.

Un olor a café recién hecho sale de la cocina, así que lo sigo. La casa está tan silenciosa que me sorprendo cuando me encuentro a Popeye en la cocina. Está toqueteando las bisagras de una ventana, con la llave inglesa en la mano, mientras mira con orgullo la finca. Lo imito y miro también hacia fuera. Creo que fue mi bisabuelo quien creó la Finca Harding de la nada después de la Segunda Guerra Mundial. Luego, Popeye y mi abuela la heredaron y criaron aquí a su pequeña familia. Papá habría sido el siguiente en la línea de sucesión si la vida hubiera salido como las generaciones anteriores esperaban, pero su ambición se interpuso en el camino. Sheri ayuda a Popeye con el rancho porque me imagino que algún día será suyo. Cuando yo era pequeña, la finca era mucho más grande —unas cuantas hectáreas más—, pero Popeye vendió gran parte del terreno hace unos años, antes de construir los muros de seguridad, para que fuera más llevadero. No me imagino a papá volviendo a vivir aquí, ni siquiera aunque su carrera en el cine terminara en algún momento. Esto no va con él.

—Buenos días —me saluda Popeye levantando la llave inglesa—. Sheri está con los caballos, pero me ha dicho que te preparará un buen desayuno cuando vuelva. Yo estoy intentando arreglar esta ventana, que no deja de crujir.

—No pasa nada, ya me preparo yo algo —digo. Doy unos pasos por el suelo de madera y lo beso en la mejilla—. Buenos días, Popeye.

Tengo la mano sobre su hombro, y él aprieta sus dedos cálidos contra los míos. Me mira a los ojos.

—Me han contado que anoche la verja te jugó una mala pasada.

Lo rodeo con los brazos desde atrás y entierro la cara en su hombro, inhalando el olor de... Popeye. Huele a alguien que lleva toda su vida viviendo en un rancho.

—Sí. Pero no hablemos del tema.

—Hace tanto tiempo que estamos Sheri y yo solos, que nos cuesta tener en cuenta a alguien más —dice con un tono más deprimido que alegre.

De pronto soy muy consciente de que no hemos venido de visita tanto como deberíamos durante los últimos años, y la imagen de Sheri y Popeye solos a la mesa, un día tras otro, me encoge el corazón. Es como si, cuando papá hizo las maletas y se mudó a Los Ángeles con la esperanza de convertirse en una estrella, se hubiera olvidado de aquellos a los que dejaba atrás.

Suelto a Popeye y él deja la llave inglesa sobre la encimera y cruza la cocina. Rebusca en un cajón lleno de papeles y cables y saca un dispositivo de plástico, como un mando a distancia.

—Esto es para ti —dice—. Voy a llamar al técnico y a cantarle las cuarenta si no aparece pronto para arreglar la puerta. Y, cuando lo haga, podrás utilizar este mando para entrar y salir. Pero, hasta entonces, apunta bien el código.

Cruzo la cocina para recoger el mando.

—Gracias, Popeye.

Sheri aparece por la puerta de la cocina, soltándose la coleta. Lleva una camisa vieja y unos vaqueros llenos de polvo, y se quita las botas sucias junto al felpudo. La genética ha dotado a mi tía de unas facciones naturales increíbles, así que, aunque esté cubierta de barro y pelo de caballo, consigue tener un aspecto resplandeciente. Papá me dijo una vez que, cuando tenía veintipocos años, Sheri iba a casarse con un enfermero de la ciudad, pero este murió en un accidente de coche en la carretera interestatal. Nunca volvió a prometerse con nadie y no ha tenido hijos. Aunque da la sensación de que esta vida le encanta, parece muy alegre y satisfecha.

—Buenos días, Mila, ¡ya estás despierta! —dice Sheri al entrar en la cocina. Me coloca un mechón de pelo detrás de la oreja—. ¿Has dormido bien?

—Sí, hasta que Ruben me ha despertado. No estaba demasiado contento con lo que pasó anoche.

—¿Anoche? —repite Sheri, estirándose—. ¿Sabe que saliste?

—Sí... Es que... —digo con timidez—. Hubo un pequeño... incidente. Alguien me quitó el teléfono y llamó a papá.

—¡Ay, Mila! —dice Sheri de camino al fregadero. Se lava las manos con lavavajillas y se las enjuaga bajo el grifo—. ¡Ahora Ruben me llamará a mí para echarme la bronca!

—No, no te preocupes —digo con una pequeña sonrisa. Aunque he estado bastante distanciada de mi familia durante estos últimos años, la tía Sheri me cae muy bien, y le agradezco mucho que haya aceptado acogerme durante el verano. Lo último que quiero es complicarle la vida—. Te he encubierto.

—Gracias, Mila. Ese es el trabajo en equipo que necesitamos, ¿de acuerdo? —dice con una risa aliviada, sacudiéndose el agua de las manos. Puede que sea mi tía, pero me da la sensación de que Sheri es una mujer de espíritu joven—. ¡Papá! ¿Qué haces con la llave inglesa?

Popeye hace un gesto con la herramienta en la mano.

—¡Arreglar esta maldita ventana! La cerradura que rompiste la semana pasada. No quiero que esta casa se convierta en una ruina. Ni ahora, ni en cincuenta años, ni nunca —refunfuña.

—Vale, pero igual ahora mismo no es el mejor momento... —Sheri se vuelve hacia mí—. Mila, la misa es a las diez, así que estate lista para salir en una hora. —Me mira los pantalones raídos—. Y hay que ir medio formal, así que, por favor, ponte una falda.

—¿Misa? —repito como si me hubiera hablado en un idioma que no entiendo.

—Es domingo —dice, juntando las cejas mientras analiza mi expresión de sorpresa. Parece que pronto se da cuenta de que no estoy sorprendida por el día que es, si no por el hecho de ir a misa. Entonces cambia ligeramente de comportamiento—. Vale, entiendo que Everett no te lleva a la iglesia en Los Ángeles, ¿verdad?

—No.

Popeye murmura algo ininteligible y sale de la cocina, soltando la llave inglesa sobre la mesa. Sheri suspira decepcionada.

No quiero molestarla más, así que con el tono más positivo que consigo poner, le digo:

—Pues no se hable más, me pondré una falda. Voy a ir preparándome.

Ir a misa tampoco es para tanto, ¿no? Y es evidente que para Sheri y Popeye es muy importante, así que supongo que eso significa que tiene que serlo para mí también mientras esté en Fairview.

Sheri va a hablar con Popeye y yo me preparo unas tostadas, que me llevo arriba para comerlas en mi habitación. Seguramente debería llamar a mamá en algún momento, en lugar de enviarle mensajes, pero, sinceramente, Ruben se ha llevado toda mi energía y ya he tenido recordatorio suficiente para todo el día de cómo es mi vida en Hollywood.

Me paso unos diez minutos garabateando en mi *bullet journal*, diseñando un apartado nuevo para este reciente capítulo de mi vida en Fairview. Creo una sección con el nombre de «Nuevos recuerdos», que pretendo llenar con cualquier evento memorable que pase mientras esté aquí, y hago una nota con la fecha de ayer y las palabras «Fiesta en el aparcamiento». Espero de verdad que pase algo durante el verano, porque sería muy triste dejar casi en blanco las páginas del diario.

Luego me ducho y me visto para estar lista a tiempo. Me dejo el pelo suelto, con sus ondas naturales, y me pongo una falda vaquera, la blusa más modesta que he traído y unas sandalias. Una parte de mí se pregunta si el atuendo no será demasiado informal, pero es la única falda que metí en la maleta.

Una hora más tarde, cuando bajo, Popeye está sentado a la sombra del porche, muy guapo, con unos pantalones de pinzas marrones y una camisa blanca. Se ha peinado el pelo blanco hacia atrás e incluso huele a colonia. Me agarra la mano cuando me pongo a su lado y entonces me doy cuenta de que soy su única nieta. Ahora entiendo por qué me mira como si fuera algo muy puro y especial.

—Me alegro de que vengas con nosotros —dice—. Va mucha gente joven, no solo los vejestorios.

—Popeye, si ir a misa es importante para ti, quiero ver de qué va —le digo, aunque no sea del todo cierto.

No me emociona ir a la iglesia, pero sé que eso es lo que quiere escuchar. Y de eso se trata. Hay que hacer feliz al abuelo, aunque haya que mentir un poco.

Capítulo 8

La iglesia a la que van Sheri y Popeye está en Fairview Boulevard. Es un edificio grande, de ladrillos rojos con marquesinas blancas y muchas cestas con flores de colores. De pronto me viene un recuerdo. He estado aquí antes. Hace cinco años. Es la iglesia en la que se celebró el funeral de mi abuela. Yo solo tenía once años, pero me acuerdo de que mis padres y yo vinimos de Los Ángeles para el entierro. Popeye caminaba inquieto por la finca y papá y Sheri tuvieron que dejar su duelo de lado para encargarse de los preparativos del evento. Y luego nos reunimos todos aquí, en esta iglesia, y nos despedimos de una abuela a la que apenas había visto desde que nos mudamos a California. Por eso para mí, desde entonces, fue tan importante mantener el contacto con Popeye. No quería olvidarme de él también, porque ya sabía cómo trata la distancia a las personas.

La misa no empieza hasta dentro de quince minutos, pero el aparcamiento ya está bastante lleno, y la gente charla a las puertas de la iglesia, disfrutando del sol antes de entrar.

Nada más bajar de la furgoneta de Sheri, alguien me da un golpecito en el hombro. Me doy la vuelta y Savannah me mira con una gran sonrisa.

—¡No sabía que ibas a venir! —dice alegre—. Aunque debí habérmelo imaginado, veo aquí a tu tía y a tu abuelo todas las semanas. ¡Hola, vecinos! —Asoma la cabeza por detrás de mí y los saluda, simpática, y tanto Sheri como Popeye le devuelven el saludo.

Savannah vuelve a mirarme y engancha su brazo con el mío.

—¿Te quieres sentar con nosotros?

Miro a Sheri para pedirle permiso, y ella asiente.

—Claro —le digo a Savannah, encantada de lo fácil que es tratar con ella.

Nos acercamos a las puertas de la iglesia para encontrarnos con sus padres y Myles, y me quedo con Savannah y su hermano mientras Sheri y Popeye charlan con Patsy y su marido.

Cuando los Harding y los Bennett nos disponemos a entrar en la iglesia, yo sigo a Savannah. El edificio está lleno de filas y filas de bancos y, al frente, hay una plataforma de madera elevada y un atril. Todo el mundo habla con un tono alegre mientras esperan a que empiece la misa.

Los bancos no tardan en llenarse y al final me quedo apretada entre Savannah y Myles. Sheri se sienta al final de la fila, y Popeye a su lado.

—¿Esto es lo que soléis hacer por aquí? —susurro con temor a hablar demasiado alto—. ¿Fiesta en el aparcamiento el sábado por la noche y misa el domingo por la mañana?

Myles me mira subiendo y bajando las cejas, con una sonrisa que le ocupa demasiado espacio en la cara.

—Sí. Tu vida en Los Ángeles debe de ser superaburrida en comparación, lo siento.

Le sonrío y pongo los ojos en blanco justo cuando todas las voces se callan al mismo tiempo. Cuando miro hacia el escenario, el predicador, o el pastor, o el cura —o como quiera que llamen a ese tío— ya se ha colocado en su posición frente al atril y ajusta el micrófono. Y, a continuación, empieza la hora más mentalmente agotadora de mi vida, en la que no tengo ni pajolera idea de lo que está ocurriendo.

La mitad de las palabras que utiliza el cura no las he escuchado en mi vida y, de la otra mitad que sí entiendo, no logro comprender el contexto en el que las usa. Se citan versos de la Biblia, se reza, se cantan himnos (yo hago *playback*). Todos parecen estar muy involucrados y me da la sensación de que soy la única que no para de mirar de un lado a otro de la iglesia, al reloj de la pared, al rayo de sol que entra por las cristaleras o a los paneles de madera del techo.

Entonces, justo cuando todo indica que la misa está acabando, veo a alguien a quien no esperaba encontrarme allí.

«Blake.»

No he reparado en él hasta ahora porque tenía la cabeza de un tío muy alto justo delante, pero dicho tío alto se ha movido ligeramente hacia un lado en el banco y ahora la veo tan clara como el agua: la maldita cabeza de Blake.

Está al otro lado del altar y más hacia delante, justo en diagonal a mí. Está recostado en el banco, con la cabeza inclinada hacia un lado y la cara apoyada en la palma de la mano. No veo con quién está, hay dos mujeres sentadas, una a cada lado. ¿Su madre? ¿Su abuela? Sea como sea, me alegra ver que hay alguien que se aburre tanto como yo.

Termina la misa y el ruido empieza a resonar en la sala conforme se van elevando las voces y todo el mundo se pone de pie, estirándose y frotándose la espalda. Estos bancos de madera no son nada cómodos, y noto cómo se me forma un nudo entre las clavículas. Pierdo de vista a Blake entre el revuelo de cuerpos moviéndose de un lado a otro, aunque, en realidad, no sé muy bien por qué me molesto en buscarlo.

La multitud de feligreses —entre los que ahora también

me incluyo yo, supongo— sale por la puerta principal al aire caliente del exterior. Supongo que todo el mundo se meterá en sus coches y se irán directos a casa, pero entonces descubro que hay algo más aburrido en la vida que la misa del domingo: la confraternización y las charlas que hay después.

Se nos acerca un señor mayor con el pelo gris plateado, le da un apretón de manos a Popeye y comenta el sermón tan maravilloso que ha dado el pastor. Yo espero incómoda detrás de mi abuelo, intentando no llamar la atención; Sheri está a unos metros hablando con un grupo de mujeres, entre ellas Patsy Bennett. La escucho reírse y me resulta muy agradable.

—¿Quién es esta señorita, Wesley? —pregunta el señor, sonriéndome.

Popeye me mira por encima del hombro y me doy cuenta de que esta mañana se mueve con torpeza.

—Esta es mi nieta, Mila —dice con orgullo—. Ha venido a pasar el verano con nosotros al rancho.

—¡Qué maravilla!

Le devuelvo la sonrisa al desconocido y la voz de Sheri llamándome me rescata.

—Mila —me hace señas para que vaya—. Ven un momento, por favor.

Me alejo de Popeye y me cuelo entre la congregación de gente. Entonces, cuando ya estoy muy cerca y es demasiado tarde para fingir que no la he oído, me doy cuenta de por qué me ha pedido que vaya. El grupo con el que estaba hablando hace un minuto ya se ha desperdigado y ha sido sustituido por una sola mujer, que está con Blake.

Se me pone el cuerpo tenso. Él lleva un pantalón de pinzas negro y una camisa blanca de manga larga y apretada contra el pecho. No tiene el pelo tan despeinado como anoche. De hecho, creo que se ha puesto gomina para domarlo y que parezca despeinado a propósito y no que acaba de salir de la cama.

—Mila, esta es… LeAnne Avery —dice Sheri educadamente, señalando a la señora que está al lado de Blake, aunque sus palabras no fluyen con la facilidad y tranquilidad de siempre. Es como si se esforzara en ser honesta—. Estaba agradeciéndole de nuevo que me llamara anoche, si no lo hubiera hecho, a saber cuánto tiempo te habrías quedado fuera.

Vale, entonces esta es la madre de Blake, evidentemente. Es alta y delgada, va muy elegante con una falda de tubo azul regio y una camisa de color crema con chorreras. Es evidente a quién se parece Blake. LeAnne Avery tiene el pelo castaño, liso y a la altura de los hombros, y unas cejas tan oscuras y prominentes que me hacen dudar de que sean naturales. Ella me sonríe y aparecen unos hoyuelos en sus mejillas, exactamente iguales que los de Blake.

—Hola, Mila —saluda, juntando las manos delante del pecho. Me mira curiosa durante varios segundos, que se me hacen eternos, mientras le tiemblan las comisuras de la boca, como si se estuviera esforzando mucho en mantener la sonrisa—. Me alegro de que llegaras bien a casa.

—Hola. Muchas gracias —digo con esfuerzo, notando la mirada de Blake clavada sobre mí.

—¿Qué tal estás, Wes? —le pregunta LeAnne a Popeye mientras este se acerca.

Me doy cuenta de que no tiene el acento tan marcado como Blake, o como cualquier otro habitante de Fairview, en realidad. Es mucho más neutro. Empieza a hablar con Popeye y Sheri se une.

Lo que nos deja a Blake y a mí como dos piezas que sobran en un puzle.

—Así que vas a la iglesia —digo sin interés.

—Obviamente.

Mueve la cabeza hacia un lado, señalando unos arbustos que rodean el aparcamiento, y se marcha en esa dirección. ¿Qué hace? Miro a Popeye, a LeAnne y a Sheri. Ninguno nos hace caso, así que sigo a Blake a regañadientes.

—¿Y tú por qué has venido? —me pregunta.

—Porque mi tía y mi abuelo querían. Así que me imagino que vendré todas las semanas.

Blake estrecha los ojos, como si intentara leerme, pero no dejo escapar nada, mantengo una expresión relajada y neutra.

—¿Cuánto tiempo vas a quedarte en Fairview?

—El que haga falta.

—¿El que haga falta? —repite, levantando una ceja—. No creo que una persona que estuviera aquí porque quisiera ver a su familia dijera algo así.

«Mierda.» Su observación me pilla por sorpresa y me rompo la cabeza pensando en una respuesta que solucione mi error. Pero cuanto más tiempo me quedo en silencio, más cuenta se da Blake de que ha dado en el clavo.

—En fin —dice, aclarándose la garganta y salvándome de tener que decir algo—. Siento lo de anoche.

—Perdona, ¿qué has dicho? —¿Se acaba de disculpar sin ningún tipo de provocación?

—Que siento lo de anoche —repite.

—¿Por qué?

—Porque tenías razón. Me comporté como un gilipollas. —Se encoge de hombros como si no quisiera darle demasiada importancia al tema, como si se avergonzara de tener que responsabilizarse de sus actos—. Sabía que no te estaba haciendo ningún favor, y lo lamento si tuviste problemas con tu padre o algo por mi culpa.

—Ojalá le dijeras eso a Ruben —farfullo en voz baja.

Me toco instintivamente las puntas del pelo, asimilando la disculpa sincera de Blake, y me siento un poco... ¿confundida? Anoche se dedicó a sacarme de quicio, pero ahora parece casi... amable. Y eso es muy muy confuso, teniendo en cuenta que no quería volver a verlo nunca más. Pero, pese a todo, es verdad que anoche me ayudó...

—Gracias por echarme un cable con la puerta.

—¡Blake! —grita LeAnne, haciéndole gestos a su hijo para que vuelva y rompiendo el silencio incómodo que se había creado entre nosotros.

Este le levanta dos dedos, pidiéndole un par de minutos más, y luego se me acerca.

—Dame tu teléfono —pide.

—¡Ni hablar! —protesto indignada. ¿Tan estúpida se cree que soy? ¿Después de lo que pasó anoche? Por si acaso, aumento la distancia entre nosotros—. Nadie va a volver a tocar mi teléfono.

—Vale, pues toma el mío. —Se saca el móvil del bolsillo y me lo ofrece. Como no lo cojo inmediatamente, él me agarra la mano y me pone el teléfono encima. Siento sus dedos calientes cuando me rozan la piel y odio el brinco no autorizado que da mi corazón—. Guarda tu número.

Me quedo mirando confusa su móvil en mi mano.

—¿Y eso por qué?

—¿No aprendiste nada anoche? Tienes que guardar el número de la gente para poder llamarlos en caso de emergencia.

—No te ofendas, pero probablemente tú serías la última persona a la que llamaría en caso de emergencia —apunto, pero Blake se ríe como si estuviéramos bromeando.

—Venga, Mila —me ordena, como si de verdad pensara que voy a hacer lo que me dice.

Tampoco es que vaya a darle el número privado de papá

ni nada por el estilo, pero, aun así, todavía escucho la voz de Ruben y las campanas de alarma sonando en mi cabeza. Tengo que tener mucho cuidado con quién tiene acceso a mi número porque, aunque no supondría el fin del mundo si se filtrara en internet, los fans de papá y la prensa no pararían de acosarme. Y eso es un dolor de cabeza con el que, de verdad, no tengo ganas de lidiar.

—No se lo des a nadie, por favor —suplico con una mirada amenazante mientras guardo mi número en su lista de contactos. Le devuelvo el teléfono—. Me lo debes.

—Tus preciados dígitos están a salvo conmigo —dice medio en broma, con la mano en el corazón. Mira mi número en su pantalla, luego levanta la cabeza y me mira expectante al mismo tiempo que mi teléfono empieza a vibrar. Antes de intentar siquiera cogerlo, Blake cuelga—. Hala, ya tienes mi número. Por si te aburres de quedar con Savannah. —Me guiña un ojo y cruza el aparcamiento para volver con su madre. Ella le coloca una mano en el hombro y lo lleva a hablar con otros feligreses.

Yo sacudo la cabeza para eliminar un pequeño intento de sonrisa y vuelvo con el resto. No he visto a Savannah y a su familia desde que salimos de la iglesia, así que me imagino que se habrán marchado rápido. Por suerte para mí, Popeye y Sheri también han decidido que es hora de irse, por fin. Me los encuentro en la furgoneta.

—¿De qué estabas hablando con Blake? —pregunta Sheri con un ligero titubeo en la voz.

—De nada, de cosas —digo, abriendo la puerta.

—La alcaldesa Avery es muy amable, ¿verdad? Incluso ahora... —comenta Popeye, y yo me quedo paralizada.

—¿Perdona? ¿Alcaldesa Avery?

—El amigo tuyo ese. —Popeye sonríe, señalando detrás de mí—. Su madre es la alcaldesa.

Me pongo de puntillas para mirar a Sheri por encima del techo de la furgoneta.

—¿La madre de Blake es la alcaldesa de Fairview?

—No, cariño —dice Sheri con una risilla graciosa—. La alcaldesa de Nashville.

¡Vaya! ¿La madre de Blake es la alcaldesa de Nashville? ¡Qué fuerte!

Busco a Blake entre la multitud. Sigue con su madre, y ahora hablan con el pastor, aunque Blake no parece demasiado interesado. Su madre, sin embargo, asiente con entusiasmo y sonríe con una elegancia que solo un político podría conseguir con tanta facilidad. Lo analizo todo: la forma en la que mantiene la cabeza alta, sus movimientos cuidadosos y calculados. Ahora que sé que tiene cierta autoridad, parece mucho más evidente. Forma parte del gobierno de Nashville, es una líder. Ha ganado unas malditas elecciones. Normal que vaya por ahí con esa elegancia y seguridad en sí misma.

Blake se da cuenta de que los estoy mirando. Se golpea el bolsillo, donde guarda el teléfono, y vocaliza: «Llámame».

«Lo que usted diga, hijo de la alcaldesa.» Pienso, poniendo los ojos en blanco.

Me siento culpable al instante por pensar en él como el hijo de la alcaldesa, en lugar de como Blake Avery. Yo odio ser la hija Everett Harding y no Mila Harding. Así que, sí, soy una hipócrita total.

Le devuelvo la mirada, pero él ya no me mira. Está ocupado apretando la mano del pastor. Me quedo observándolo un instante. Tiene un lenguaje corporal cortés, como el de su madre, y, en ese momento, me doy cuenta de algo.

Creo que Blake Avery es probablemente el único de por aquí que puede entender lo que es vivir a la sombra de otra persona.

Capítulo 9

Los días siguientes me quedo ayudando a Sheri en el rancho porque, la verdad, creo que se alegra de tener un par de manos extra que no sean las de Popeye. Me he dado cuenta de que su orgullo no está al nivel de sus habilidades últimamente, y eso dificulta que esté de buen humor y lo convierte en un compañero de trabajo complicado. Sheri me enseña todo lo que debo saber acerca de los seis caballos que tienen aquí: qué darles de comer y cuándo, y cómo cepillarlos sin que me den una coz en la cara. Después de resistirme un poco, hasta ayudo a limpiar el estiércol de los establos. También ordenamos el porche y, cuando Sheri vuelve de la ferretería con la furgoneta llena de cubos de pintura, disfruto de la oportunidad de ser la elegida para pintar la Finca Harding, que ya va necesitando su puesta a punto anual. Cada vez que nos mudábamos a una casa nueva en Los Ángeles, mamá y yo poníamos la música a tope y pintábamos todas las habitaciones nosotras, en lugar de contratar a un diseñador de interiores. Los brochazos irregulares hacían que nuestras casas fueran un poco más normales y con los pies en la tierra.

El miércoles, cuando terminé de pintar los marcos de las ventanas que rodean la planta de abajo de la casa, di el día por terminado. Justo cuando entro en mi habitación después de ducharme, escucho vibrar el teléfono en la mesita de noche. Me coloco bien la toalla y cruzo corriendo el cuarto porque sé que Ruben odia cuando tengo la desfachatez de dejar que le salte el buzón de voz, así que cojo el teléfono a toda prisa y me lo llevo a la oreja antes de que deje de sonar. Espero que no me haya estado llamando todo el tiempo que he estado en la ducha, porque, de ser así, va a estar muy enfadado.

—Hola, Ruben. Estaba en la ducha —explico antes de que él pueda decir nada—. Perdón si has estado un rato llamándome.

—¿Quién es Ruben y por qué tiene que saber que te estás duchando?

Me aparto el teléfono de la cara y miro a la pantalla para comprobar quién llama. Es mi nuevo «amigo», Blake Avery. Vuelvo desconfiada a la llamada.

—Ay, lo siento. Hola, Blake. Ruben es el mánager de mi padre. Me llama mucho.

—Parece que sea también el tuyo.

—No es que no me alegre, pero... ¿hay algún motivo para esta llamada? —Sonrío para mí misma y me siento en el borde de la cama.

—¿Te acuerdas de la iglesia a la que fuiste el domingo? ¿Que había un tío que te dio su teléfono y te pidió que lo llamaras? —pregunta Blake amablemente—. Pues ya es miércoles y ¿ha sonado mi teléfono? Ni una vez. Así que he pensado en llamarte para ver si seguías viva.

—He estado ocupada ayudando en el rancho —le digo, porque es la pura verdad.

La idea de llamar a Blake se me ha pasado por la cabeza más a menudo de lo que me gustaría admitir, pero he estado continuamente ignorándola porque me entraban náuseas de los nervios. Así que decidí mantener la calma y quedarme con Sheri.

—¿Y ahora estás ocupada?

—No... —digo tímidamente, sin saber muy bien a qué podría llevar mi respuesta.

—Genial. ¿Cuánto tardas en prepararte?

—¿Cómo?

—Hay un sitio en Nashville que me gusta mucho. Myles me ha dejado tirado porque Cindy Jamieson está sola en casa esta noche y, madre mía, ¿cómo podía decir que no a eso? Así que voy a darte la oportunidad de experimentar Nashville de verdad. ¿Crees que estarás lista en media hora?

Miro mi *bullet journal* sobre la mesita de noche y pienso en las páginas que preparé el fin de semana pasado, más concretamente en la que pensaba apuntar todos los recuerdos de Tennessee. Una noche en Nashville parece que podría ayudar a rellenar algunos de los espacios en blanco.

—¿Puedo saber adónde vamos a ir exactamente? —pregunto, intentando evitar que se me noten los nervios en la voz.

—Es una sorpresa, señorita Mila —dice Blake en un tono que hace evidente que está sonriendo al otro lado de la línea—. Nos vemos en la puerta.

Blake cuelga y me quedo unos minutos sentada, envuelta en la toalla, repasando sus palabras. Vamos a Nashville, los dos solos, por lo que he podido entender. Podríamos ir a cualquier sitio, no sé qué ponerme. Además, no le he pedido permiso a Sheri. Dudo si hacerlo antes de secarme el pelo, pero luego recuerdo el pacto. Sheri dejó muy claro que puedo tener libertad siempre y cuando la mantenga informada.

Empiezo a ir de un lado a otro de la habitación a toda prisa para estar lista a tiempo, porque solo en arreglarme el pelo voy a tardar veinte minutos. Me lo aliso con el secador y luego me paso la plancha por las puntas mientras rebusco en el desorden de mi armario. Por fin conseguí guardarlo todo el otro día, pero sin ningún tipo de orden, de lo que me arrepiento profundamente ahora. Por fin encuentro mis vaqueros ajustados favoritos: de color azul desgastado y rotos por las rodillas, algo que, según mamá, queda horrible; elijo una camiseta corta en un tono cereza con los hombros descubiertos. Uso muy poco el rojo para lo bien que queda con mi color de pelo, así que me pinto los labios del mismo color.

Estoy poniéndome la segunda capa de rímel cuando aparece un mensaje en la pantalla de mi teléfono. Es de Blake. Está fuera, exactamente treinta minutos después de nuestra llamada.

Cojo un bolso pequeño, meto dentro el teléfono, un perfume, pintalabios y la cartera. Todavía tengo los cincuenta dólares que me dio Sheri el fin de semana pasado, así que espero que sean suficientes para el plan de Blake.

Hasta que no estoy bajando, no soy consciente de que voy a estar sola con él. He estado tan concentrada preparándome que no he tenido tiempo de pensarlo. Sinceramente, no conozco de nada a este tío, pero su madre es la alcaldesa, así que me imagino que puedo afirmar que no es peligroso. Molesto sí, mucho. Pero probablemente inofensivo. Además, es familia de los Bennett y ellos parecen bastante normales.

Sheri está preparando la cena —o el refrigerio, como lo llama ella— cuando la encuentro en la cocina. Veo a Popeye por la ventana, sentado en el porche aprovechando el sol de la tarde y bebiendo té.

—¿Tienes hambre? —pregunta Sheri cuando aparezco.
—En realidad...

Se da la vuelta para mirarme y abre mucho los ojos, claramente sorprendida, cuando me ve tan arreglada tras tres días de llevar sus camisetas viejas y manchas de pintura seca adornándome el pelo y las mejillas. Me coloco el bolso sobre la barriga para que no me vea el *piercing*.

—Voy a Nashville con Blake —digo con un tono neutro, pero, por algún motivo, se me calientan las mejillas.

—¿En plan cita? —pregunta Sheri, con un tono más de preocupación que de broma. Hay ollas burbujeando en la cocina detrás de ella—. ¿Con Blake Avery?

—¡No! —grito—. No es una cita —continúo, más calmada. Blake necesita alguien que lo acompañe y yo necesito algunos recuerdos para sobrevivir aquí—. Vamos a dar una vuelta, nada más.

—¿Y para qué vais a la ciudad, si se puede saber?

—Pues la verdad es que no lo tengo muy claro... —Me tiembla la voz—. Pero ya está fuera. Tengo dinero y tu número. Y, ¡ay!, el código de la puerta. Bien apuntado, esta vez —digo con una sonrisa.

Finalmente, Sheri sonríe.

—Está bien, puedes ir, pero solo porque con nosotros te aburrirías como una ostra. Por favor, pórtate bien, ten cuidado y no llegues tarde.

—Claro y por supuesto —digo, y salgo al porche—. Hola, Popeye. Voy a salir.

—¿Con tu amigo de la iglesia? —Mi abuelo agarra el té con las dos manos y me mira apretando los labios—. ¿Blake Avery?

—¿Cómo lo has...?

—Bendita seas, Mila —dice cariñosamente mientras mira cómo el sol va escondiéndose tras el horizonte—. Tu abuela solo se pintaba así los labios cuando teníamos una cita.

De pronto, siento el corazón muy pesado al recordar una vez más a la abuela a la que nunca llegué a conocer en realidad. Hace tiempo que murió, pero Popeye debe de seguir pensando en ella y echándola de menos cada día.

—Buenas noches, Popeye —susurro mientras le aprieto la mano y le doy un beso en la mejilla. He perdido demasiados años de cariño.

Blake lleva al menos cinco minutos esperando fuera, así que bajo rápido los escalones del porche y camino hacia la puerta. La abro desde dentro y veo la camioneta de Blake. La pintura negra brilla bajo la dorada luz del sol.

Blake baja la ventanilla del pasajero y se inclina sobre el asiento.

—¡Sube, Hollywood, que tenemos sitios a los que ir!

Abro la puerta y subo. El corazón me late muy rápido, estoy segura de que es por correr hasta la camioneta y no porque esté nerviosa, ni mucho menos.

—Hola —digo tranquilamente mientras me pongo el cinturón. Intento no moverme demasiado.

Al fin y al cabo, este es el mismo chico que inició una cadena de acontecimientos que terminaron conmigo al borde de las lágrimas en la fiesta del aparcamiento, así que tengo un motivo más que justificado para estar algo tensa por lo que pueda pasar esta noche... Pero, aun así, no quiero que Blake se dé cuenta.

—Hola —saluda él. Sus ojos marrones me recorren de arriba abajo, pero solo durante un segundo o dos, y me pregunto si va a hacerme algún cumplido. Pero no, no lo hace—. ¿Estás lista para pasar la mejor noche de tu vida?

—Eso es mucho decir —señalo—. ¿Dónde vamos?

Blake arranca el motor y empieza a tocar los botones de la consola central de la camioneta. Me mira de reojo con una sonrisa encantadora y sube el volumen de la música. El *country rock* resuena en mis oídos.

—Cariño, nos vamos a un *honky tonk*.

Me quedo con cara de póker. ¿Qué ha dicho? Con la música tan fuerte y el énfasis extra que le ha dado a su acento, me cuesta más entender las tonterías que suelta.

Blake se da cuenta de mi indiferencia y vuelve a bajar la música.

—Como se te ocurra decir que no sabes qué es un *honky tonk*, me lo voy a tomar como una ofensa personal.

Me sonrojo, puede que demasiado.

—¿Qué es un *honky tonk*?

—¡Jooooooooder! —grita dramáticamente mientras golpea el borde del volante—. Está claro que por tus venas no corre ni una gota de sangre sureña. ¡Que eres de aquí! ¡De Nashville! ¡La ciudad de la música! ¡La cuna de los *honky tonk*! ¿Y no sabes qué son?

—¿Me lo piensas decir?

Niega con la cabeza con desaprobación.

—Sitios en los que ponen música *country*. Evidentemente.

—Debería haberlo supuesto —digo, poniendo los ojos en blanco. Cada vez que me he subido a la camioneta de Blake, eso es lo único que sonaba. *Country* pop, *country* acústico, ahora *country rock*... Es el estereotipo de un chaval de Tennessee.

—Voy a llevarte a mi favorito —continúa—. El Honky Tonk Central, en el bajo Broadway. También tienen buena comida. Y que ni se te ocurra... —Aprieta los ojos durante un segundo y coge aire—. Que ni se te ocurra decirme que no sabes que es la carne con tres guarniciones.

—¡Oye! —Levanto las manos—. ¡Claro que lo sé!

Blake se pasa una mano por el cuello y me sonríe.

—Algo es algo.

Dejamos atrás las carreteras rurales de la periferia de Fairview y nos adentramos en la autopista. La lista de reproducción de Blake nos hace compañía durante gran parte del trayecto, aunque no para de cambiar el volumen de extremadamente alto a lo justo para escucharlo cuando alguno de los dos quiere hablar. Me cuenta más cosas de los *honky tonks* mientras yo trato de no reírme cada vez que escucho esas palabras, y hablamos un poco de Nashville. Solo temas inofensivos, porque no hablamos demasiado de nosotros; él no menciona a mi padre y yo, por supuesto, no aludo a su madre. Nos centramos en charlas ligeras sobre música hasta que media hora más tarde aparca en el centro de Nashville.

—Espera —dice cuando me desabrocho el cinturón y hago amago de abrir la puerta. Me quedo quieta y levanto una ceja—. Una advertencia. Esto no es Hollywood, no hay locales glamurosos ni nada por el estilo. No esperes gran cosa.

—¿Por qué crees que tienes que justificármelo? —digo completamente seria.

Blake no sabe qué responder. Tiene la mirada clavada en mis ojos, como si intentara interpretar mi expresión, y luego se encoge de hombros con culpabilidad.

—No es eso. Simplemente he dado por hecho que estás acostumbrada a lugares mucho más... elegantes que el que te voy a llevar.

—Eso no significa que no vaya a gustarme.

¿Doy la impresión de ser una niñata malcriada, o algo así? Me he criado con más privilegios que la mayoría, por supuesto, pero mamá siempre me ha enseñado a ser humilde. Desde muy pequeña me inculcaron que tengo muchísima suerte y me enseñaron a apreciar la vida que llevo. Además, mamá siempre ha sido bastante austera, mucho más que papá. Él cambia de coche cada pocos meses, mientras que mamá sigue utilizando el mismo bolso que él le regaló por su cumpleaños hace seis años, aunque tenga las costuras destrozadas. Mi paga siempre se ha regido por una norma: cuando te la gastes, te esperas hasta el mes que viene. Si hay algo que quiera mucho, solo tengo que ponerle a papá ojitos de cordero degollado, pero no lo hago nunca. En ese aspecto, me parezco mucho más a mamá.

Por eso me sienta mal la suposición de Blake, creo que es demasiado crítica.

—Está bien —dice él, soltando el aire. Sale de la camioneta y yo lo sigo.

Ya han desaparecido los últimos rayos de sol que iluminaban la carretera, y el cielo se está oscureciendo en tonos azules con fragmentos rosas sobre las calles de Nashville. El aire todavía es cálido y pegajoso, y hay mucho ruido. Tráfico y motores de coches; voces y el tintineo de la música. Inhalo el olor a carne a la brasa y se me hace la boca agua.

Es superagradable mirar hacia arriba y ver edificios inclinados sobre mí, en lugar de mirar al horizonte y ver nada. Pese a haber nacido en Fairview, creo que siempre he sido una chica de ciudad. Me encanta el alboroto, el mar de caras nuevas, el sinfín de oportunidades que se te presentan solas. A veces, mis amigos y yo salimos sin un plan concreto, dispuestos a fluir con lo que vaya surgiendo y ver qué nos ofrece Los Ángeles. La ciudad está repleta de posibilidades y por eso es tan fascinante: nunca sabes exactamente dónde te llevará.

Hace un par de años que vine a Nashville por última vez y, aunque es un mundo completamente diferente a Los Ángeles, sigue proporcionándome esa sensación de hogar. Mi pasaporte dice que este es mi lugar de nacimiento, así que supongo que sí, que soy una chica de Tennessee, después de todo.

Blake y yo caminamos con los pasos perfectamente sincronizados. Lo sigo con el piloto automático puesto mientras muevo la cabeza hacia todas partes, con los ojos muy abiertos para empaparme bien de todo lo que me rodea. Giramos hacia Broadway y, de pronto, aparecemos en el corazón de la ciudad. El Bridgestone Arena se extiende ante mí y la calle se estira, enmarcada por las extravagantes luces de neón que iluminan el cielo nocturno. Desde las terrazas superiores emanan diferentes tipos de música que se entremezclan y hay una amplia variedad de parrillas y restaurantes de los que sale un delicioso olor a comida. Hay grupos de amigos por las aceras y sus risas sirven de banda sonora a las felices noches de verano. El centro de Nashville tiene como un sonido de fondo propio y único. Una burbuja llena de buen humor (todo el mundo es feliz), buena comida (supongo) y buena música (evidentemente, esto es Nashville).

—Ey —dice Blake, sacándome de mi ensimismamiento.
—¿Qué?

Me mira con una sonrisa tenue, como si llevara un rato contemplándome.

—Nada.

Seguimos andando por Broadway hasta que nos topamos con un Elvis Presley de cartón a tamaño real en la puerta de una tienda de recuerdos. Es la cosa más nashvilliana que me voy a encontrar, así que me paro en seco y saco el teléfono para inmortalizarlo. Ya estoy preparando mentalmente el pie de foto y el *hashtag*, pero entonces me acuerdo de que ya no puedo entrar en mis redes sociales. Y, aunque pudiese, tampoco se me permite publicar nada. No llamar la atención, mirada al suelo y todo eso. Qué vacaciones de verano más divertidas gracias a Ruben y, bueno..., gracias a papá, supongo. Al fin y al cabo, estuvo de acuerdo con él en que enviarme aquí era la mejor decisión. No para mí, sino para su imagen pública.

Ese pensamiento pasa por mi cabeza con demasiada intensidad, y me paraliza. No es algo que piense de verdad. No creo que a papá le importe más su carrera que yo, pero la presión en el pecho hace que me cuestione...

¡Eh, eh! ¿De dónde ha salido ese pensamiento?

—Creo que es algo injusto considerar a Elvis Presley un icono del *country* cuando, en realidad, lo que él hacía era *rock and roll* —comenta Blake a mi lado.

Seguimos de pie junto a la figura de cartón, con la foto que acabo de hacer en la pantalla de mi teléfono. Trago saliva y me guardo el aparato en el bolso. Parece que Blake no se ha dado cuenta de mi paralización momentánea, y agradezco la distracción, aunque sea para oírlo parlotear otra vez sobre el mismo tema de siempre.

—Te gusta mucho la música, ¿verdad? —pregunto.

A Blake se le sonrojan las mejillas y levanta las manos.

—He nacido y me he criado en Nashville, ¿qué esperas? —Sonríe y señala hacia delante con la cabeza—. Es ahí. En la esquina. La tierra prometida.

Sigo la dirección de su mirada y, en la esquina, está el Honky Tonk Central, abarrotado de fiesteros. El edificio de ladrillos naranjas está bordeado con balcones en los que la gente charla al aire fresco, las luces destellan desde el interior y estoy bastante segura de que la música que se escucha sale de allí. Hay varios grupos de personas amontonados en la puerta, bajo el cartel de neón azul. Es evidente que es el epicentro de la vida social, justo en el centro de la calle principal de Nashville, pero...

—Es un bar. —No soy capaz de disimular la cara de decepción al mirar a Blake con confusión. La última vez que lo comprobé, tenía dieciséis años, y él, diecisiete.

—Un bar de música —me corrige mientras nos acercamos al edificio—. También tienen comida, así que podemos entrar. Solo que no podemos pedir cerveza.

De pronto, conforme nos vamos acercando, me empiezo a sentir muy fuera de mi zona de confort, así que me quedo detrás de Blake y lo sigo. Después de todo, dice que este es su sitio favorito y que viene a menudo, así que debe de saber cómo desenvolverse.

Hay un enorme gorila en la puerta y temo que no nos vaya dejar entrar. Me fijo en el comportamiento de Blake: los hombros rectos, la cabeza alta y paso seguro. ¿Qué le daba su madre de comer de pequeño? ¿Batidos de proteína en biberón? Parece mucho más mayor que yo, pero no lo suficiente, porque cuando alcanzamos la puerta, detrás de unas mujeres de mediana edad, el gorila lo bloquea con un brazo.

—A las ocho empezamos a pedir los carnés, así que más os vale largaros de aquí dentro de hora y media —dice por encima de la música—. ¡No me hagáis entrar a por vosotros!

Blake asiente con la cabeza y entra en el local como si fuera suyo. Ya podría no moverse tan rápido y con tanta agilidad, porque sale pitando antes de que a mí me dé tiempo a echar un vistazo. A la izquierda hay un pequeño escenario sobre el que una mujer lo está dando todo con una canción que estoy casi segura que es de Carrie Underwood. Su voz resuena en todo el bar a través de los altavoces mientras el público canta a coro y la vitorea. Hay una barra de madera enorme que ocupa prácticamente todo el espacio, y los cuerpos se amontonan a su alrededor al tiempo que fluye la cerveza y varios grupos de amigos atacan bandejas de nachos en las mesas de madera que hay junto a las ventanas. Nunca he estado en un lugar como este. Los sitios a los que voy con mis padres son formales y ostentosos. Este es despreocupado, divertido y acogedor. Relajado. Es como un mundo completamente diferente. Aunque hayamos venido a Nashville alguna vez, a papá se le caería la cara de vergüenza si lo pillaran en un sitio tan auténtico como este. Ha desarrollado un gusto por el lujo, y los bares de este tipo no encajan con la imagen de celebridad.

Parece que Blake recuerda de pronto que voy con él, porque se para y estira el cuello para mirar detrás de mí.

—En esta planta no hay sitio —dice con la voz amortiguada por el ruido. Señala la de arriba—. Vamos a subir.

Pasamos por delante del escenario y ascendemos por una escalera que hay en una esquina. Arriba llega la música más amortiguada. La gente pasa a nuestro lado al bajar, ebria y contenta, y yo no soy capaz de borrar la sonrisa de la cara. Papá jamás me dejaría estar aquí, así que voy a aprovechar la oportunidad de explorar Nashville en todo su esplendor. Y puede que Fairview también, si hay algo allí que merezca la pena.

Este sitio tiene tres plantas, pero Blake se para en la segunda. La escalera da a una planta exactamente igual que la de abajo: con un escenario en el que hay un grupo de música con sombreros de vaqueros tocando *country rock*, una barra abarrotada al otro extremo de la sala y un montón de mesas altas por todo el espacio, entre el alboroto de la gente que baila. No sé a qué comida huele, pero, sea lo que sea, se me hace la boca agua.

Nos sentamos en una mesa vacía cerca del escenario, y mis piernas son tan cortas que tengo que ponerme de puntillas para llegar al taburete. Blake me mira, ya sentado, riéndose. Para él es muy fácil, medirá como unos dos metros.

—Bienvenida al Honky Tonk Central. —Extiende los brazos y señala la sala.

—Me gusta —digo, por encima de la música, mirando hacia el escenario, que está a mi derecha.

El grupo es joven, pero buenísimo. No estoy muy familiarizada con el género, así que ni siquiera sé si están tocando versiones o canciones propias. Los acordes de la guitarra vibran en los altavoces sobre mi cabeza y me sorprendería si, cuando salga de aquí, mis tímpanos siguieran intactos.

—Pues ya verás cuando pruebes las quesadillas —dice Blake.

Avisa a una camarera y pide unos aperitivos para compartir sin preguntarme. Se le da muy bien hacer de líder, igual que a su madre.

Cruzo los brazos sobre la mesa.

—¿Y si resulta que tengo alguna alergia? —pregunto cuando se marcha la camarera.

Él me imita, cruzando los brazos e inclinándose hacia mí, retándome con la mirada.

—¿Tienes?

—No.

—Pues relájate, Hollywood. Solo quiero mostrarte qué es lo mejor de este sitio. No tenemos mucho tiempo porque Myles me ha dejado plantado a última hora, pero vamos a disfrutarlo mientras podamos.

Se da la vuelta en el taburete para mirar al escenario, con uno de los brazos esculpidos aún apoyado sobre la mesa, mientras yo me callo ante otro de sus comentarios. Mueve la cabeza al ritmo de la batería y me fijo en cómo mueve los labios, murmurando la letra de la canción en voz baja —supongo que el grupo no está tocando sus propias canciones— y en la forma en la que mueve el resto del cuerpo. Balancea los hombros, golpea con los dedos sobre la mesa y las luces de neón le brillan en los ojos. Es como si el mero sonido de una canción de *country rock* encendiera algo dentro de él, porque creo que hasta se ha olvidado de que no está solo.

Hasta que no llega la comida, no sale de su trance de felicidad y entonces me doy cuenta de que le he prestado más atención a él que al grupo. Me arden las mejillas como si él me hubiera pillado, pero parece que no es el más espabilado del mundo.

He de admitir que la bandeja de comida que ha pedido está deliciosa. Es una mezcla de patatas y salsa, palitos de *mozzarella*, quesadillas de pollo y alitas picantes. Intento comer lo más elegantemente que puedo, pero no tardo en derramarme media quesadilla por la camiseta, para diversión de Blake, así que comemos sin reparos hasta que solo queda una quesadilla.

—Cómetela —dice Blake empujando el plato hacia mí.

Yo lo empujo hacia él.

—No, para ti.

—No te lo voy a discutir.

Coge la quesadilla y engulle la mitad de un bocado, con la misma elegancia que un niño comiendo espaguetis, mientras yo lo miro con asco. Puaj.

—¿Qué? —pregunta Blake con inocencia mientras traga la comida.

—¿Es necesario que comas así?

—¿Así cómo? ¿Así?

Se zampa el resto de la quesadilla de un bocado, y empieza a masticar de forma exagerada, con la boca abierta y haciendo ruido, mientras me mira fijamente a los ojos. Y, por supuesto, empieza a reírse entre bocado y bocado.

Casi no puedo ni mirar.

—Qué asco, Blake. —Me duelen hasta las mejillas de lo encogida que tengo la cara.

—Recuérdame que nunca te lleve a comer costillas —dice poniendo los ojos en blanco mientras se limpia la boca con una servilleta. Acerca el taburete para reposar los codos sobre la mesa, y entrelaza las manos como si se estuviera preparando para hacerme una entrevista. Y, por lo visto, es lo que pretende hacer—. Bueno, señorita Mila, ¿qué pasa? Dime una cosa, porque no termino de pillarlo, ¿te alegras de estar aquí?

Miro alrededor de la sala y me empapo de nuevo del ambiente: la música llena de energía, las caras sonrientes, las risas fáciles y despreocupadas de los que llevan cuatro cervezas encima, el ritmo de la gente que baila. Miro los ojos impacientes de Blake.

—Ya te lo he dicho. Me encanta. Es muy diferente de todo a lo que estoy acostumbrada, y la música no está mal...

—No —me interrumpe, negando con la cabeza—. Me refiero a si te alegras de estar aquí. En Tennessee. En Nashville. En Fairview. —Hace una pausa y levanta la comisura de la boca—. En casa. —Esa palabra lleva mucho peso y pienso que igual es muy evidente que, pese a que nací en Tennessee, no lo siento como mi casa.

—Pues... Claro que me alegro de estar en casa —empiezo a decir, aunque vacilo un poco por la falta total de seguridad—. Echaba mucho de menos a mi abuelo, y a mi tía también. Pensé que estaría bien venir de visita y quedarme un tiempo. Siempre es especial volver al lugar en el que se pasa la infancia.

—Bien jugado, Mila —dice Blake, apretando los labios—. Pero no te creo.

—¿Cómo? —pregunto indignada mientras lo miro perpleja.

—No te creo —repite—. No estás aquí por voluntad propia. Lo dijiste en la iglesia.

Mierda, se me había olvidado. Fue una tontería, solo comenté que estaría aquí el tiempo que «hiciera falta», en lugar del tiempo «que me apeteciese». En ese momento supe que se había dado cuenta de la horrible elección de palabras que hice. Pero no caí en que eso lo alertó de que había algo que no le estaba contando. Y es evidente que ha estado esperando la oportunidad de profundizar.

—Vale. ¿Y qué pasa si no estoy aquí por voluntad propia? —le suelto, a la defensiva—. ¿A ti qué te importa?

Blake entrecierra los ojos, o bien sorprendido por mi brusca réplica o porque no me he molestado en negar que estoy mintiendo. Me analiza con lo que a mí me parece fascinación, pero no tengo ni idea de por qué cree que soy tan interesante.

—Creo que estás aquí por un motivo muy concreto, y apostaría a que no es necesariamente positivo.

—Oye, Sherlock, deja de meterte en mis asuntos —digo con los dientes apretados.

Cruzo los brazos y me giro para mirar al grupo. Me arde la cara y el corazón me late con tanta fuerza que noto las pulsaciones en los oídos. Siento una presión cada vez mayor en la cabeza, tan intensa que empiezo a ver borroso al grupo de música.

Pero Blake sigue insistiendo. Por encima de la música lo escucho decir:

—Seguro que te crees superimportante solo porque todo el mundo sabe quién es tu padre, pero, créeme, a nadie de por aquí le interesa. Así que ¿por qué no te comportas como una persona normal y me dices el verdadero motivo por el que estás aquí?

—¿«Superimportante»? —Giro la cabeza, sorprendida—. ¡No me creo superimportante!

—¿Y por qué te pusiste así cuando le dije a todos quién eras? ¿Por qué eres tan reservada y estás tan a la defensiva?

Está esperando una respuesta, consciente de que me tiene acorralada. Aprieta los labios y levanta una ceja. Estoy tan enfadada que me encantaría darle un bofetón. ¿Por qué me presiona así? No sabe nada de mi vida. Todavía con los brazos cruzados y los puños cerrados, lo miro, al otro lado de la mesa.

—Porque estoy bajo mucha presión, ¿de acuerdo? —respondo, por fin—. Intento hacerlo lo mejor posible aun estando en una situación complicada, y tú no me lo estás poniendo nada fácil.

—Entonces ¿admites que estás en una situación complicada? —dice Blake, engreído, consciente, de nuevo, de que no sé muy bien lo que digo.

—Se acabó. No pienso hablar más.

De pronto, alguien carraspea a nuestro lado, pero ni eso es suficiente para que Blake y yo dejemos de mirarnos. Ninguno de los dos quiere ceder primero. Blake me reta con la mirada, y sé que la mía es oscura y amenazante.

Ese alguien vuelve a carraspear.

—Son más de las ocho, chicos —dice el gorila—. ¿Me enseñáis los carnés?

—No te preocupes —respondo con un tono grosero mientras cojo mi bolso y me bajo del taburete—. Ya nos íbamos.

Contacto visual roto.

Quiero salir de aquí, alejarme de Blake y de sus interrogatorios. Le doy un empujón al gorila al pasar por su lado y salgo corriendo sin preocuparme siquiera en comprobar si Blake viene detrás de mí.

Lección aprendida: si, cuando conoces a un tío, es tan gilipollas que te hace llorar, nunca jamás le des la oportunidad de redimirse. ¿En qué estaba pensando cuando accedí a venir aquí con él?

Bajo corriendo los escalones de dos en dos hasta la primera planta. Está más abarrotado que hace una hora, y la gente está bailando tan apretada que tengo que liarme a empujones para poder salir, pero por fin lo consigo. La entrada es un caos de personas yendo y viniendo, así que busco un lugar tranquilo tras la esquina para calmarme. Apoyo una mano contra la pared del Honky Tonk Central, aprieto los ojos y respiro una bocanada de aire cálido y húmedo.

—Supongo que esa habilidad para el drama te viene de familia, ¿no? —Vuelvo a abrir los ojos y veo a Blake a unos metros de mí, con los hombros apoyados en la pared y las manos en los bolsillos. El azul eléctrico del cartel de neón brilla en su mirada fruncida—. Porque salir corriendo de esa manera ha sido bastante dramático —continúa—. Además de maleducado.

—¿Yo soy la maleducada? ¡Déjame en paz! —suelto, golpeándole con el hombro al salir a Broadway.

No tengo adónde ir, aparte de a su camioneta y, aunque meterme en un coche con él es lo último que quiero hacer, no tengo otra opción. O me lleva Blake a casa o busco un taxi, porque no hay autobuses directos a Fairview.

Oigo sus pasos detrás de mí, a un ritmo rápido para alcanzarme.

—Mila. ¡Mila, venga ya! —grita—. Mila, espera.

Joder, qué insistente es. Me paro y me doy la vuelta. Me sigue tan de cerca que se choca conmigo. Nos tropezamos y él me agarra de las muñecas para estabilizarnos a los dos. Me suelto con agresividad, pero no me doy la vuelta. Me fijo en que su cuerpo está apenas a unos centímetros del mío y que nuestros pechos prácticamente se están rozando. Ninguno de los dos da un paso atrás, y yo lo miro a los ojos, dándole la oportunidad de demostrar que merece la pena escuchar lo que tiene que decir.

—Oye, venga ya —dice soltando todo el aire de sus pulmones—. No te pongas así. De verdad que no quiero molestarte. —De cerca, se ven las motitas que tiene esparcidas por los ojos marrones, casi como gotas de caramelo—. Solo quiero conocerte. —Mira hacia arriba un instante, como si estuviera buscando las palabras—. Porque probablemente yo sea la única persona de por aquí que pueda entenderte.

Levanto la barbilla, acercando mi cara aún más a la suya.

—¿Por qué? —pregunto todavía enfadada—. ¿Te crees que entiendes lo más mínimo de mi vida porque eres el hijo imbécil de la alcaldesa?

La mirada de Blake se ensombrece y casi noto el cambio en su actitud. Es él quien se rinde primero.

—Exacto —admite con seriedad.

—Tú y yo —me muevo en el espacio que hay entre nosotros, negando con la cabeza, subiendo cada vez más la voz— no nos parecemos. Nuestras vidas no tienen nada que ver, así que déjame en paz, ¡hijito de la alcaldesa!

—¿Hijito de la alcaldesa? —repite un tío que pasaba por nuestro lado, parándose en seco y tambaleándose. Apunta enfadado a Blake con un dedo—. ¿Eres el hijo de la alcaldesa Avery? Dile a tu mamaíta que deje de intentar reformar la ley de armas. Cuanto antes se largue del ayuntamiento, antes... —Deja de hablar cuando la mujer que está con él empieza a arrastrarlo mientras se disculpa con nosotros.

—Muchas gracias —dice Blake enfadado, volviendo a mirarme.

Seguimos de pie en la acera, en mitad de Broadway, y la gente zigzaguea para evitar chocarse con nosotros, pero parece que ambos nos hemos olvidado durante un instante de que no estamos solos.

—De nada —digo con la cabeza bien alta—. Llévame a casa. Por favor.

—¡Vale! Pero que sepas que te mereces que te deje aquí y te las apañes para encontrar un taxi. —Se saca las llaves de la camioneta del bolsillo y empieza a andar, murmurando—: Joder, tendría que haber invitado a Lacey.

No sé quién es Lacey, pero, sí, ojalá la hubiera invitado a ella, porque esto ha sido un completo desastre. Los dos caminamos demasiado deprisa, impulsados por nuestro enfado. Tenemos la boca completamente cerrada y, seguramente, cualquiera que nos vea se pregunte qué cojones nos pasa. No encajamos en este ambiente despreocupado y lleno de energía. Y mira que tengo energía ahora mismo, pero no es la adecuada.

—Ya puedes borrar mi número de teléfono —añado acaloradamente, incapaz de ser mínimamente agradable.

—¿Ves? Eso es ser dramática —dice Blake con una mueca—. Deja de creerte tan importante.

Doblamos la esquina para salir de Broadway y vemos el aparcamiento. Aquí no hay tanta gente. Adelanto a Blake y le corto el paso para que no pueda avanzar más.

—Escucha, Blake —le digo, bajando un poco el tono—. No confío en que no vayas a meterme en líos. Así que, por favor, vamos a pasar página. Y acepta de una vez que estoy aquí porque quiero, porque echaba de menos a mi abuelo, añoraba Fairview y ya está, no hay ningún otro motivo. ¿De acuerdo?

—¿Aunque sepa que estás mintiendo?

Me trago el veneno de mi voz y asiento.

—Aunque sepas que estoy mintiendo.

Capítulo 10

—Solía jugar en el arroyo hasta que se ponía el sol, luego venía a casa a cenar empapado y cubierto de sarpullidos —cuenta Popeye—. Y, una vez, cuando debía de tener unos trece años, tuve que meterme en el lago Van y sacarlo yo mismo de allí. La mitad del tiempo me daban ganas de estrangularlo.

Es media mañana del viernes y Popeye y yo estamos juntos en el porche, bebiendo su té favorito mientras me cuenta historias del pasado. El sol brilla con una intensidad excepcional hoy, así que me reclino en la silla plegable de tela con las piernas cruzadas y las gafas de sol cubriéndome los ojos. La tía Sheri está ocupada haciendo lo que mejor sabe hacer: no estarse quieta, mantenerse siempre ocupada con el mantenimiento y puesta al día del rancho. La veo en la distancia, entrando y saliendo de los establos.

—¿Siempre quiso ser actor? —le pregunto a Popeye.

—Qué va —responde él con cierta tensión en las palabras. Está a la sombra, enfrente de mí. Es muy agradable estar aquí fuera, respirando el aire fresco y disfrutando del calor y del silencio—. Creíamos que era una fase. Una afición de adolescente de la que se terminaría cansando. Pero no, siguió hasta la universidad. Escapa a mi entendimiento que existan estudios de arte dramático.

Lo miro de reojo por la esquina de las gafas. Claro que el arte dramático es una carrera real, pero a Popeye no le hace mucha gracia.

—¿Estás decepcionado porque papá no se quedara aquí para ayudar con el rancho? —digo con precaución.

Popeye me mira y yo giro inmediatamente la cabeza hacia la dirección opuesta, para no tener que mirarlo a los ojos.

—Bueno, ese era mi sueño —dice tranquilo—. Yo me hice cargo cuando mi padre ya no pudo seguir trabajando y siempre he estado muy orgulloso de continuar con la tradición familiar. Claro que esperaba que Everett hiciera lo mismo. Nunca me interpondría en su camino, solo me gustaría que tuviera un trabajo de verdad.

—La interpretación es un trabajo, Popeye.

—¿Aprenderse un guion y hacer el tonto en un plató? —se burla él, haciendo un gesto con la mano, como si casi no pudiera ni pensarlo—. Es una vida fácil... Estar sentado en una caravana mientras tres personas le arreglan el pelo. ¿Cómo puede contar eso como trabajo? Supongo que estoy un poco chapado a la antigua. No entiendo todo ese alboroto por ponerse delante de una cámara —se queja.

—En realidad, aprenderse un guion como la palma de tu mano es bastante complicado. Papá a veces se queda toda la noche despierto, siempre va paseando por la casa practicando sus diálogos —explico un poco a la defensiva, porque el tono despectivo de mi abuelo me ha hecho sentir incómoda.

Su hijo es una superestrella mundial, su éxito es reconocido en cada recoveco del mundo... Popeye podría admitir el duro trabajo que le costó a papá conseguir su estatus, ¿no? Podría sentirse orgulloso de él.

—Mila, claro que me alegro de que todo saliera bien. Habría sido una verdadera lástima que la carrera que eligió no le sirviera para mantener a su familia... Había mucho en juego —dice Popeye frotándose pensativamente la barbilla—. Aun así, aunque el riesgo haya merecido la pena, debería venir más a menudo. O llamar, aunque sea. Llevo sin hablar con Everett desde... febrero.

—¿Cómo? —Me incorporo y me quito las gafas—. ¿Lleváis meses sin hablar?

—Sí. —Una expresión de dolor borra la sonrisa de la cara de Popeye—. Pero no te preocupes por eso, Mila. Me alegro de, al menos, hablar contigo.

Me vuelvo a colocar las gafas de sol y miro a los muros en el horizonte, esos que nos mantienen a salvo en nuestra burbuja privada. Por mi mente pasan un millón de pensamientos diferentes. Sé que papá ha estado muy ocupado y no ha contactado con Sheri y Popeye tanto como debería, pero no sabía lo distante que estaba, en realidad. ¿Lleva sin llamar a su padre desde febrero? Por el calendario que tiene, no siempre le es posible venir de visita, lo sé, pero ¿tan difícil es llamar por teléfono de vez en cuando? Y pensar que yo me sentía culpable por hablar con ellos solo una o dos veces al mes... y resulta que soy la que más los llama.

—¡Mila! —grita la tía Sheri. Va avanzando por la hierba alta, acercándose desde el otro lado del terreno. Tiene la cara ensombrecida bajo un sombrero de vaquera y lleva en una mano el mando de la puerta—. Tus amigas están fuera. Les he abierto. El técnico ha hecho bien su trabajo, por una vez, ¡y el sistema ya vuelve a funcionar!

¿Amigas? No creo que tenga ninguna amiga aquí todavía, pero me levanto igualmente y me dirijo hacia la puerta. Cuando llego, ya está completamente abierta, y Savannah y Tori avanzan cautelosamente, como si el rancho fuera un campo de minas.

—¿Podemos entrar? —pregunta Tori. Gira sobre sí misma lentamente para contemplar el rancho en todo su no-esplendor.

Desde que se levantaron esos muros hace unos años, el rancho ha estado cerrado y eso, seguramente, hará que la gente se pregunte qué hay exactamente detrás de ellos, pero tampoco hay nada que ver. Debían de pensar que el rancho estaría impecable, con sus propios granjeros y caballos de pedigrí y una mansión de lujo. Nada que ver. La Finca Harding es muy humilde.

—¿Por qué no ibais a poder pasar? —Me río mientras les digo que entren con un gesto.

La tía Sheri debe de estar mirándonos desde lejos, porque la puerta empieza a cerrarse detrás de ellas.

—No sé, es que... —empieza Savannah, pero luego relaja los hombros y sonríe con alegría—. Da igual.

Tardo un segundo en averiguar lo que iba a decir: «Es la antigua residencia de Everett Harding» o algo por el estilo. Aparto el pensamiento de mi cabeza y sigo andando.

—¿Qué tal?

—Hemos pensado en venir a ver qué tal estabas —dice Tori.

El *piercing* en la nariz que llevaba en la fiesta ya no está y su apariencia, en general, parece algo más conservadora. Me quedo mirando sus botines, pensando en cómo es posible que no se le hinchen los pies con este calor. Yo llevo chanclas, que no es que sean precisamente el atuendo más adecuado para el rancho, pero al menos estoy fresquita.

—Y mi madre me ha dicho que Sheri tiene caballos —dice Savannah con una emoción no muy sutil, recorriendo el terreno con la mirada por encima de mi hombro en busca de los establos.

Tori pone los ojos en blanco y se tapa un lateral de la boca con una mano para susurrarme:

—Sí, es una friki de los caballos.

Miro a Savannah y sonrío.

—¿Has venido a montar?

—¿En serio? —Sus ojos azules se vuelven enormes y parece que va a explotar como un fuego artificial, como si fuera una niña pequeña en Disneyland.

—Claro —digo—. Podemos montar todas.

—Para el carro —dice Tori aterrada—. ¿Yo? ¿En un caballo?

—No pasará nada —la tranquilizo, aunque yo tampoco estoy del todo segura.

He ayudado a Sheri con los caballos durante toda la semana, pero cepillar a un caballo —y trenzarle la melena— es muy diferente a montarlo. Y todavía no he probado lo de galopar por el terreno. Cuando tenía seis años, trotaba con mi poni, *Misty*, pero de eso ya hace siglos. No quiero que Savannah y Tori cuestionen mi parentesco con mis familiares rancheros, así que tengo que armarme de valor.

Caminamos por el camino de tierra hacia la casa, donde Popeye nos saluda con entusiasmo desde el porche, y luego encontramos a Sheri cargando con un cubo en cada mano. Parece algo escéptica y preocupada cuando le pregunto si podemos montar a los caballos, probablemente porque sabe que en realidad nunca lo he hecho, pero cuando Savannah le asegura que tiene experiencia y que nos vigilará a mí y a Tori, se relaja un poco y nos deja sacar a los caballos más tranquilos y obedientes que tiene. Nos lleva a los establos y nos da las monturas, luego nos enseña (bueno, a Tori y a mí) a ensillar y nos da instrucciones muy detalladas y específicas de cómo montar.

—¿De verdad es necesario? —se queja Tori, abrochándose el casco. Mira con recelo a *Dominó* —nombre que le viene que ni pintado—, que está tranquilamente mascando un poco de heno.

—No querrás perderte los cotilleos, ¿no? —dice Savannah. Me señala con la mirada y luego intercambian las dos una de esas sonrisas privadas que tienen las mejores amigas.

¿Cotilleos? ¿Qué cotilleos?

—Está bien. —Tori resopla—. Vamos, vaqueras.

Sacamos a los caballos del establo a la maravillosa luz del sol. Todas las mañanas aquí son espléndidas, no como el cielo contaminado de Los Ángeles. Ya noto el calor en la cabeza por culpa de este casco horroroso, que se me incrusta, y sigo con las chanclas. No pretendo engañar a nadie: está claro que no soy una chica de campo que monta a su caballo de confianza al atardecer, pero al menos Sheri parece pasárselo muy bien mirando desde lejos.

Savannah se sube sin esfuerzo en su caballo y se sienta con confianza, mientras que a Tori y a mí nos cuesta lo nuestro. Sus trenzas francesas quedan muy bien bajo el casco; sin embargo, yo debo de estar ridícula con los mechones de pelo cayéndome sobre los ojos, y Tori parece igual de boba al intentar subirse a la silla con una falda. Mi caballo —*Fredo*— tiene paciencia, y por fin consigo pasarle la pierna por encima mientras Savannah intenta no reírse. Tori tarda un poco más en colocarse y, cuando por fin ya estamos listas, nos mira con cara enfadada.

—Yo no llamaría a esto diversión —se queja.

Paseamos por el terreno a paso lento, aunque yo no puedo concentrarme en nada más que en evitar caerme de este caballo. Me tambaleo mucho, y me agarro a las riendas de cuero gastado rezando para que *Fredo* no se asuste y empiece a galopar sin control. Caerme de un caballo y terminar en urgencias no es el tipo de desintoxicación de Los Ángeles para la que me mandaron aquí.

—Mila, tenemos que confesarte algo —dice Savannah después de pasear tranquilamente durante un rato. Para ser principiantes, Tori y yo lo estamos haciendo bastante bien y nos mantenemos a su ritmo, cada una a un lado de ella. Rebotamos sobre las grupas de nuestros caballos, perfectamente alineados. Aparto la mirada de la mágica melena de *Fredo* y me centro en Savannah, que, a su vez, me mira a mí con una sonrisilla en la cara—. Hemos venido porque queremos hablarte de Blake.

Eso sí que casi hace que me caiga del caballo. Solo con escuchar su nombre me pongo tensa.

—¿De Blake? —digo lo más indiferente que puedo, mirando hacia delante e intentando que no se den cuenta de mi reacción a la mera mención de su nombre—. ¿Qué pasa con él?

—La otra noche tuvisteis una cita —dice Savannah con total naturalidad.

—Sí, sí —añade Tori. Se inclina hacia delante en su caballo para asomarse por detrás de Savannah y me mira subiendo y bajando las cejas.

—¿Qué? —suelto. ¿Cómo saben que salí con Blake por Nashville? No se lo he contado a nadie—. Te aseguro que no fue una cita. ¿Él te ha dicho que lo fue?

—No ha utilizado específicamente esa palabra, pero, créeme, fue una cita —asegura Savannah encogiéndose de hombros—. ¡Te llevó al Honky Tonk Central! Es su lugar favorito del planeta Tierra, no llevaría allí a cualquiera.

Me quedo mirando las orejas de mi caballo, que se mueven porque también está escuchando, pero no se da cuenta de que le estoy acariciando la melena. Por algún motivo, Savannah sabe todos los detalles sobre dónde y cuándo estuvimos juntos Blake y yo, y si yo no se lo he contado, entonces...

—¿Blake te ha contado lo del miércoles por la noche?

—A ver, no —admite Savannah—. Se lo ha contado a

Myles y él ha sido lo bastante amable como para ofrecerme esa información.

La noche del miércoles fue tan desastrosa que me da repelús incluso pensar en ello. Blake y yo discutimos en público, como dos niñatos estúpidos incapaces de mantener la compostura, y terminamos tan mal que ninguno de los dos dijo ni mu en el trayecto de vuelta. Cuando llegamos al rancho, salí de la camioneta, cerré la puerta de un portazo y no miré atrás.

«Bufff.»

Pensé mucho en ello aquella noche mientras intentaba (y no conseguía) dormirme. No es que esté guardando un secreto tremendo que supondrá el fin del mundo si alguien lo descubre. De hecho, no guardo ningún secreto. Simplemente estoy intentando hacer lo que papá y Ruben quieren que haga, es decir, agachar la cabeza, ser sensata, no llamar la atención y no hacer nada que atraiga las miradas hacia mi persona. Porque cualquier interés que despierte se convierte, sin remedio, en ojos sobre papá.

No me preocupa que alguien descubra el verdadero motivo por el que estoy aquí, sino que lo haga el menos indicado. Solo hace falta una persona con malas intenciones y desesperada por un poco de dinero para vender una historia de mierda sobre cómo la hija de Everett Harding pasa sola el verano en Fairview. La prensa rosa le daría la vuelta a la historia como quisieran: que me he escapado, que hay brechas en la familia..., lo que crean que venderá más.

Lo que quiere decir que Blake... es, sin duda, alguien con quien tengo que mantener las distancias. Da igual cuánto se hubiera esforzado, jamás habría conseguido que le contara la verdad.

—¿Y bieeeeeeeeen? —dice Tori—. ¿Blake y tú vais en serio?

Me río, echando la cabeza hacia atrás por lo ridícula que

suena la suposición de Tori. ¿Blake y yo? ¿En serio? Lo único que es él para mí es un parásito que se me ha metido debajo de la piel.

—Ni hablar —digo con un tono tan firme que es imposible que Savannah y Tori se piensen que simplemente estoy siendo reservada—. Anunció a los cuatro vientos en la fiesta quién era mi padre cuando era evidente que no quería que nadie lo supiera, y lo del miércoles fue... Bueno, fue fatal.

—¿En serio? ¿Qué pasó? —pregunta Savannah evidentemente sorprendida. Puede que «fatal» no fuese como ella se esperaba que describiera aquella noche, pero es una de las descripciones más benévolas que podría haber usado—. A Myles solo le contó que fuisteis al Honky Tonk Central, cenasteis y se lo pasó bien.

Ahora soy yo la que está sorprendida.

—¿No le dijo nada de la discusión que tuvimos? ¿Ni que no nos dijimos ni una palabra de vuelta a casa? ¿Ni que yo fui un poco dramática?

Ahora que lo pienso, Blake tenía razón: estaba sobreactuando y puede que me comportara como una niña mimada, pero fue consecuencia del pánico.

—Para nada —dice Savannah atónita—. ¿Por qué discutisteis?

—Buenooooo, culebrón —comenta Tori—. Estoy bastante segura de que está estadísticamente demostrado que, cuando dos personas chocan tanto, es porque van a terminar juntas. Así que, Mila, me parece que Blake es tu futuro marido. Apúntame como dama de honor.

Savannah ignora la píldora de humor despiadado de Tori —a la que la única respuesta que le doy es poner los ojos en blanco— y vuelve a preguntar:

—¿Por qué discutisteis?

Me mira directamente, pero yo no soy capaz de devolverle la mirada mucho rato porque no paro de comprobar que *Fredo* no me lleve hacia una hilera de árboles.

—No paró de hacerme preguntas sobre cosas de las que no quería hablar y fue muy maleducado —admito tranquilamente, decidiendo confiar en estas dos. Espero que Savannah y Tori no se tomen esto como una oportunidad para interrogarme ellas también—. Y no sé qué pretende. Es como si le pusiera cachondo verme pasarlo mal.

—Hummm. —Savannah se queda en silencio un instante mientras seguimos paseando, escuchando los suaves sonidos de los cascos al pisar la hierba y el relincho ocasional de alguno de los caballos, como si también hablaran entre ellos. Finalmente, se yergue de nuevo en la silla y parece tener una expresión más alegre—. Puede que me equivoque, pero igual solo está intentando desviar la atención hacia otra persona. Y funcionó, en la fiesta todo el mundo hablaba de ti, Mila. Los chicos a los que acosaban en el colegio de pequeños suelen ser abusones en el instituto, o algo así, ¿no? —Levanta una mano para impedir que la interrumpa, aunque no tengo ninguna intención de hacerlo—. Y no, no estoy diciendo que Blake te esté acosando. Pero la psicología es parecida. ¿Tú qué opinas, Tori?

—¿Cuándo te has vuelto tan inteligente? —pregunta esta, mirando a Savannah incrédula, como si nunca hubiera escuchado a su mejor amiga dar una explicación tan razonable—. Puede que tengas razón.

¿Me estoy perdiendo algo? Esto es lo peor de ser la nueva del pueblo. No conoces el trasfondo de las personas porque no has estado aquí los años en los que las bases sociales se forman, reforman y se equilibran.

—¿De qué estáis hablando?

—A ver —dice Tori, tomando el relevo—. A lo mejor ya lo sabes... La madre de Blake es la alcaldesa de Nashville, que es, en plan, algo supertocho.

—Sí, me lo dijo mi abuelo. Y, ahora que lo dices, eso me recuerda... —digo, entrecerrando los ojos en dirección a Savannah—. ¿Cuándo pensabas comentarme que tu tía es la alcaldesa?

—Supuse que Sheri te lo diría. —Savannah se sonroja avergonzada y añade—: No es algo que meta fácilmente en una conversación.

—A LO QUE VAMOS —continúa Tori. Mueve mucho las manos cuando habla, agitando las riendas en el aire. Toda su atención está centrada en mí, porque soy la que está desfasada—. Fairview es un pueblo pequeño y todo el mundo conoce a los Avery. Al igual que todo el mundo conoce a los Harding. —Sonríe—. Y a Blake le angustia mucho todo este tema de «mi madre es la puñetera alcaldesa». No como algo malo, ni nada por el estilo, pero sus amigos le dan mucha caña con eso. Se meten mucho con él.

—Nada grave —añade Savannah—. Solo algún comentario de vez en cuando, pero sé que ya le cansa. Además, mucha gente aleatoria, a la que no conoce, se le queja a él de alguna decisión política de su madre y esas cosas. —Me estremezco al recordar al tío de Nashville en contra de la reforma de la ley de armas—. Pero ahora estás tú aquí. Y, sin intentar menospreciar a mi tía ni nada de eso, una estrella del cine convierte lo de ser alcaldesa en una minucia. Lo que, por una vez, aparta la atención de Blake. —Se toca pensativa la barbilla, mirando al cielo azul del verano—. Y entiendo que se sentirá aliviado al ser él quien moleste a otra persona, en lugar de ser quien recibe.

—Eso es una opción, Oprah —admite Tori—. La otra es que, simple y llanamente, te odia y le estamos dando demasiadas vueltas al tema. —Me sonríe.

Pienso en las palabras de Savannah, intentando conseguir que tengan sentido para, al menos, obtener alguna explicación a por qué Blake me trató como lo hizo. Lo comprendo: que tu padre o tu madre sea una figura pública no es lo más fácil del mundo. Sufrimos mucha presión que los demás no pueden entender, y hay muchas normas. Por eso estoy aquí, porque vivir la vida normal de una adolescente en la que mis errores son aprendizajes no está permitido en un mundo donde guardar las apariencias es crucial.

Si hay algo que he ido aprendiendo con los años es que el trabajo de papá nos afecta a todos. No es el único que tiene que estar a la altura —al menos a ojos del público—, su familia también tiene que dar la talla. No se permiten errores. Y estoy segura de que el mundo de Blake funciona igual.

Tiro bruscamente de las riendas de *Fredo* y me sorprendo cuando, de hecho, se detiene.

—¿Qué? —dice Savannah dándole la vuelta a su caballo.

—Chicas. Esperad. ¡Un momento! —grita Tori cuando su caballo sigue caminando tranquilamente a su bola—. ¡Chicas! ¿Cómo hago que pare?

Ahora mismo, ayudar a Tori con la equitación no entra entre mis prioridades. Savannah y yo nos miramos, convirtiendo nuestro diálogo en una conversación solo entre nosotras dos.

—¿De verdad crees que podría ser por eso? —pregunto.

—Soy sangre de su sangre, ¿no? —dice—. Por eso sé también que no sale con cualquier chica. A lo mejor solo está mostrando su interés de la forma menos apropiada.

Me guiña un ojo y le da un golpecito en las costillas al caballo, que sale a un medio galope para terminar yendo a toda velocidad por el campo. Ella se inclina hacia delante, sin que le suponga ningún problema, y se agarra con fuerza mientras el caballo avanza por la hierba. Lo último que veo de su cara es una sonrisa deslumbrante. Creo que lleva toda la mañana esperando este momento, como si por fin explotara el fuego artificial.

—¡Savannah! —grita Tori cuando su caballo empieza a acelerar para perseguir al de su amiga.

Oh, oh. El caballo se mueve muy rápido, lanza su cuerpo de un lado a otro de la montura mientras ella se agarra con todas sus fuerzas.

Fredo, mientras tanto, ni se mueve. Me quedo sentada tranquilamente bajo el calor del sol y me divierto mirando a mis nuevas amigas. Tori está gritando tan fuerte que espanta a los pájaros de los árboles, pero consigue estabilizarse cuando su caballo por fin aminora el paso hasta alcanzar una velocidad más razonable. Savannah, sin embargo, continúa botando con seguridad por el perímetro de la finca, con una risa fresca y sin ninguna intención de comenzar una misión de rescate.

Yo acaricio el cuello elegante de mi caballo.

—*Fredo* —le digo—, cuánto me alegro de haberte elegido a ti.

Capítulo 11

—Lo que más echo de menos aquí es una piscina. Con el calor que hace siempre, ¿por qué no tenemos una? ¿Qué lógica tiene eso? Sueño con zambullirme en el agua y refrescarme un poco.

—Los ranchos no tienen por qué tener piscina —señala mamá—. Y creo que no es una de las prioridades de Sheri ni de tu abuelo.

—Ya, supongo... Igual tengo que empezar a hacer como la gente del pueblo e irme al lago. —Me giro en la cama y apoyo el teléfono en la mesita de noche porque se me está cansando el brazo de sujetarlo. Llevo ya un rato en esta videollamada con mamá, poniéndola al día de cómo va la vida en la otra punta del país—. Ay, ¿sabes qué echo de menos también? Mi cuenta de Twitter. Mi Instagram. ¿Podrías convencer a Ruben para que me devuelva las redes sociales? Porque creo que está siendo demasiado estricto y es un coñazo.

Por su expresión, sé que me comprende. Se le pixela la cara durante un segundo. Está sentada y me habla a través de su portátil, en la mesa del comedor, la misma junto a la que me abrazó y me prometió que todo iría bien hace una semana. Por supuesto, está igual de elegante que siempre y, al verla en la pantalla, echo de menos el olor de su perfume.

—Lo siento, cariño. Ya sabes que no puedo hacer nada. He intentado hablar con Ruben para llegar a un acuerdo que os vaya bien tanto a ti como a tu padre, pero empieza a estar harto de que saque continuamente el tema.

—Pero ¿cómo puede pretender que mienta a mis amigos y que me comporte como si estuviera aquí de vacaciones si ni siquiera me deja que publique nada? —La miro muy seria, esperando su apoyo—. Queda muy raro, mamá. Si fueran unas vacaciones de verdad, estaría publicando en Instagram lo bien que me lo estoy pasando. Haría que toda esta parafernalia fuera creíble. Pero desaparecer por completo del mapa no da precisamente la impresión de estar disfrutando de un más que merecido descanso.

—Mila, lo siento. —Mamá se disculpa otra vez, aunque nada de esto es su culpa. Tiene tanto poder en las dinámicas de las relaciones públicas de papá como yo, o sea, ninguno. Las dos estamos a merced de Ruben—. Yo también tengo la agenda bastante apretada, si no, ¡habría desaparecido del mapa contigo! Nos podríamos haber ido a Europa juntas. Una escapada de madre e hija a Cannes, Niza, Montecarlo... ¿Te imaginas?

—¿Y perderte todos los eventos de papá? Ya sabes qué diría la prensa rosa. —Suspiro con fuerza.

Mamá y yo nunca nos atrevemos a vivir nuestras propias aventuras sin papá, los profesionales del cotilleo disfrutarían demasiado.

Mamá coge aire y pone tono de burla.

—«Marnie Harding... poniéndose morena en la Costa Azul sin Everett... ¿Problemas en el paraíso?»

Siempre viene bien hablar con alguien que entiende, incluso mejor que yo, lo complicado que es vivir a la sombra de papá. Cuando mamá me recuerda la presión a la que ella está sometida, hace que me sienta un poco menos sola. Tiene que lidiar con cosas infinitamente peores, y si ella es capaz de mantener la cordura, yo no tengo ninguna excusa.

—¿Sabéis cuándo podré volver a casa? —pregunto.

—El estreno es en tres semanas —dice mamá, apoyando la barbilla sobre el puño y mirando algo que está a su lado—. Y me imagino que, durante al menos los primeros quince días tras la premier, la productora no querrá arriesgarse a tener ningún tipo de mala prensa. —Mamá hace una mueca.

Ella forma parte de esa industria, pero, aun así, es consciente de que a veces puede llegar a ser algo extremista. Para el resto de los mortales, hay problemas en el mundo bastante más graves que una película resulte mínimamente decepcionante.

Me incorporo y estiro las piernas por el borde de la cama mientras me doy golpecitos con los dedos en los muslos. Me quedo mirando al suelo, fijándome en las formas de la madera.

—¿De verdad se me considera tan mala prensa para papá?

—¡Claro que no! Pero ya sabes cómo son los periodistas... —Mamá deja escapar un suspiro extraño—. En cuanto huelen sangre... Los titulares de la semana pasada no fueron los mejores, sinceramente. No es justo para tu padre, y tampoco para ti. Pero así es nuestra vida. —Se estira para coger algo y desaparece de la pantalla, luego vuelve con una copa de vino en la mano. Da un sorbo y la deja sobre la mesa—. Créeme, yo también estoy comportándome lo mejor que puedo. Ya sabes a qué me refiero: nada de expresiones que me arruguen la cara en público.

Pasa una figura por detrás de ella, tan rápido que casi no la veo.

—¿Ese era papá? —pregunto, cogiendo el teléfono de la mesilla de noche para poder ver mejor la pantalla.

Por lo visto sí, y supongo que habrá escuchado mi pregunta, porque vuelve a aparecer en la pantalla detrás del hombro de mamá. Tiene el teléfono en la oreja y asiente solemnemente a quien sea con quien está hablando. Tiene las gafas de sol sobre la cabeza, como siempre, como si las tuviera atornilladas para la eternidad. Imagino que le da miedo salir a la calle sin ellas. Es más fácil no olvidarlas si nunca se las quita. Me saluda con la mano y vuelve a desaparecer.

—Está hablando con Ruben —dice mamá en voz baja. Sus ojos repasan toda la estancia, siguiendo a papá, supongo, que ha debido de salir de la cocina, porque mamá empieza a hablar más alto otra vez—. Ahora mismo tu padre tiene el estrés por las nubes, y Ruben no está ayudando.

—¿Por eso apenas me habla? —pregunto—. ¿Por «el estrés por las nubes»?

—Mila —dice mamá firme, defendiendo a papá de mi comentario despectivo. Aprieta los labios, perfectamente pintados de rojo—. Ya sabes lo que pasa cuando se acerca un estreno. Es una locura. No creas que yo lo veo mucho últimamente.

—Eso no hace que esté bien que se olvide de mí. —No puedo evitar soltar esta insolencia—. Ojos que no ven, corazón que no siente, supongo.

—Sabes perfectamente que eso no es verdad —dice. Y tiene razón. Pero es que no me gusta sentirme como si no estuviera en su lista de prioridades, aunque solo sea temporalmente—. Revisaré su agenda y meteré en algún momento una nota para que te llame, ¿de acuerdo?

¿Ahora resulta que tengo que concertar una cita con mi padre?

—Vale —digo disgustada, pero demasiado harta como para señalar lo absurda que es esta situación.

—Escúchame —dice, señalando a la cámara con el dedo—. Si Sheri y tú vais a romper las normas de Ruben, por favor, que no os pille. Ya me da bastantes dolores de cabeza de por sí, no creo que pueda soportarlo despotricando.

—¿Puedes volver a intentar convencerlo una vez más? —le ruego, cruzando los dedos.

—Si le saco el tema una vez más, creo que le puede reventar una vena. ¿Sabes esa que tiene en la frente? ¿La que se le marca cuando se enfada? —Mamá no puede evitar reírse, así que da otro sorbo de vino para que se le pase—. Pues últimamente se le hincha mucho.

—¿Y no le puedes pedir a papá que hable con él? —lo intento de nuevo.

No me río porque Ruben enfadado nunca es agradable. Sus niveles de estrés deben de estar incluso más por las nubes que los de papá.

—Eso será si consigo pillarlo entre llamada y llamada... —titubea mamá, negando con la cabeza—. Pero, hasta entonces, sigue teniendo mucho cuidado siempre que salgas del rancho, ¿vale?

—Te lo prometo —suspiro, estirando el dedo meñique, como hace Savannah.

Mamá se ríe y se le relajan los hombros.

—Bueno, anda, cuéntame algo sobre ti. ¿Tienes algún plan?

—Pues estoy haciendo unas investigaciones —informo.

—¿Y qué estás investigando, exactamente?

Se me va la mirada hacia la ventana. Al otro lado, el atardecer ha teñido el cielo de naranja. Sonrío mientras le digo...

—A un chico.

Capítulo 12

La mañana siguiente, en la iglesia, me paso media misa mirando el reloj y la otra media haciéndole un agujero mental a la coronilla de Blake Avery. Hemos llegado un poco tarde, así que estamos apretujados en la última fila. Es el mejor lugar para observar a Blake. Ya he decidido que voy a arrinconarlo en cuanto todo el mundo salga al exterior.

Y, sí, lo sé: no debería estar prestándole más atención a la nuca de un chico que a lo que está diciendo el pastor, pero no puedo evitarlo.

Blake está sentado en la segunda fila con su madre, y lo único que veo son sus hombros anchos y rectos. Hace diez minutos los tenía caídos, pero me he dado cuenta de que su madre le ha dado un golpecito disimulado. Aburrirse en misa no es lo más apropiado.

Cuando el pastor se despide de sus feligreses, me pongo de pie y salgo rápido con Sheri y Popeye para conseguir una posición privilegiada para ver salir a Blake. Somos de los primeros en salir, así que me coloco junto a unos arbustos a la izquierda de la puerta de la iglesia.

—¿Estás esperando a alguien? —pregunta Sheri, mirándome con una expresión rara.

Seguramente pensaba que saldría corriendo para volver a casa, así que ahora se extraña de que me haya parado.

—¿No os quedáis a charlar después de misa?

—No siempre. He dejado la comida al fuego, así que tenemos que marcharnos —dice, agarrando a Popeye por el codo para impedir que se escabulla y llevándolo hasta la furgoneta.

—¡Esperad! —digo.

—Así que sí esperas a alguien —dice Sheri con una sonrisilla burlona. Los feligreses se van agrupando lentamente fuera, pero todavía no he visto a Blake—. No te preocupes, quédate si quieres. Seguro que a los Bennett no les importará dejarte en casa.

Popeye me dice adiós con la mano y ambos desaparecen en el aparcamiento.

Yo me quedo en mi posición junto a la puerta, estirándome y poniéndome de puntillas, hasta que por fin veo salir a Blake y a su madre. No dudo ni un momento, más que nada porque no quiero empezar a ponerme nerviosa, y me dirijo hacia ellos. Están pasando entre la multitud. Los movimientos de LeAnne son muy elegantes, pero yo me interpongo bruscamente en su camino.

Blake resopla al verme. Es evidente que no se esperaba que lo buscara. Le sonrío con ironía antes de dirigirme a su madre con una sonrisa muy agradable.

—Alcaldesa Avery —digo educadamente, inclinando la cabeza hacia delante. ¿Cómo se saluda a una alcaldesa? ¿Tengo que darle un apretón de manos, aunque nos conociéramos la semana pasada? ¿La llamo «Alcaldesa Avery»? Si no debía hacerlo, ya es demasiado tarde.

—Anda, hola... —dice algo confundida. Es posible que no esté acostumbrada a que se le acerquen adolescentes, porque no parece que le haya hecho demasiada gracia la interrupción—. Mila, ¿verdad? Espero que no te hayas vuelto a quedar fuera del rancho.

—Afortunadamente no. —Suelto una risa falsa—. Quería saber si le podía robar a Blake un segundo. —Inclino el cuerpo hacia él y lo miro con firmeza, retándolo a que me desafíe.

—Por supuesto —dice él—. Enseguida vuelvo, mamá.

Igual que la semana pasada, nos apartamos de la muchedumbre para tener un poco de privacidad, solo que esta vez soy yo la que guía y Blake el que me sigue. Me doy la vuelta, me cruzo de brazos y me quedo mirándolo de la forma más dramática que puedo.

—¿Vas a pegarme un puñetazo? —se burla con una sonrisa facilona. Da un paso hacia atrás y levanta los puños, como si fuera un boxeador cubriéndose la cara—. Parece que quieres pegarme, pero recuerda que estamos en la iglesia.

—Cállate ya, Blake —le suelto con desdén—. Aunque tienes razón, no soy tu mayor admiradora después de lo que pasó en Nashville. He decidido ignorarte lo que queda de verano, pero antes quiero preguntarte una cosa.

Él me mira con curiosidad.

—Dispara.

—Tienes que responderme con sinceridad, por favor. Me lo debes. Otra vez.

La sonrisa de su cara desaparece y asiente con seriedad, echándose el pelo hacia atrás. Ahora no es el mejor momento para fijarme en su brazo flexionado y tenso bajo la manga de la camisa.

—En la fiesta le contaste a todo el mundo quién es mi padre. Y en el Honky Tonk Central no paraste de hacerme preguntas que sabías que no quería responder —empiezo a decir con los brazos todavía cruzados—. Así que, dime: ¿eres simplemente gilipollas o estás intentando desviar la atención hacia otra persona, hijito de la alcaldesa?

—No blasfemes delante de la iglesia —dice, moviendo la cabeza con desaprobación.

—Blake —digo fríamente. No estoy de humor para jueguecitos.

Él repasa los coches en el aparcamiento mirando por encima de mi hombro.

—¿Dónde está tu familia?

—Se han ido. Voy a pedirle a Savannah que me lleve a casa —digo muy seria. Sus técnicas de distracción no son las mejores—. Responde a mi...

—¿Confías en mí? —me interrumpe, dejando caer la mano después de tocarse nervioso la nuca.

—No.

Él sonríe a conciencia, como si no esperara otra respuesta por mi parte.

—Deja que te lleve yo a casa —dice—. Pero más tarde. Antes tienes que venir a la mía.

—¿Qué? —Lo miro perpleja, totalmente desconcertada. ¿Ir a su casa? ¿No ha percibido el tono? No quiero pasar el rato con él, solo quiero que me responda, entender su juego retorcido—. No. Sheri ya ha preparado la comida y, además, ¿por qué debería volver a ir contigo a cualquier sitio?

—Porque no quiero hablar de esto aquí —explica—. Nada de triquiñuelas, te lo juro. Vamos a comer y luego respondo a tu pregunta con sinceridad.

Estudio su expresión, intentando calibrar la sinceridad de sus ojos. No aparta la mirada, deja que penetre en la mía, me permite analizarlo. Por mucho que odie admitirlo, parece que es sincero. Igual que el Blake que engulló asquerosamente la quesadilla en el *honky tonk*.

—De acuerdo —cedo a regañadientes, ignorando la vocecita de mi interior que me dice que esta idea es estúpida. ¿La del miércoles no fue ya la segunda oportunidad? ¿Le estoy concediendo una tercera?

—Pues vámonos —dice con esa molesta sonrisa con hoyuelos.

Durante una milésima de segundo, dudo. Pero si la única forma de que me responda honestamente es ir a su casa, que así sea. Solo espero que todo esto no me explote en la cara... otra vez.

—¿Seguro que a tu madre no le va a importar? —pregunto.

No sé cómo le parecerá esto a Sheri. No me he traído el teléfono a misa, pero me ha dado permiso para volver a casa más tarde. Aunque eso signifique no ir a comer al rancho.

—Vamos a averiguarlo —dice Blake.

Volvemos a pasar entre la multitud hasta llegar a la alcaldesa Avery. Está charlando con uno de los ancianos de la iglesia, asintiendo con entusiasmo sin dejar de sonreír ni un instante. Hay algo que me hace sospechar que es una sonrisa forzada.

Veo a Savannah por primera vez, inexpresiva mientras sus padres hablan con otras personas. Ella me ve y me saluda, simpática, pero se queda con la mano suspendida en el aire cuando se da cuenta de que estoy con su primo. Su agradable sonrisa se transforma en una mueca sugerente y, cuando me guiña un ojo, me veo obligada a apartar la mirada para no sonrojarme. ¿De verdad ella y Tori piensan que Blake y yo tenemos algo? Porque no, no, no. Ni loca.

Pero entonces ¿por qué lo acompaño a preguntarle a la alcaldesa Avery si le parece bien que me una a su almuerzo dominical?

Me empiezan a sudar las manos conforme nos acercamos a LeAnne, pero Blake sabe que no puede interrumpirla en mitad de una conversación, así que esperamos pacientemente a su lado; miro el hormigón del suelo, Blake me mira a mí y yo hago como que no me doy cuenta.

LeAnne se despide del anciano con un millón de cumplidos, luego se da la vuelta hacia su hijo, aparentemente sorprendida por encontrárselo a su lado.

—Qué rápido —comenta—. Ya he terminado. Vámonos.

—¿Puede venir Mila con nosotros? —pregunta Blake con la voz de un niño de cinco años, soltando rápido las palabras.

Parece algo tenso, y no me lo habría imaginado como el típico chaval que se pone nervioso con su madre, aunque sea la alcaldesa.

A LeAnne la pregunta la pilla por sorpresa. Me mira atentamente, como si estuviera determinando si soy digna o no de entrar en su casa.

—Claro que sí —responde, aunque parece que lo dice con un poco de precaución—. Hay mucha comida porque aquí, el amigo Blake, tiende a engullir el contenido del frigorífico como si llevara años sin comer. —Le da un apretón en el hombro a su hijo y le sonríe, pero solo con la boca, no con los ojos.

Blake no le devuelve la sonrisa, se sacude la mano de su madre del hombro y dice:

—He aparcado ahí, Mila.

Cuando nos dirigimos los tres hacia la camioneta de Blake, no puedo evitar mirar a LeAnne de reojo. Camina con seguridad y decisión, como él.

Subimos al coche —yo en el asiento de atrás, por supuesto—, y él enciende el aire acondicionado y Spotify. Nos ponemos en marcha y nos alejamos de la iglesia para adentrarnos en Fairview Boulevard.

En la privacidad de la camioneta, LeAnne se quita los tacones y dice:

—Madre mía, el señor Jameson es la persona más pesada con la que hablo los domingos. Blake, la semana que viene recuérdame que lo evite.

Yo jugueteo con mis manos sobre los muslos, intentando ignorar la sensación de que molesto por el simple hecho de estar aquí. Soy una desconocida para los Avery, pero está claro que LeAnne no tiene ningún problema en quitarse la careta delante de mí. Miro por la ventanilla, fingiendo no escuchar. A lo mejor se ha olvidado de que estoy en el asiento de atrás.

Pero no.

Se gira para mirarme curiosa.

—Así que eres la hija de Everett —dice. No es una pregunta. Todo el mundo lo sabe.

Blake coge aire.

—Cuidado, mamá —le advierte. Me mira por el espejo retrovisor, de la misma forma que lo hizo cuando nos conocimos—. A Mila no le gusta hablar de su padre.

—Oh —dice LeAnne, formando una «O» perfecta con los labios impecablemente pintados—. Lo siento, Mila. No sabía que había problemas.

—No, no —aclaro rápidamente, incorporándome en el asiento. No quiero que la alcaldesa se imagine que la familia Harding está rota o algo por el estilo, así que me apresuro a corregirla—. Es que no me gusta sacar el tema de mi padre porque no quiero que todo el mundo... No me apetece que se preste atención a quién es.

LeAnne pone una expresión comprensiva. Apoya la espalda en el asiento y se acomoda, mirando cómo la carretera se extiende ante nosotros.

—Tiene sentido —dice, y luego mira a su hijo—. Blake niega mi existencia la mitad del tiempo. ¿Verdad? —Le apoya la mano en la pierna y él la aparta, molesto.

—No niego nada.

Ella pone los ojos en blanco, como si este fuera un tema sobre el que suelen discutir. A continuación, para aumentar el evidente enfado de Blake, apaga la música y pone la radio.

—Ya está bien de letras deprimentes, ¿no crees, Mila? Vamos a cambiar de ritmo...

Blake vuelve a mirarme por el retrovisor. Tiene la mandíbula muy tensa, la expresión dura y una disculpa en la mirada. ¿Por qué? No lo sé. ¿Por invitarme? ¿Por el comportamiento de su madre, no demasiado adecuado para una alcaldesa?

Escuchamos en silencio un programa de radio durante el resto del trayecto. En un momento dado, caigo en que no tengo ni idea de dónde vive Blake —¿en un rancho, como sus primos?— y me paso la mayor parte del trayecto, que dura quince minutos, observando los alrededores y pensando en el tipo de casa en el que podría vivir la alcaldesa de Nashville. ¿En una mansión? ¿En un bungaló? ¿En un rancho a las afueras del pueblo con puertas de seguridad como los Harding?

—Daba por hecho que vivíais en la ciudad —digo, con intención de empezar una conversación.

—Yo sí —dice LeAnne, pero no me ofrece más información.

—Mamá tiene un apartamento en Nashville —explica Blake—. Pero nuestra casa familiar está aquí.

No reconozco la zona de Fairview en la que estamos, pero, desde luego, no es la norte, donde está la Finca Harding, y tampoco es el centro. Estamos en algún lugar de las afueras, puede que en la zona sur. Pasamos por una calle de casas enormes, todas bastante separadas entre sí. La camioneta aminora y entra en uno de los caminos de entrada, parándose detrás de un Tesla nuevo y brillante.

Así que la alcaldesa de Nashville vive en... una casa relativamente normal. Que será precisamente lo que Savannah y Tori pensaron cuando atravesaron las puertas de seguridad y vieron el viejo rancho en el que una vez vivió Everett Harding.

Miro por la ventana. Puede que la casa no sea una mansión, pero es grande y está muy bien cuidada. El césped que la rodea está recién cortado y hay muchas flores de colores. Una bandera de Estados Unidos ondea bajo la brisa en un asta en la esquina del jardín frontal.

—Voy a ir preparando la comida —dice LeAnne mientras se vuelve a poner los tacones y sale de la camioneta. Antes de cerrar la puerta, se inclina y pregunta—: Mila, no eres una de esas chicas de Hollywood que solo comen verdura, ¿verdad? ¿Comes carne?

—Sí, me gusta la carne —respondo—. Gracias —añado rápidamente, sin hacerle mucho caso a su comentario, aunque empiezo a cansarme de que todo el mundo asuma que sigo todas las modas de Hollywood.

Sí, vivo en una casa de siete habitaciones dentro de una urbanización privada en Thousand Oaks, y, por supuesto, mi padre es estrella de cine, pero eso no quiere decir que vaya a renegar de los *honky tonks* o que siga alguna dieta de famosas (de hecho, rechazo rotundamente la estricta alimentación exclusivamente proteica de papá y mamá), ni que sea algo más que simplemente Mila Harding.

Blake reposa la mano sobre el volante mientras mira cómo su madre se dirige hacia la casa, saludando alegremente a los vecinos del otro lado de la calle antes de entrar por la puerta principal. No sé muy bien por qué no vamos con ella. Blake y yo nos quedamos solos en la camioneta, quietos y en silencio.

—Y bien... ¿salimos? —pregunto mientras me desabrocho el cinturón.

—Joder —dice Blake—. Me cabrea muchísimo.

Todavía tiene la mirada fija en la puerta de su casa, por la que acaba de desaparecer su madre, y está apretando tan fuerte el volante que se le han puesto los nudillos blancos.

O sea, que quiere hablar de su madre. Me paso al asiento del medio para poder inclinarme hacia delante y mirarlo mejor.

—Ya, me he dado cuenta. Siento que se haya metido con tus gustos musicales.

Blake se ríe, pero sin ganas.

—De más de una forma diferente.

—Entiendo que es la alcaldesa y que eso significa que debe tener una faceta pública y otra privada, pero no pensé que fuera a estar tan relajada delante de mí —admito. Después de todo, ni siquiera me conoce, ¿cómo va a confiar en mí?

—Sí, lo siento. Yo tampoco lo pensaba —dice Blake con un suspiro. Suelta el volante, estira los dedos y se desabrocha el cinturón de seguridad. Se gira para mirarme a los ojos—. Pero supongo que te ve de la misma forma que yo.

—Y ¿qué forma es esa? ¿Como alguien de quien burlarse? —digo medio en broma.

Blake pone cara seria. Aprieta los labios, intentando no reírse.

—Como alguien que entiende lo que es estar bajo un microscopio. —Abre la puerta del coche—. Ya podemos salir.

Bajamos de la camioneta al húmedo aire del exterior. Blake sube por el camino y yo lo sigo, pero no llegamos hasta la puerta, sino que me lleva hacia la parte de atrás de la casa, hasta un jardín enorme. Está separado del terreno de los vecinos por una valla. Hay una cubierta de madera que rodea la casa, con unas puertas plegables que llevan al interior y unos muebles de mimbre que decoran el espacio. Por algún motivo, no soy capaz de imaginarme a la alcaldesa Avery tomando el sol aquí con un margarita en la mano y las uñas perfectas.

A los pies del jardín hay una cabaña de madera natural, muy rústica.

—Bienvenida a mi nidito de soltero —dice con una sonrisa, creo que la primera que le he visto en todo el día. Se saca un juego de llaves del bolsillo—. Te gustan los perros, ¿verdad?

—¿Perros?

Demasiado tarde.

La puerta de la cabaña se abre y de dentro sale un montón de pelo dorado que corre por el césped directo hacia mí. Dos pezuñas muy pesadas me golpean en el estómago con tanta fuerza que pierdo el equilibrio. Me caigo sobre el césped y la bestia salta encima de mí, olisqueándome las orejas y lamiéndome la cara.

La risa de Blake resuena cuando agarra al perro por el collar y me lo quita de encima. Me quedo mirándolo, con los codos apretados contra el césped caliente mientras recupero el aliento. Blake está sujetando a un golden retriever saltarín que tiene la lengua fuera de la emoción y que no aparta sus curiosos ojos negros de mí. Blake se pone de rodillas a su lado, sin soltar el collar.

—Mila, este es *Bailey* —me dice. Rasca al perro bajo la barbilla y luego se inclina hacia una de sus orejas peludas—. Y, *Bailey*, esta es Mila, ¿vale? La señorita Mila. Sé bueno con ella.

—¿Tienes un... perrito?

—Sí. Es mi cachorrito. —Se estira para coger un palo del suelo y lo tira con fuerza hacia el otro lado del jardín, soltando el collar. *Bailey* sale disparado detrás de él—. Lo siento, debería haberte avisado. Todavía estamos trabajando en el adiestramiento —se disculpa Blake. Se acerca a mí y me extiende una mano.

—Tienes suerte —digo—. Adoro los perros.

Agarro la mano de Blake y él tira de mí para levantarme, aunque le cuesta bastante. Casi me caigo encima de él. Nos quedamos uno frente al otro, a menos de un metro de distancia, aún agarrados de la mano. Su piel es cálida y las puntas de los dedos ligeramente callosas. Nos miramos a los ojos y hay algo en su mirada que no soy capaz de reconocer, algo brillante y vibrante... Algo que me provoca mariposas en el estómago.

Bailey vuelve dando saltitos con el palo entre los dientes, y le suelto la mano a Blake.

—¡Hola, *Bailey*! —digo, poniéndome de rodillas. Le paso la mano por el pelo suave y denso y hacemos un tira y afloja por el palo.

Mis padres no me dejan tener un perro en casa pese a que lo pido desesperadamente todos los años por mi cumpleaños y por Navidad. Creen que no sería justo arrastrar a un pobre animalito a un estilo de vida tan agitado. Lo entiendo, pero me fastidia. Hay muchas cosas para las que ya no tenemos tiempo.

—Le gusta más esto —dice Blake, apartándome con un empujón travieso.

Se pone de cuclillas y agarra el palo con las dos manos, luchando por soltarlo de los dientes de *Bailey*, que gruñe y ladra con toda la maldad que puede mostrar un cachorrito, hasta que por fin Blake consigue quitarle el palo y lo lanza de nuevo al otro lado del jardín.

Me cuesta no quedarme embobada. Mirar a un tío jugar con su perro bajo el sol veraniego es adorable, sobre todo si va vestido con un pantalón de pinzas y una camisa, recién salido de la iglesia.

—Ya está, *Bailey* —dice Blake rompiendo el hechizo—. Vamos, Mila. Te voy a enseñar la casa.

Nos incorporamos y vamos hacia la cabaña. Abre la puerta y me hace un gesto para que entre. Parece un poco nervioso cuando paso por delante de él y entro en lo que básicamente es el típico refugio masculino.

Hay un televisor en la pared frente a un sofá cubierto de mantas, un futbolín, algunas máquinas de gimnasio —un soporte con una barra y discos de cuarenta y cinco kilos— que ocupan la mayor parte del espacio. Las paredes están decoradas con pósteres de músicos y, en el centro de la habitación, justo enfrente de mí, hay una guitarra acústica colocada en un soporte.

—No vivo aquí ni nada de eso —dice Blake mientras cierra la puerta detrás de nosotros. *Bailey* también ha entrado y se ha tumbado en su cama junto al televisor, con su nuevo palo favorito en la boca—. Solo vengo a relajarme.

Me siento en el borde del sofá y juego con el dobladillo de una de las mantas. Recorro la estancia con la mirada una vez más. Los rayos del sol atraviesan las ventanas y lo iluminan todo.

—Mola —digo, asintiendo con la cabeza.

—Sí, a mí me gusta. —Blake se sienta en el borde del futbolín. Está nervioso y mira el suelo balanceando las piernas—. Bueno, creo que te debo una respuesta.

Ah, sí. Por eso estoy aquí, ¿no? Para conseguir una respuesta. O algo parecido.

Cierro las manos sobre los muslos y pongo los hombros rectos, haciendo todo lo posible para que parezca que voy en serio. No estoy de humor para sus respuestas de coña.

—Blake Avery —anuncio formalmente, aclarándome la garganta como si fuera una abogada lista para dar su alegato final—. No consigo pillarte el rollo. Primero me dices que te gusta mi *piercing*, me enseñas qué son los *honky tonks* y engulles comida delante de mí, cosa que, para tu información, es asquerosa, pero todo bastante normal.

Blake me escucha con atención, sus ojos brillan con la luz del sol.

—Pero, de pronto, sin venir a cuento —continúo, sin inmutarme—, empiezas a presionarme, como si disfrutaras haciéndome sentir incómoda. Así que, te lo vuelvo a preguntar: ¿eres un gilipollas o simplemente te alegras de que por fin haya alguien que pueda quitarte de encima toda la atención?

—¿Lo has ensayado? —dice él.

Mi expresión se endurece.

—Respóndeme. —Y, sí, lo he ensayado.

—No soy un gilipollas —admite serio, mirándome tan fijamente a los ojos que me pongo nerviosa—. Y siento mucho si te he hecho sentir incómoda, porque no era mi intención. —Blake suspira y se baja del futbolín—. Tienes razón. Normalmente toda la atención está en mí. «Blake, ¿sabe la alcaldesa que estás bebiendo en el instituto?», «Blake, más te vale bajar la música antes de que llegue la alcaldesa». —Se acerca a mí, con una expresión seria y sin apartar la mirada—. Y, de pronto, apareces tú de la nada y pienso: «Genial, ahora todos podrán hablar de otra cosa, para variar».

—Qué oportuno —murmuro.

Le tiembla la boca al intentar contener una sonrisa.

—Sí. Has sido muy oportuna.

—Ah. Así que quieres que todo el mundo hable de mí y no de ti —digo.

Me tiemblan los hombros. Esto era precisamente lo que no quería: revuelo. Las palabras de Ruben resuenan en mi cabeza, esa movida de no llamar la atención... Pero ¿cómo pretende que suceda eso en un pueblo tan pequeño como Fairview?

Nunca pasa nada emocionante y, de pronto, aparece la hija del puñetero Everett Harding.

—Bueno, sí —admite Blake. Se coloca frente al sofá y apoya el brazo sobre una estantería de vinilos—. Gran parte del instituto de Fairview se pregunta si aparecerá el propio Everett.

El corazón me da un vuelco. No debería haber ido a la fiesta en el aparcamiento. Y, sinceramente, nunca debería haber ido a casa de Savannah para proponerle que volviéramos a ser amigas. Tendría que haberme quedado en el rancho, pintando la madera desgastada, escuchando las historias sobre Vietnam de Popeye y aprendiendo a cuidar de los caballos con Sheri. Tendría que haber hecho lo que Ruben y mi padre esperaban que hiciera: quedarme calladita, tranquila y obediente, un píxel perfecto en la imagen de Everett Harding, sin espacio para ser Mila Harding.

—¿Mila? —dice Blake con preocupación.

Lo miro con el corazón latiéndome con fuerza en el pecho.

—¿No se te ocurrió pensar...? —intento decir, pero se me ha resecado la garganta— ¿... que había un motivo por el que no quería que todo el mundo supiera quién era mi padre?

El temblor de mi voz revela mi miedo, y Blake se mueve de pronto para sentarse en el sofá, a mi lado. Se inclina hacia delante con las manos sobre las rodillas, buscando en mi cara alguna pista de cuál podría ser ese motivo.

—Ya no parece que estés enfadada conmigo. ¿Debería preocuparme?

Bailey se acerca y se pone de pie con las patas apoyadas en el borde del sofá y la cabeza peluda sobre las piernas de Blake. Mueve la cola con entusiasmo, pero Blake lo hace bajar.

—Ahora no, *Bails* —susurra. Apunta con firmeza la cama

del perro y *Bailey* camina con la cabeza gacha hacia el otro lado de la cabaña—. Buen chico. —Blake vuelve a centrarse en mí y me mira con intensidad. Como no respondo, intenta averiguarlo—. ¿No quieres que todo el mundo sepa que tu padre es Everett Harding porque no quieres que te hagan la pelota? ¿Quieres hacer amigos de verdad y no gente falsa? ¿Estás harta de hablar de él?

Yo niego con la cabeza.

—No quería que todo el mundo se centrara en quién es mi padre —digo con la voz plana— porque nadie debería saber que estoy aquí.

Blake frunce el ceño, confuso.

—¿Cómo?

Me giro para mirarlo.

—Venga ya, Blake. Ya sabes que no he venido a Fairview por voluntad propia.

Se siente orgulloso por tener razón, pero no lo demuestra. En cambio, se relaja contra el respaldo del sofá y mira pensativo hacia delante durante un segundo.

—Cuando te presioné tanto en Nashville no fue por diversión, Mila. Te estaba dando la oportunidad de desahogarte. De decir lo que necesitaras. Lo que fuera. —Se vuelve a incorporar, acercándose un poco más a mí. Su rodilla roza la mía—. ¿Quieres decir algo?

Miro su rodilla junto a la mía y aparto la pierna instintivamente.

«Probablemente sea la única persona de por aquí que te entienda...»

Esas palabras que dijo Blake durante nuestra discusión en Nashville dan vueltas en mi cabeza constantemente. Le dije que nuestras vidas eran completamente diferentes, pero, al mirar la casa inmaculada a través de las puertas de la cabaña, pienso en LeAnne. El hijo de la alcaldesa de Nashville tiene instrucciones estrictas para que no haya la más mínima posibilidad de tener un manchón en su historial. Una sensación familiar para la hija de Everett Harding.

Levanto la cabeza y miro a Blake a los ojos.

Es posible que sea la única persona de por aquí que pudiera entenderme, aunque fuera lo más mínimo; comprender mi vida como hija de alguien bajo un foco constante, con una imagen que mantener. Estoy segura de que hay mucha gente por ahí que quiere fastidiar la reputación de la alcaldesa, y Blake debe de estar bajo mucha presión para comportarse de determinada manera.

Así que respiro hondo y empiezo a hablar.

—Las películas de *Zona conflictiva* —digo—. La última se estrena el mes que viene.

—Sí, ya lo sé. Ponen el tráiler continuamente en la tele.

Miro a Blake de reojo, él levanta las manos pidiendo disculpas y hace como que se cierra la boca con una cremallera.

—La productora está convencida de que, si hay algún tipo de mala prensa sobre cualquier miembro del elenco, la película no recaudará tantos millones. Y todo eso se aplica también a los miembros de la familia. Como yo.

—Entonces ¿eres publicidad negativa? —pregunta Blake intrigado.

—Solo por accidente —gruño. Hundo la cabeza en las manos y me froto las sienes. Todavía puedo saborear el dulce burbujeo del champán de la rueda de prensa. El golpe decisivo en la corta lista de los errores de Mila Harding—. En los últimos meses he hecho algunas cosas que no tendrían ninguna importancia si fuera cualquier otra persona, pero que en el mundo de mi padre se han exagerado como si fueran el fin del mundo.

—¿Como qué?

—Como que me fotografíen haciéndole una peineta a

unos *paparazzi*. Y la *TMZ* me grabó vomitando en uno de los eventos de papá. —Dejo caer las manos y levanto la cabeza con las mejillas sonrojadas—. Si no lo has visto ya, por favor, te lo suplico, no lo busques.

—Te prometo que no buscaré tu vídeo vomitando —dice con una sonrisa y una mano en el pecho. Su rodilla vuelve a rozar la mía, pero esta vez no aparto la pierna.

—Hay mucho en juego con esta nueva película, y están analizando todos y cada uno de los movimientos de mi padre durante la promoción, así que...

—Así que será más fácil si tú no estás allí para fastidiarle la reputación, ¿no?

Ay. Es la verdad, pero sigue sonando muy duro en boca de otra persona.

Miro a Blake, que tiene una expresión de pena y empatía al mismo tiempo. Puede que sepa exactamente cómo me siento. Noto cómo me sube la culpa por la garganta; sé que debería mantener la boca cerrada. Ruben me mataría si supiera que acabo de contarle todo esto a Blake, pero ya no puedo parar. Conocer a alguien que entiende lo que es tener este tipo de presión es... reconfortante. Es agradable saber que hay alguien más que tampoco puede permitirse cometer ningún error.

—Soy un riesgo demasiado grande —murmuro—. No confían en que no atraiga la mala publicidad aunque sea por accidente. Y la película es lo primero.

—Entonces ¿te quedarás hasta que se estrene? —dice Blake.

Es evidente que sabe cómo funcionan estas cosas. Es consciente hasta dónde es capaz de llegar alguien bajo el ojo público para mantener su reputación. No es solo cosa de los famosos. La alcaldesa de Nashville también tiene que evitar protagonizar titulares dramáticos.

—Y más, seguramente. La prioridad es que recaude muchos millones de dólares. El mánager de mi padre cree que no debería salir del rancho. Me parece que espera que vaya totalmente de incógnito, que sea invisible, pero mi tía me deja vivir, obviamente. Así que, nadie debería saber que estoy aquí, pero todo el mundo lo sabe.

Ahora que lo digo en voz alta, me doy cuenta de lo ridículo que es. Estoy atrapada en Fairview para evitar que cree mala prensa para una película con la que no tengo nada que ver. Si no hubiera tenido tanta resaca, ni me hubiera sentido tan humillada aquella mañana, podría haber defendido mi causa con más ímpetu. Podría haber mantenido mi temple y haberle dicho a Ruben que no me pensaba ir a ninguna parte. Y debería haberme atrevido a preguntarle a mi padre a quién o a qué le es realmente leal.

—¿No te parece gracioso que todo el mundo dé por hecho que la vida es fantástica cuando eres hijo de alguien importante? —Blake resopla. Luego su expresión se entristece—. No tienen ni idea. ¿Tienes hermanos?

Tengo la garganta tan cerrada que apenas puedo hablar. Inclino mi cuerpo hacia el suyo, y nuestras rodillas se aprietan aún más.

—No. ¿Y tú?

—Tampoco —dice, y pone los ojos en blanco—. Es genial, ¿verdad? No tenemos a nadie con quien compartir esta responsabilidad. El foco está únicamente sobre nosotros. Me encanta ser hijo único —afirma irónicamente.

—Sí, es una mierda. Porque no queremos tener el foco sobre nosotros.

—Y yo me lo quité de encima para ponerlo sobre ti en la fiesta del aparcamiento —dice Blake después de un momento en silencio. Me toca la rodilla arrepentido y preocupado—. Joder, Mila. Lo siento. Sé que aquella noche estabas muy molesta.

Estoy tan paralizada porque Blake tiene la mano sobre mi rodilla que no puedo responder. Miro sus dedos, cómo aprieta como si no fuera consciente de que me está tocando. Sigue mi mirada hacia su mano y la aparta sobresaltado. Se le pone el cuello rosa.

—No estaba molesta —protesto—, estaba enfadada. Es diferente.

De pronto, suena un golpe en las puertas de cristal de la cabaña. Blake y yo miramos a la vez, saliendo de nuestra burbuja, y me doy la vuelta. *Bailey* se levanta de la cama y ladra a la puerta, haciendo que el corazón me lata aún más deprisa. LeAnne está fuera, con las manos en la cadera, mirando a través del cristal.

—La comida está lista.

Tiene una expresión severa, y no disimula el desdén con el que nos mira a Blake y a mí durante un buen rato. Finalmente, se da la vuelta y vuelve a la casa, dejándome con la duda de si me he imaginado la desaprobación de su mirada.

Capítulo 13

Por dentro, la casa de los Avery es exactamente como me habría imaginado la casa de la alcaldesa de Nashville: elegante e impoluta, sin demasiada personalidad y con una caja de folletos electorales medio vacía en una esquina de la encimera de la cocina.

Puede que sea una antigua casa señorial, pero es evidente que la han reformado hace poco. La cocina parece completamente nueva, con unas encimeras brillantes y unos hornillos que parece que apenas se han usado. Hasta los azulejos del suelo son de un blanco brillante. Y nadie diría que alguien acaba de cocinar: las ollas ya están lavadas y guardadas, los hornillos limpios y el aire huele a desinfectante.

—Por aquí —dice LeAnne.

Todavía con la falda de tubo y la blusa, saca una botella de vino de un botellero, coge un sacacorchos de un cajón y cruza la cocina hacia el comedor adjunto.

Blake y yo la seguimos hasta una enorme mesa brillante. Las sillas están acolchadas con un tapizado de terciopelo plateado, tan lujosas que dudo si sentarme, temerosa de dejar un surco.

—Puedes sentarte aquí —dice Blake sacando una silla.

Suena una música suave en unos altavoces en algún lugar de la casa, y el olor a carne asada y a todos sus acompañamientos llena la habitación y hace que mi estómago ruja de hambre. Me siento, incómoda, donde me ha indicado Blake y juego con mis manos sobre las piernas.

Él se sienta justo enfrente de mí; LeAnne se coloca en el extremo de la mesa. Hay otras tres sillas vacías, pero me da la sensación de que no se usan demasiado. Cuando LeAnne deja la botella de vino sobre la mesa con un ruido sordo, busco sin que se note un anillo de casada. No tiene.

A pesar de la deliciosa comida y de la música de fondo, el ambiente no es demasiado cómodo. Puede que sea porque Blake parece estar más callado de lo normal, o por la mirada que LeAnne me lanzó fuera. ¿Vio que su hijo me estaba tocando la rodilla? A lo mejor es superprotectora.

Blake carraspea y acerca la silla a la mesa, sirviéndose distraído algunas patatas en su plato.

—Tiene muy buena pinta, mamá —dice, rompiendo el silencio—. Gracias.

LeAnne le sonríe vagamente, descorcha la botella y se sirve una copa.

—Mila —dice LeAnne, mirándome—. Por favor, empieza cuando quieras.

Si hay algo más incómodo que comer con un chico y su madre, es que esperen que lo hagas sin reparo. A ver, ¿cuánta carne me pongo? ¿Cuántas zanahorias puedo coger? Me siento como en las primeras noches con Sheri y Popeye, cuando iba con mucho cuidado, haciendo todo lo posible por relajarme y estar cómoda, pero sin sobrepasarme en una casa que no es la mía.

—Gracias por dejarme venir —digo educadamente, haciendo como Blake y sirviéndome acompañamientos—. Todo tiene muy buena pinta.

—No hay de qué, pero agradéceselo a él —dice LeAnne mirándolo. Tiene un tono indefinido, plano. Se lleva la copa a la boca.

Blake sonríe mirándola durante un instante y luego ambos se miran con tensión, con una expresión que no puedo interpretar. Lo único que sé es que, de pronto, no me siento para nada bienvenida. Pero ¿por qué?

—Bueno, Mila —dice LeAnne, removiendo el vino dentro de la copa—, ¿van a venir también tus padres a Fairview?

Blake tose.

—Voy a por algo de beber —dice levantándose rápidamente de la mesa.

—Ah. Gracias.

Bajo la mirada cuando desaparece en la cocina, dejándome a solas con su madre. Luego levanto otra vez la cabeza.

—No, qué va. Están ocupados.

—Ya me imagino —dice LeAnne. Suelta la copa de vino y empieza a servirse algo de comida. Luego, continúa—: Vuestra vida allí debe de ser una locura, con los fans y los *paparazzi*. ¿Cómo lo sobrelleva tu padre?

Trago un trocito de zanahoria. No me apetece lo más mínimo mantener esta conversación. ¿Por qué tiene que mencionar a mi padre? ¿No me puede preguntar si me lo estoy pasando bien en Fairview? ¿O si me gusta volver a ver a mi abuelo? ¿Por qué todo tiene que girar alrededor de papá y no de mí?

—Sí, puede llegar a ser muy estresante, pero supongo que te acostumbras. —Mi voz suena distante, desinteresada. Espero que LeAnne pille la indirecta de que prefiero no hablar de eso, pero, por si acaso, desvío el tema hacia ella—. Aunque seguro que tú lo entiendes. Al fin y al cabo, eres la alcaldesa.

Blake vuelve con una expresión cautelosa en la cara, y me da una lata de refresco. Se vuelve a sentar en su silla y nos analiza; primero a mí, luego a su madre. Hay algo muy extraño en su forma de actuar, pero no sé exactamente qué. Estoy segura de que lo que lo pone tan nervioso no es que haya una chica comiendo en su casa, ¿verdad? Sobre todo cuando entre nosotros no hay nada.

—Sí, soy la alcaldesa, exactamente —dice LeAnne con indiferencia, poniendo los ojos en blanco—. Pero yo recibo protestas y mensajes de odio en el correo electrónico, e incluso tengo alguna que otra confrontación en el supermercado; tu padre seguramente no tenga más que hordas de fans que lo adoran.

La miro fijamente mientras pienso en si siempre es igual de condescendiente.

—La verdad es que también hay mucha gente que lo detesta —replico tranquilamente, pese a saber que sería mejor no hacerlo—. Una vez, un tipo saltó una valla y le dio un puñetazo en la nariz. No es todo tan glamuroso como parece.

A LeAnne se le ilumina la cara.

—¿En serio? Qué lástima. Pobrecito. —Da otro sorbo de vino con una indiscutible alegría en los ojos.

Blake suelta bruscamente los cubiertos en la mesa.

—Mamá —susurra.

Ella le lanza una mirada despectiva e ignora lo que él intenta decirle.

—Y ¿cómo es que decidiste venir tú sola a Tennessee? —me pregunta.

—Mis padres tienen muchísimo trabajo ahora mismo, así que pensé que estaría bien quitarme de en medio y aprovechar para visitar a mi abuelo —respondo despreocupada, sin mirarla a los ojos mientras las mentiras van saliendo de mi boca—. Estoy muy contenta de haber venido.

LeAnne aprieta los labios en una sonrisa falsa y se lleva una mano al pecho.

—¿Qué tal está tu tía Sheri? Me da mucha pena verla encerrada en ese rancho. Es una santa.

—Está bien —digo a la defensiva, cada vez más cortante. Si LeAnne no deja de usar ese tono, me va a ser imposible ser agradable con ella—. Está con Popeye. Perdón, con mi abuelo. Él y los caballos le hacen compañía.

—Por supuesto. Pero sigue siendo una lástima que su hermano se fuera a Hollywood y le dejara la carga de encargarse de tu abuelo y de un rancho tan grande. —Niega con la cabeza, como si le diera pena solo pensarlo.

—Mamá —vuelve a susurrar Blake—. ¿Puedes dejar de interrogar a Mila?

LeAnne lo mira. Es evidente que no le gusta que su hijo la regañe. Yo me quedo unos segundos mirándolos a los dos, ambos con señales de alerta en la mirada mientras la música sigue sonando de fondo. Escucho hasta el tictac de un reloj en algún lugar de la cocina.

Blake se rinde primero en esta batalla de miradas. Pone los hombros rectos y clava el tenedor en un trozo de carne.

—Mila, todavía no te he hablado de mi música —dice animado, forzándonos a cambiar de tema y salvándome de su madre. Pero... ¿cómo que su música?

—Ay, no —murmura LeAnne. Retira su silla y se levanta—. No pienso quedarme a escucharte hablar de música otra vez. Aquí os quedáis, voy a terminar de comer arriba.

Con el plato en una mano y la copa de vino en la otra, sale del comedor y Blake y yo nos quedamos escuchando cómo sus pasos se desvanecen mientras sube la escalera.

Miro a Blake con la boca abierta.

Horrorizado, apoya los codos sobre la mesa y entierra la cabeza entre las manos, soltando un gruñido. Al menos no soy la única que piensa que la alcaldesa de Nashville es un poquito rara. ¿Qué le pasa?

—No te debería haber pedido que vinieras —dice Blake apartándose las manos de la cara—. Mi madre puede ser... complicada.

—Creo que no le caigo demasiado bien. —Los dos hemos dejado de comer y hemos soltado los cubiertos, y miramos la silla vacía de LeAnne. No creo que esté imaginándome sus malas formas. La severidad de su mirada y el tono condescendiente de todos sus comentarios no dejan lugar a dudas—. ¿He hecho algo que le haya molestado?

Me pongo a pensar en las pocas —muy pocas— interacciones que he tenido con LeAnne Avery. Supo de mi existencia cuando me quedé encerrada fuera de la Finca Harding, y Sheri nos presentó en la iglesia a la mañana siguiente. Lo único que se me ocurre que pueda haberle sentado remotamente mal es o haber sido demasiado abrupta cuando pedí hablar con Blake en la iglesia, o haber invadido su comida juntos, o que Blake tuviera la mano en mi rodilla en la cabaña. Aunque ninguno de los tres me parece motivo suficiente como para hablarme con semejante descaro.

—No, no, no —dice Blake negando con la cabeza—. Créeme, tú no eres el problema. El problema es que mi madre está amargada.

—¿Amargada? —Levanto una ceja, intrigada—. ¿Por qué?

Blake se queda paralizado durante un instante, casi arrepentido de lo que acaba de decir. Traga saliva e inclina la cabeza hacia delante.

—Nada. Olvídalo. Si quieres, terminamos de comer y te llevo a casa.

No añado nada más. Está claro que este es uno de los almuerzos dominicales más incómodos de la historia.

Mantengo la cabeza baja y me centro en la comida, aunque ya no tengo hambre. Blake tampoco dice nada más. Suspira de vez en cuando por encima del sonido de la música que aún sigue sonando. Por algún motivo, el rumor de los grandes éxitos no encaja muy bien con el humor que reina en la mesa. ¿Qué está pasando?

—Bueno —digo, tanteando el terreno—. ¿Vas a hablarme de tu música o qué?

Una tierna timidez reemplaza la tensión en la cara de Blake.

—En otra ocasión. Te lo prometo —responde.

Prefiero no insistir; parece que ya no está de tan buen humor.

Seguimos comiendo en silencio. Todavía queda mucha comida cuando nos terminamos nuestros platos.

—*Bailey* se lo comerá —dice Blake, con una voz algo más ligera que antes. Recoge los platos vacíos, los deja en la cocina y coge el de la carne—. Ven.

Volvemos a estar relajados, pero ¿no había muchísima tensión hace un segundo?

—¡*Bails*! —grita Blake.

Se sienta en el borde del porche con el plato sobre las piernas. Me pongo a su lado, pero esta vez dejando un hueco entre los dos, y me esfuerzo porque se aprecie la confusión en mi cara. Por supuesto, nada de roces de piernas esta vez.

Bailey trota por el jardín hacia nosotros con la lengua fuera cuando el olor de la carne llama su atención. Esta vez se para enfrente de Blake, sentándose obedientemente esperando la nueva orden, de nuevo con la lengua fuera. Es como si estuviera sonriendo, y yo también quiero sonreír.

—La pata —le ordena Blake, que extiende la mano y le aprieta a *Bailey* la extremidad cuando la levanta—. La otra pata. Túmbate. Buen chico. —Lanza un trozo de carne al aire y *Bailey* lo coge al vuelo, llenando todo el césped de babas. Blake me mira—. ¿Quieres probar?

¿Cómo voy a decir que no?

—*Bailey* —digo con una voz superaguda que no tiene nada que ver con la mía.

Repito las mismas instrucciones que le ha dado Blake y se me ilumina la cara con una sonrisa cuando *Bailey* se sienta, se tumba y me da la pata. Luego le lanzo otro trozo de carne.

Blake aprovecha esta oportunidad.

—Las cosas se han puesto algo incómodas...

No termina la frase porque oímos un ruido estridente detrás de nosotros. LeAnne está golpeando con fuerza la ventana de la cocina, muy enfadada.

—¡Iba a hacer unos bocadillos con eso mañana! ¿Te crees que el maldito perro se merece carne de primera calidad?

—Ay, Dios —gruñe Blake en voz baja—. Que te den.

—Pero, no lo dice lo suficientemente bajo como para que no se escuche.

LeAnne se dirige enfurecida a las puertas de la cocina y las abre de un empujón. Tiene las manos en las caderas y una actitud amenazante.

—Repite eso —ordena—. Repítelo si te atreves.

Blake la mira por encima del hombro.

—No he dicho nada —dice, derrotado. En realidad, está deseando repetirlo, pero sabe que saldría perdiendo.

—Eso me había parecido —suelta LeAnne.

Vuelve a desaparecer en la cocina cerrando las puertas detrás de ella, pero me da la sensación de que puede que siga observándonos por las ventanas.

Me alejo un poquito más de Blake.

—Voy a llevarte a casa, creo que es mejor que no me veas perder los papeles con ella —dice Blake con calma. Suelta el plato de comida en el césped y le da a *Bailey* carta blanca para que se lo coma todo; luego coge las llaves de la camioneta y se levanta—. Porque hoy me lo está poniendo a huevo.

Capítulo 14

El camino de vuelta a la Finca Harding está lleno de tensión, pero por una vez no es entre nosotros. No, esta vez es solo Blake el que está a punto de estallar.

Ha venido con los dientes apretados y centrado profundamente en la carretera, casi sin parpadear. Por supuesto, sale música de los altavoces, pero con poco volumen, y no va tarareando como de costumbre. Está claro que está muy enfadado por lo que ha pasado con su madre, aunque no tengo ni idea de cuál es exactamente el problema. ¿Está enfadado con ella por las preguntas que me ha hecho durante la comida? ¿No se llevan bien y ya está? Yo no tenía forma de prever que tuvieran tan mala relación.

Cuando llegamos a la enorme puerta del rancho, sé que tengo aproximadamente cinco segundos para decir algo más que «adiós». Así que me incorporo y pregunto:

—¿Estás bien?

La camioneta se detiene y Blake apaga el motor con movimientos aletargados.

—Sí. —Juega con las llaves, que cuelgan del contacto—. Es solo que soy consciente de que ahora tengo que volver y hablar con ella.

Si Blake puede coaccionarme para que le diga la verdad sobre mi padre, no creo que esté sobrepasando ningún límite si le insisto en el tema.

—¿Sobre qué?

—Sobre los comentarios que ha hecho durante la comida. —Blake frunce el ceño y apoya el codo en la ventanilla, pasándose con rabia los dedos por el pelo—. No entiendo que una mujer como ella se comporte como una auténtica cría.

—¿Una cría? —Levanto una ceja.

Sí, las preguntas de LeAnne han sido muy invasivas y sus respuestas condescendientes, pero he dado por hecho que era su verdadera personalidad que salía a relucir.

—Esos comentarios que ha hecho sobre tu familia han sido pueriles —aclara Blake. Parece irritado otra vez, pero no le veo bien la cara. Sigue mirando el campo vacío por la ventanilla—. Es patética. Y todo porque...

—¿Qué he hecho? —interrumpo.

—No es por ti. —Blake gira la cabeza para mirarme—. Es por tu padre.

—¿Mi padre? —Parpadeo perpleja porque sus palabras no tienen ningún sentido—. Pero si no lo conoce.

Blake me mira como si fuera una ingenua por no entender de qué narices está hablando. Lo único que dice es:

—Fairview es un pueblo pequeño, Mila.

Sigo sin entenderlo, pero no tengo tiempo para pedirle a Blake una versión para tontos de lo que intenta decirme. El zumbido de la puerta suena al otro lado de la carretera vacía y sale una figura.

—¡¿Dónde has estado?! —me grita Sheri mientras abre la puerta de la camioneta—. ¡Tu abuelo y yo estábamos muy preocupados, Mila! ¡No has aparecido después de misa! He llamado a Patsy para ver si estabas con ellos y me ha dicho que no le habías pedido que te trajera.

Antes de que me dé tiempo a responder, Blake se aclara la garganta y se inclina por encima de la palanca de cambios.

—Señorita Harding, lo siento mucho. He invitado a Mila a casa a comer. Es culpa mía. Fue un impulso y hemos perdido la noción del tiempo —sonríe conciliador.

Sheri no le devuelve la sonrisa. De hecho, es la primera vez que la veo tan enfadada.

—Podías haber cogido el teléfono, ¿no? O haberme mandado un mensaje, digo yo.

—Lo siento, Sheri. No me llevé el teléfono a misa... Me dijiste que no estaban permitidos.

Está claro que me he pasado de la raya desapareciendo del mapa durante dos horas. La preocupación en los ojos de Sheri me hace sentir muy culpable, porque, al fin y al cabo, está haciéndome un favor acogiéndome. Y es evidente que se preocupa por mí. Lo menos que podría hacer es informarla de dónde estoy, como acordamos.

—Lo siento muchísimo —me vuelvo a disculpar.

Sheri suspira y se aparta de la puerta, haciendo un gesto para que salga. Espera en silencio mientras yo bajo de la camioneta, pero está claro que todavía tiene cosas que decir. Solo que no aquí.

—Gracias por traerme —le digo a Blake, girándome hacia la camioneta. Yo también tengo más cosas que hablar con él, pero tendré que esperar.

Se despide de mí con una sonrisa y se marcha.

Sheri me agarra por un hombro y me lleva hacia la puerta. Noto cómo irradia preocupación por los dedos. Caminamos juntas hasta la finca conforme el ruido de la camioneta de Blake desaparece en la distancia. Se va a casa a hablar con LeAnne, y yo estoy a punto de hablar con Sheri Harding. Y acabo de caer en la cuenta de que no tengo ni idea de lo que significa.

Todavía con la mano sobre mi hombro, avanzamos despacio por el camino de tierra hasta la casa, con el sol abrasador sobre nosotras. Yo mantengo la cabeza gacha y espero a que ella hable, pero no dice nada. Cuando llegamos al porche, se coloca delante de mí y se cruza de brazos, con una expresión más de pánico que de enfado.

—No pretendía asustarte —me apresuro a decir—. Me puse a hablar con Blake después de misa y...

Sheri niega con la cabeza en silencio.

—Mila, mientras estés aquí eres mi responsabilidad, y quedamos en que me dirías dónde estabas en todo momento. Como no volviste de misa y los Bennett no sabían nada de ti, pensé en llamar a Everett, o al capullo de su mánager, y decirles que no tenía ni idea de dónde estabas. Creí que tendría que confesarles que te he estado dejando salir.

Doy un paso hacia delante y rodeo a mi tía con los brazos, apretando con fuerza. El pecho de Sheri sube y baja contra mí y noto que empieza a relajarse.

—Lo siento, Sheri —digo, sintiéndome culpable de verdad.

Ella es unos centímetros más alta que yo, pero, aun así, le acaricio la espalda como si hubiéramos intercambiado roles. Mi tía se pone recta y se pasa la mano por la cara.

—Mila, cariño, vamos a seguir hablando dentro.

Subimos juntas los escalones del porche y veo a Popeye mirando por una ventana, con una mano sobre una ceja para taparse la luz del sol. Cuando nos acercamos a la puerta, viene corriendo a nuestro encuentro.

—¿Va todo bien? —pregunta con cara de preocupación, y extiende una mano.

—Sí, papá. Va todo bien —dice Sheri agarrando la mano de Popeye y dándole un apretón tranquilizador—. Mila se dejó el teléfono aquí. Estaba en casa de los Avery. La han invitado a comer.

—Ay. No le va a hacer ninguna gracia —dice Popeye—. Comer con...

—¿A quién no le va a hacer ninguna gracia? —pregunto.

Sheri mira con cautela a su padre.

—¿A quién? —insisto—. ¿A quién no le va a hacer gracia?

Sheri se muerde las mejillas, una clara señal de que se está planteando si darme o no esa información.

—A Everett... A tu padre...

—... no le cae bien LeAnne Avery —termina Popeye.

—¿Por qué? ¿Por cuestiones políticas? —pregunto confusa—. ¿Qué más le da lo que haga la alcaldesa si ni siquiera vivimos aquí?

—Ay, Mila —murmura Popeye, mirándome con el ojo de verdad—. Vives feliz en la ignorancia.

—¿Qué pasa? —insisto de nuevo.

Sheri se va a la cocina y aparta una silla de la mesa. No me había dado cuenta del olor a comida hasta ahora, pero la culpa vuelve a darme otro golpe cuando veo unos platos cubiertos con papel de aluminio sobre la encimera (supongo que lo que habría sido mi ración).

Oigo unos golpecitos de los dedos de Sheri contra la madera de la mesa y un rumor contemplativo en el ambiente.

—No creo que sea asunto mío contártelo —dice después de un rato—. Deberías hablar con tus padres.

—¿Sobre la alcaldesa Avery? —digo perpleja. ¿Acaso mis padres saben siquiera quién es la alcaldesa de Nashville?

—Sí, porque el abuelo tiene razón. A Everett y a Marnie no les va a hacer especial gracia enterarse de que has estado en casa de LeAnne —dice Sheri con la boca ligeramente torcida. Luego, como si se le ocurriera de pronto, añade en voz baja—: O que parece que estás muy cómoda con su hijo.

—¿Con Blake? No. No, no hay nada de comodidad entre nosotros.

Sheri me sonríe con complicidad. Le da una patadita a la silla que está junto a ella y me hace un gesto para que me siente.

—Papá, ¿nos dejas un minuto? Mila y yo tenemos que terminar esta conversación.

Popeye refunfuña.

—Parece que últimamente solo soy un mueble —murmura. Se da la vuelta y cruza el salón, pero antes de salir al porche, dice—: Portaos bien.

Sheri espera a que deje de crujir el suelo de madera y entonces me mira con intensidad.

—Perdona por levantarte la voz antes. Es que estaba... Pensaba... Bueno, si no hubieras aparecido, ya me imaginaba a Ruben presentándose aquí para estrangularme con sus propias manos.

Aún nerviosa, me imagino también la escena. Creo que Sheri y Ruben no se han conocido, pero dice mucho de la intensidad de este que la gente le tenga miedo simplemente por la forma en la que los trata por teléfono.

—No me hace gracia, Mila —dice Sheri seria, mirándome fijamente. Durante un segundo, temo que vuelva a enfadarse—. No quieren que te apartes de mi vista.

—¿Quieren? —repito aguantando la respiración.

Sheri me mira con compasión.

—Lo de que no vayas a ningún sitio y no veas a nadie que te ha dicho Ruben es idea de tu padre —revela.

Exhalo con fuerza. Es como un puñetazo en el estómago. ¿Es papá el que quiere que me quede encerrada en el rancho durante todo el verano, sin ninguna libertad ni vida propia?

¿Y todo por una puta película?

Me espero este tipo de cosas de Ruben, su trabajo es dirigir la carrera de papá y eso quiere decir que tiene siempre la última palabra si cree que las suyas son las mejores decisiones. Tenía sentido que esto fuera idea suya. Podría sobrevivir sabiendo que esto era simplemente otra idea de las suyas, una de sus medidas raras y exageradas, pero enterarme de que, por una vez, es Ruben el que sigue las órdenes de papá... Joder, cómo duele.

Papá lo organizó. Él quería que viniera aquí, a miles de kilómetros de ellos, encerrada y silenciada en el viejo rancho familiar. Él decidió que este fuera mi verano.

Siempre me han dicho que la sensación que tengo de ir siempre por detrás del trabajo de papá eran imaginaciones mías. Me he deshecho de las mareas interminables de resentimiento y celos y me he convencido a mí misma de que, a veces, como cuando está a punto de estrenarse uno de los últimos proyectos de papá, es normal que su carrera sea lo primero en lo que piensa. No pasa nada si no tiene tiempo para que desayunemos juntos por las mañanas antes de clase, no pasa nada si no puede ir a cenar con mamá porque le coincide con algún evento acordado, porque está ocupado. Una vez que la expectación inicial de la película se acaba, vuelve a centrarse en mí... Solo que nunca lo hace del todo.

Y ahora... me ha quedado tan claro como el agua que es cierto.

La carrera de papá es lo primero. Si no, nunca me habría sacado de su vida perfecta solo porque me atreví a emborronarla sin ni siquiera pretenderlo. Si yo fuera lo más importante para él, les habría dicho a las ejecutivas de la productora que se aguantaran. Le habría dicho a Ruben que me diera un respiro. Habría dejado que me quedara en casa, donde debería estar, sin importar cuántas veces metiese la pata. Pero es evidente que no soy su prioridad.

Los ojos se me llenan de lágrimas y parpadeo rápido para mantenerlas a raya.

Pero, entonces, una mano amable me aprieta la pierna.

—No quería que lo supieras —dice Sheri arrepentida, acercando su silla a la mía—. Pero necesito que sepas lo serio que es este acuerdo. Tu padre se va a enfadar si se entera de que te estoy dando libertad, y ya eres lo bastante mayor como para darte cuenta de que, ya de por sí, nuestra relación no es muy buena.

Me quedo mirándola fijamente con los ojos húmedos.

—Lo siento —me disculpo una vez más—. De verdad que te agradezco mucho lo que estás haciendo por mí y lo último que quiero es causarte problemas. Te prometo que no volverá a ocurrir.

—Gracias, Mila —dice con un alivio evidente, y arruga los ojos con ternura—. La próxima vez que salgas con cierto chico llamado Blake Avery, avísame. ¿Me lo prometes?

Capítulo 15

El viernes por la tarde caminé el kilómetro y medio, aproximadamente, que hay hasta el rancho Willowbank con una tarta de manzana metida en una caja colocada con cuidado bajo el brazo. Sheri no paró de hablarme del que, según parece, es el dulce favorito del estado («Mila, ¿cómo puede ser que no sepas qué es la tarta apilada de Tennessee?») ayer en la cocina mientras la casa se llenaba del aroma a manzana especiada. Y ahora que el postre ha reposado durante toda la noche, ya está listo para ser entregado a aquellos para los que se ha preparado: los Bennett. Citando textualmente a Sheri, esta obra maestra es una disculpa por el susto que le di a Patsy el fin de semana pasado cuando la avasalló con «¿No has traído a Mila de la iglesia?». Me han otorgado el privilegio de ser la mensajera, porque así tengo una excusa válida para salir del rancho.

Durante estos últimos días, Sheri y yo hemos seguido a rajatabla nuestro acuerdo, sin deslices. Me deja salir de la Finca Harding cuando quiera, siempre y cuando ella sepa dónde voy y esté de vuelta a la hora que me dice, aunque no es nada estricta al respecto. Pero he sido razonable y no me he aprovechado. Soy consciente del riesgo que corre. Savannah y Myles me recogieron una noche y fuimos a un McDonald's a por unos helados y luego caminé casi cinco kilómetros de ida y otros cinco de vuelta para ir a una tienda a comprar un par de bolsas de Cheetos. No tardé en darme cuenta de que, viviendo en un rancho en medio de la nada y sin carné de conducir, no me quedan muchas más opciones. Por eso *Fredo* y yo nos estamos haciendo tan buenos amigos: lo ensillo todas las mañanas y lo saco al campo para trotar un poco. Nada más, porque todavía me da miedo que coja velocidad por si me rompo la crisma.

Hoy tengo el objetivo de entregar esta tarta, y camino dando saltitos con una gorra de los Dodgers protegiéndome la cara de otro día de calor abrasador. Tengo la cara tan curtida que si me sale alguna peca más por la nariz y las mejillas puede que mis amigos no me reconozcan cuando vuelva a casa.

La granja de tres plantas de los Bennett aparece ante mí conforme me acerco al rancho y empiezo a notar una sensación desagradable en la boca del estómago. Cuando Savannah se asoma por la ventana de su habitación, puede ver kilómetros de campo y montones de árboles agrupados. Cuando Sheri y Popeye miran por la ventana de sus dormitorios, su vista está parcialmente bloqueada por los muros. Es otro recordatorio del impacto que tienen las exigencias de papá en la gente de su alrededor.

Papá, a quien intento seguir apartando de mis pensamientos. Su indiferencia hacia lo que podría hacerme feliz todavía me duele y no estoy preparada para procesarlo. Ni siquiera he hablado aún con mamá porque es evidente que ella también cree que todo esto es cosa de Ruben, así que he evitado sacar el tema y hacer hincapié en lo aburrida que estoy en la Finca Harding con la esperanza de que le pase esa información a mi padre. Si quiero seguir disfrutando de algo de libertad, él y Ruben tienen que creer que no tengo ninguna.

—¡Mila!

El sonido de la voz de Savannah me trae de vuelta a la realidad. Agradezco bastante la distracción de los pensamientos negativos y confusos que me rondan la cabeza.

—¡Hola! ¿Está tu madre?

Savannah corre a recibirme, con una expresión agradable y de sorpresa por mi visita inesperada. Lleva unos pantalones cortos vaqueros, la parte de arriba de un bikini y un enorme sombrero vaquero de paja. Colgando de sus orejas, dos conos de helado de colores neón. Qué monos.

—Sí, está por ahí revisando una tubería con mi padre. ¿Qué tienes ahí?

—La famosa tarta apilada de Tennessee de mi tía Sheri —anuncio con placer, levantando la caja de cartón y abriendo con cuidado la tapa—. Preparada ayer por la mañana y entregada, obviamente, por tu querida amiga.

—Ay, me encanta —dice Savannah mirando hambrienta dentro de la caja—. Vamos a llevarla a la cocina.

Cierro la tapa de la caja y sigo a Savannah hasta la casa. El fuerte olor a protector solar me hace cosquillas en la nariz cuando subimos los escalones del porche.

—¿Has estado tomando el sol?

—Pues claro —dice ella—. No me gusta el agua. Casi me ahogo en un lago durante unas vacaciones en Kentucky cuando tenía ocho años, ¿no lo sabías? Fue horrible. Vi pasar toda mi vida por delante de mis ojos y desde entonces ni me acerco al agua. Sinceramente, nuestra piscina me parece una trampa mortal, así que prefiero quedarme en las tumbonas.

Sujetando con cuidado la caja con un brazo, agarro a Savannah por la muñeca, más que nada para callar su parloteo irrelevante.

—Savannah, he perdido casi tres kilos solo por sudar con la tremenda humedad que hay aquí ¿y no se te ha ocurrido decirme que tienes piscina?

Me quedo muerta.

—¡Ay, lo siento! —dice sonrojándose. Se da un golpe en la frente con la mano—. Sí, tenemos piscina. Está detrás. Pero me parece estúpido que sea de una sola profundidad. Cuando sugerí que estaría bien hacer una parte menos profunda, nadie lo tomó en serio, así que, aunque no me diera miedo el agua, no llegaría al fondo igualmente.

—Te cambio los caballos de los Harding por la piscina de Willowbank —la interrumpo. Es una situación desesperada—. Puedes venir a montar cuando quieras, si por favor, por favor, por favor me dejas usar tu piscina. No tienes ni idea de cuánto necesito bañarme en días como hoy.

Savannah se levanta el ala del sombrero y desaparece la sombra que había sobre sus ojos, dejando que el sol brille en su cara.

—¡Por supuestísimo!

Sonreímos las dos a vez, pero, antes de que entremos en la casa, el estruendo de un ladrido rompe la tranquilidad del rancho.

A los pies del porche, me giro para buscar la fuente del ruido (¿no será Savannah tan afortunada de tener una piscina y un perro?), pero, para mi sorpresa, veo a un golden retriever que me resulta familiar dando saltitos por el césped. Viene corriendo hacia nosotras muy rápido, con la lengua fuera y moviendo la cola. Mi sonrisa se hace aún más grande, pero, conforme se acerca, me doy cuenta de que *Bailey* no muestra ninguna intención de disminuir la velocidad y mi alegría pronto se convierte en inquietud.

Cierro los brazos alrededor de la caja de la tarta de Sheri y me la aprieto contra el pecho, pero no soy lo suficientemente rápida. Con otro ladrido, *Bailey* se lanza sobre mí. Hago un giro involuntario mientras caigo de espaldas sobre la barandilla de madera del porche por el impacto del perro y la caja se me escapa de las manos. *Bailey* aprieta sus patas contra mi pecho y me lame la cara.

—Ay, *Bailey*, ¡no! —gruñe Savannah agarrándolo del collar y tirando fuerte de él—. ¡Baja! ¡Baja!

Le doy a *Bailey* un empujón y me lo quito de encima, pero, al bajar, las patas delanteras aterrizan con fuerza sobre la caja de la tarta. El ruido del cartón y de la tarta aplastada hace que grite horrorizada.

—Oh, oh —dice Savannah—. Ups.

Bailey mete el hocico dentro de la caja destrozada y empieza a engullir la tarta. Miro a Savannah, que se muerde el labio inferior, e intento apartar al perro.

—¡No, *Bailey*! ¡Para! —grita una voz—. ¿Qué está comiendo?

Savannah y yo miramos hacia atrás. Blake corre hacia nosotras desde donde apareció *Bailey* hace treinta segundos. Si no estuviera tan impactada, me habría acordado de que esta es la primera vez que lo veo desde el último de nuestros incómodos encuentros, el pasado domingo.

—¡Blake! ¡Controla a tu perro! —grito avanzando unos pasos y señalando a *Bailey*, que tiene la nariz cubierta de bizcocho y manzanas especiadas—. Acaba de... ¡ACABA DE DESTROZAR LA TARTA DE SHERI!

Blake llega a la escena del crimen y se pone en cuclillas, pasándole a *Bailey* el brazo por encima y apartándolo de la caja hecha trizas. El animal se lame feliz los restos de tarta del hocico, y Blake lo sujeta con fuerza entre sus piernas. Se levanta las gafas de sol y se gira para mirarme.

—¡Se pasó horas haciendo esa tarta! ¡Y yo tenía que dársela a tu tía! —grito—. ¡INTACTA!

—Mila..., lo siento —dice Blake, pero no consigue pronunciar las palabras. No vale la pena disimular, suelta una carcajada estruendosa que se escucha en todo el rancho.

—¿Qué pasa? —pregunta Myles acercándose a nosotros.

Está empapado, descalzo y solo lleva un bañador. Se queda mirando a Blake, que está en cuclillas, e intenta averiguar qué serían la caja de cartón y la comida aplastada hace dos minutos.

—*Bailey* ha destrozado la tarta de mi tía —digo enfadada.

Blake suelta otra carcajada. Myles se le une y los dos se ríen juntos, cada vez más fuerte. El alborozo se hace también con Savannah, aunque ella, al menos, intenta aguantarse la risa. Pero es contagiosa y al final yo también termino riéndome.

—¿Y ahora qué le digo a Sheri? —pregunto entre el coro de risas. Miro de nuevo la tarta destrozada y me agarro la cintura al reírme aún más.

—Dile que nos ha gustado mucho —propone Savannah, bajando los escalones del porche—. Estaba tan deliciosa que acabamos con ella en cuestión de segundos. —Apenas puede parar de reír por su propia broma, pero luego añade—: Voy a limpiar esto antes de que mamá lo vea.

Blake se lleva a *Bailey* hasta la parte de atrás de la casa con Myles, todavía riéndose, y yo me quedo con Savannah para limpiar. Recogemos lo que queda de la tarta y de la caja de cartón con un recogedor y lo tiramos directamente en el contenedor de fuera para que los padres de Savannah no sepan del delicioso pastel que se han perdido. Con una promesa de meñique, Savannah y yo declaramos que Sheri nunca se enterará del entusiasmo con el que se recibió su ofrenda culinaria.

—¿Te quedas un rato? —me pregunta—. Vamos a estar en la piscina. Yo sola con estos dos idiotas. Y te recuerdo que son mi hermano y Blake —sonríe al enfatizar su nombre.

—¡Que no pasa nada con Blake!

—¡Venga ya! —dice poniendo los ojos en blanco. Me agarra del codo y me lleva con ella.

Vamos a la parte trasera de la granja y se me hincha el pecho de alegría al ver el agua. La piscina de los Bennett es más grande de lo que me había imaginado, redonda y llena de balones que flotan sobre la superficie. Y, alrededor, hay unas cuantas tumbonas.

—¡¿Te quedas?! —grita Myles desde el otro extremo de la piscina.

Cuando asiento, suelta un aullido y se sumerge en el agua. Una marea salpica las tumbonas, para molestia de Savannah.

Maldice y gruñe mientras las aparta de la piscina. Myles arruga la cara y le hace una mueca cuando sale del agua, y ella le tira una de las pelotas. Pero él vuelve a sumergirse antes de que le dé en la cabeza.

—Por favor, siéntate a mi lado —pide Savannah, haciéndome señas—. Quiero creer que no será tan maleducado como para intentar mojar a una invitada.

Yo me pongo cómoda en la tumbona que me indica. El calor irradia del plástico y miro con anhelo el agua azul vibrante y ondulada, deseando más que nunca zambullirme sin pensarlo. Savannah, que ya me ha confesado su miedo, está tumbada leyendo un ejemplar bastante desgastado de un libro sobre cierto estudiante de mago famoso.

—¡Me encantan las películas! —digo alegremente—. De hecho, fuimos al estreno en Nueva York de la última hace diez años. Fue el primer estreno al que fui —sonrío con melancolía.

Era demasiado pequeña como para acordarme bien, pero, por algún motivo, recuerdo perfectamente a papá saludando a Daniel Radcliffe.

Savannah baja el libro lentamente y me mira boquiabierta.

—¡¿En serio?!

La fascinación y la total incredulidad en sus ojos azules me devuelven de golpe al mundo real y me arrepiento enseguida de haber dicho nada. Elimino la sonrisa de la cara y llevo los hombros hacia delante con tristeza.

—Perdón... Ha sonado como si estuviera presumiendo, ¿verdad? —murmuro.

Que los demás, y sobre todo la gente cuyo mundo es completamente diferente al mío, piensen que soy una niña mimada de Hollywood es lo último que pretendía.

—¡No! ¡No! ¡Cuéntame más! —me insta Savannah, incorporándose de un salto y dejando el libro al lado de la tumbona—. No creo que estés presumiendo, solo estás hablando de tu vida, y simplemente ha dado la casualidad de que has tenido una vida superguay. ¿Conociste a los actores?

—No creo... Tenía siete años. Lo tengo bastante borroso —aclaro rápidamente.

Da igual lo que diga Savannah, sigo prefiriendo cambiar de tema a algo que no sea lo poco normal que soy.

Miro por encima de su hombro, en busca de una salida, y me topo con Blake. Está junto a la manguera echándole agua a *Bailey* en la boca. Hasta ahora no había visto su camioneta aparcada en un montículo de césped. ¿Qué habría hecho si la hubiera visto en la puerta cuando llegué con la tarta? ¿Habría salido corriendo si hubiera sabido que estaba aquí?

—¿Te importa si me siento en el borde de la piscina? —le pregunto a Savannah.

Me doy cuenta de lo cría que parezco, como una niña que le pide permiso a su madre, suplicándole con la mirada entrar a la tienda de chucherías.

Savannah vuelve a coger el libro y se tumba.

—Vaaaaaaaaale —dice fingiendo estar molesta, y luego me hace un gesto con la mano para que me vaya.

Me voy hacia la piscina y me quito las deportivas, meto dentro los calcetines y me siento en el bordillo, con las piernas dentro del agua. Está caliente, pero es refrescante igualmente. Inclino la cabeza hacia atrás para mirar al cielo, cierro los ojos para aguantar las ganas de meter el cuerpo entero en el agua. Le envío a Sheri un mensaje para decirle que me voy a quedar un rato en el rancho Willowbank y luego, durante unos minutos, escucho en calma el sonido de los pájaros y a Myles salpicando en el otro extremo de la piscina.

—¿No te metes?

Me asusto al escuchar la voz. Miro hacia arriba por encima de la visera de la gorra.

Blake está de pie a mi lado, sonriente. Lleva unas bermudas rojas —perdón, un bañador— y una camiseta negra que se le ajusta al pecho. Ahora que no estoy echando humo por la tarta destrozada de Sheri, tengo la cabeza llena de pensamientos que no son precisamente apropiados.

—No creo que venga preparada para la piscina —digo, señalando mis pantalones cortos vaqueros y mi camiseta ancha.

—Quítatelo y listo —dice Blake tranquilamente. Luego, al ver mi cara, añade—: Es broma, Mila.

Se quita las chanclas y las deja a un lado, y luego, con la boca abierta, miro cómo se quita la camiseta por la cabeza. Ya sabía que Blake estaba muy musculado, pero ahora que lo veo no puedo apartar la mirada. Tiene el abdomen tan definido como el pecho y los brazos, pero algo más modesto. El ligero delineado de las abdominales es prominente, pero solo cuando se estira, que es lo que hace ahora que se ha sentado a mi lado y se introduce poco a poco en el agua.

Me paso la lengua por los labios, consciente de lo seca

que tengo la boca. «Es que tiene hasta los cuádriceps marcados.»

Blake se introduce lentamente bajo el agua y bucea hasta el otro extremo de la piscina, donde sale justo al lado de su primo, para sorpresa de Myles, y lo salpica en la cara. Este agarra a Blake por la cabeza y lo vuelve a sumergir durante lo que termina siendo mucho tiempo, hasta que Blake emerge para coger aire y los dos se ríen entre broma y broma.

Savannah, mirando por encima del borde del libro, hace un gesto de desaprobación con la cabeza.

Yo muevo las piernas de atrás adelante en el agua cálida e inhalo el olor a cloro mientras veo cómo Myles y Blake siguen con su guerra, disfrutando de lo agradable que es sentarse junto a una piscina en verano, con la mente en blanco... Hasta que Blake nada hacia mí. El estómago me da más de un vuelco y vuelven a aparecer los pensamientos inapropiados.

Blake llega hasta donde estoy y se apoya con los brazos en el bordillo de la piscina, con la respiración agitada. Se echa hacia atrás el pelo mojado y me salpica. Menos mal que el agua le llega por encima del pecho, porque ver otra vez su torso desnudo me habría hecho tartamudear. Ver a un tío bueno es una cosa..., pero verlo mojado y sin camiseta es otro rollo.

Intento mirar a cualquier otra parte. *Bailey* está tumbado a la sombra de un roble.

—¿Está bien?

Blake sigue mi mirada hasta su perro.

—Sí, estará empachado, seguramente. Pero es lo que se merece por ser un ladrón de tartas.

Blake se frota los ojos, irritados por el cloro, y caigo en que es la primera vez que me ha visto sin más maquillaje que un poco de rímel, así que me agarro la visera y la bajo para que me cubra más la cara.

La expresión divertida de Blake desaparece.

—¿Qué pasa? ¿No quieres ni mirarme? ¿Vamos a seguir incómodos por lo que pasó el domingo?

—No... Es que... —digo tímidamente, en voz baja— no llevo maquillaje.

Suena ridículo, pero siempre he sido muy consciente de mi cara lavada. Es uno de los efectos de Hollywood: esa presión constante por estar perfecta en todo momento. Cada vez que papá tiene un evento al que vamos a ir mamá y yo, ella me sienta en la silla de los artistas y se pasa una eternidad contorneándome las mejillas y la nariz, oscureciéndome las cejas, poniéndome pestañas postizas, y luego se hace ella lo mismo. Cuando termina, suelta un suspiro de alivio si Ruben asiente para confirmar que cumplimos con sus altos estándares.

Hoy en día no voy ni al instituto sin productos que me tapen los poros, y el único motivo por el que he pasado del maquillaje estos días es que aquí nadie va a estar pendiente de si a mis pómulos les falta definición. Además, con la humedad es bastante incómodo. Sin embargo, hasta ahora, siempre que había coincidido con Blake iba maquillada.

Con una risotada incrédula —los chicos nunca entenderán un problema así—, Blake me quita la gorra de los Dodgers para revelar mi cara bajo la luz del sol.

—Señorita Mila, ¿por qué has tapado todas esas pecas?

Bajo la barbilla al pecho instintivamente para protegerme de las miradas entrometidas. Blake se coloca mi gorra al revés.

—Que soy yo. Me da igual —dice serio, dándose cuenta del color rojo de mis mejillas—. Yo tengo un agujero enorme aquí. Mira.

Levanto la cabeza y sonrío cuando Blake se señala una imperfección en la frente. Me inclino hacia atrás apoyándome en las manos y relajo la postura para estar un poco más cerca de él. El concepto aterrador de que me vea sin maquillaje de pronto ha dejado de importar. ¿Ha querido decir que mis mejillas llenas de pecas por el sol son monas?

Aprieto los labios y lo miro.

—¿Te he dado permiso para quitarme la gorra?

—¿Qué piensas hacer al respecto? —me reta con un destello en la mirada.

Ahí están de nuevo las volteretas... Yo le sigo el juego porque no soy capaz de soltarle una respuesta ingeniosa lo bastante rápido, y lo dejo con la gorra puesta.

—¿Qué tal las cosas con tu madre? —pregunto con cautela.

El domingo por la noche, después de que Sheri me sacara a rastras de su camioneta, él me envió un mensaje para ver qué tal me iba. Yo le aseguré que estaba bien, pero él fue bastante menos convincente cuando me dijo que en la casa de los Avery también iba todo como la seda.

Blake deja de sonreír. Se encoge de hombros y cruza los brazos en el borde de la piscina.

—¿Por qué crees que me he venido aquí? Para no tener que verla.

Frunzo el ceño mirando a Myles hacer el pino bajo el agua. Detrás, en la tumbona, Savannah ha dejado de leer para ponerse a dormir. Tiene el sombrero de paja sobre la cara, protegiéndola del sol y, sin que ella lo sepa, impidiendo cualquier oportunidad para espiarnos a Blake y a mí. Si nos viera ahora mismo en el borde de la piscina, Blake con una prenda de ropa mía y poco más, ya estaría guiñándome el ojo y haciéndome sonrisas sugerentes.

—Mi tía me dijo que a mis padres no les haría gracia que quedase contigo. No sé por qué, todavía no les he preguntado —digo con un tono plano, volviendo a mirar a Blake—. Pero tú sí lo sabes.

Él me mira a través de sus pestañas densas y empapadas.

—Es una vieja historia. Ya te lo dije: mi madre es una persona muy amargada que se aferra al pasado. Llevo toda la semana intentando que entre en razón, pero no va precisamente bien. Anoche me quedé aquí a dormir —dice malhumorado—. Ella tampoco quiere que nos veamos.

El estómago me da otro vuelco. ¿Qué narices pasó entre mis padres y LeAnne Avery?

—Y aun así... —digo.

—Y aun así, aquí estamos —termina él. La comisura de su boca se tuerce en una sonrisa—. Mi madre puede ser muy controladora, pero siempre termino haciendo lo que me da la gana. Y ¿cuándo volveré a encontrarme con una chica que sabe exactamente lo que siento?

—Nunca he dicho que mi padre fuera controlador.

—No ha hecho falta. Es parte del trato, ¿no?

Pienso otra vez en que fue papá el que planeó que la tía Sheri me tuviera presa en la Finca Harding durante el verano, y la angustia me golpea el pecho. Se me entristece aún más la cara.

Blake se mueve unos centímetros más hacia mí y su hombro mojado y mi rodilla se tocan. Luego, me pilla completamente por sorpresa y apoya la cabeza sobre mi pierna. Mira, inocente, hacia arriba, evidentemente sin saber que el corazón me está martilleando el pecho. Sus profundos ojos marrones, encuadrados por las pestañas mojadas, me embriagan. Me atraen y nuestras miradas se clavan hasta que me quedo sin aire en los pulmones.

—Me voy a quemar —digo, quitándole la gorra y volviendo a colocármela.

Ni siquiera me importa que esté mojada, me alivia centrarme en cualquier cosa que no sea la intensidad de la mirada de Blake y la sensación de su cabeza sobre mis muslos. Pero no lo aparto.

Mis ojos recorren el rancho Willowbank, repasando el extenso terreno, muy parecido al de la Finca Harding, hasta que llego a Savannah. Se ha levantado un poco el gorro y nos mira por debajo del ala con gran interés. Cuando se da cuenta de que la he visto, se lo pone de nuevo encima de la cara y vuelve a fingir que está dormida.

Blake sigue penetrándome con la mirada, inquietantemente persistente.

Ignorando los latidos de mi corazón, trago saliva y lo miro con una indiferencia forzada, como si estuviera acostumbrada a que los chicos guapos apoyaran su cabeza en mis piernas. Siento en los dedos la imperiosa necesidad de tocarle el pelo húmedo.

La sonrisa de Blake se profundiza.

—¿Qué?

Levanta la cabeza de mis muslos y añade:

—Estás nerviosa.

—¿Nerviosa? ¿Por qué... por qué iba a estar nerviosa? —digo con una risa falsa, pero el tono de mi voz elimina cualquier posibilidad de sonar convincente. Me llevo las manos a la gorra y empujo nerviosa la visera hacia los ojos. Un suicidio inmediato del que me arrepiento enseguida.

—Porque... aguantas la respiración cuando hago esto —dice Blake con un tono bajo y penetrante.

Vuelve a apoyar la mejilla sobre mi muslo, mirándome fijamente. La respiración se me queda atascada en la garganta otra vez cuando, bajo el agua fresca, pasa los dedos por mi piel. De forma seductora, y tan despacio que me parece una tortura, sube la mano por mi pierna desnuda.

—¿Te pongo nerviosa, Mila? —susurra.

La electricidad corre por mis venas. Es una corriente sofocante, un calor acelerado que radia por todo mi cuerpo, abriéndose paso directamente desde donde me toca Blake.

Aprieta la mano sobre mi pierna, justo por debajo de la rodilla, y me quedo inmóvil durante un instante. El corazón me late imprevisible y arrítmico. Aparto los labios para decir algo, pero las palabras se desvanecen en mi garganta.

—¿Te dejo sin aliento? —murmura Blake con una mirada traviesa. Levanta la cabeza de mi muslo, pero deja la mano sobre mi pierna. Se acerca un poco más y presiona su pecho tonificado contra mí—. Me encanta.

No puedo apartar la mirada de él, está muy cerca.

—¡Hola, Mila, bonita!

Tanto Blake como yo damos un respingo al escuchar otra voz, un brusco recordatorio de que no estamos solos. Él se aparta rápidamente, dejando de tocar mi cuerpo, y se sacude inocente el agua del pelo. Por fin logro desviar la atención de él y me giro para ver cómo Patsy se dirige a nosotros.

—¡No sabía que estabas aquí! —dice alegre, deteniéndose en el borde de la piscina.

—He venido a... eh... He venido a dejar una tarta —suelto—. Pero se la ha comido *Bailey*. —Hago una mueca mirando al cachorrito voraz que sigue tumbado a la sombra del árbol, empachado y dormido, y luego miro compungida a Patsy—. La hizo Sheri ayer para vosotros, así que... ¿Podrías decirle que te ha encantado? Era una tarta apilada de manzana.

Patsy se lleva las manos a las caderas al mismo tiempo que pone los ojos en blanco.

—Bueno, antes dile a Sheri que saque el culo de ese rancho y venga a tomar café conmigo alguna vez. ¡Hace mucho que no se pasa por aquí!

—¡Mamá! —Savannah casi gruñe desde la tumbona. Milagrosamente, vuelve a estar despierta, sentada muy recta y agitando el sombrero en el aire como una señal de socorro—. ¿Nos puedes traer helados?

—¿Acaso soy vuestro mayordomo? —refunfuña Patsy, pero, a pesar de todo, se da la vuelta para satisfacer la petición de Savannah.

Miro a mi amiga con sospecha. Ella me guiña un ojo, se tumba y se vuelve a poner el gorro sobre la cara para seguir «durmiendo», aunque no me cabe la menor duda de que está escuchando todas y cada una de las palabras que estamos diciendo Blake y yo.

—¿Y tu teléfono? —pregunta él volviendo a llamar mi atención.

No sé si estoy aliviada o decepcionada de que haya acabado ese momento tórrido entre nosotros.

—Aquí —toco el móvil, que está en el suelo, a mi lado—. ¿Por qué?

—¡Myles! ¡Ven un segundo! —grita agitando con brío el brazo.

Sinceramente, me había olvidado de que Myles estaba en la piscina. Sale del agua y se pasa la mano por el reluciente pelo rubio fresa. Tiene las cejas juntas, con curiosidad, y nada hacia nosotros.

—¿Qué?

—¿No crees que estamos un poco solos en el agua? —pregunta Blake.

La cara de Myles se ilumina cuando entiende a su primo, y los dos se giran para mirarme. No tengo tiempo de fijarme en sus sonrisas pícaras y traviesas.

Blake se sumerge en el agua y engancha sus brazos entre mis piernas al mismo tiempo que Myles me coge de la cintura.

—¡NO! —grito, pero es demasiado tarde.

Los dos tiran de mí con todas sus fuerzas, venciendo mis débiles intentos de quitármelos de encima. Muevo con fuerza las piernas e intento soltarme de los brazos de Blake mientras empujo a Myles por los hombros, pero no sirve de nada. Mis gritos se mezclan con sus risas y, al final, con la mía también. Me meten en el agua con un gran salpicón.

De pronto, mis vaqueros cortos pesan una tonelada y subo rápido a la superficie en busca de aire. Por suerte, soy un poco más alta que Savannah, así que llego al fondo de la piscina de puntillas. Me paso las manos por el pelo para quitármelo de la cara. Mi gorra de béisbol flota en el agua.

Un segundo después, Blake y Myles aparecen a mi lado, ahogándose porque no pueden parar de reírse. Están montando incluso más barullo que cuando *Bailey* destrozó la tarta de Sheri.

—¡Me has dado una patada en la cara! —dice Blake casi sin poder respirar. Se aprieta la barbilla con los dedos.

Llevo una mano a su pecho y lo empujo con fuerza.

—¡Te lo mereces!

Myles, como si temiera que también fuera a soltarle una reprimenda a él, se zambulle bajo el agua y bucea hasta el otro lado de la piscina, dejándonos a Blake y a mí solos. Nos secamos el agua de los ojos y nos volvemos a reír cada vez que nos miramos.

—¡Chicos! —grita Savannah mientras viene hacia el borde de la piscina como si fuera una madre que está regañando a sus hijos, y mira furiosa a su hermano y a Blake—. ¿Por qué habéis hecho eso? ¡Seguro que esa ropa cuesta un pastizal! ¡Será de Gucci o algo por el estilo!

—¡Porque es muy divertido! —dice Myles.

—No pasa nada, Savannah —la tranquilizo, tocándome la ropa bajo el agua. El camino de vuelta al rancho va a ser bastante húmedo—. Los pantalones los compré en rebajas en Forever 21.

—Ah —dice Savannah agachando la cabeza avergonzada—. Aun así, Blake, ¿por qué la has tirado al agua así?

Él me mira de reojo y esa mirada me vuelve a enviar otra corriente de energía por la espina dorsal. Cuando abre la boca para responder, no mira a Savannah, sigue con su mirada clavada únicamente en mí.

—Me ha parecido —dice lentamente— que Mila estaba acalorada.

La insinuación no pasa desapercibida ni para Savannah ni para mí. Ella se queda mirándome un instante largo y yo agacho la cabeza muerta de vergüenza, porque sé exactamente lo que debe de estar pensando. Blake acaba de confirmarle que sí que hay algo entre nosotros.

—En ese caso —dice Savannah—, ¡refréscate a gusto, Mila!

Capítulo 16

En una repisa del lavadero hay una foto dentro de un marco polvoriento que me llama la atención cada vez que voy a meter ropa en la lavadora.

Ahora me fijo en ella, moviendo distraída un montón de ropa húmeda a la secadora, sin dejar de mirar la sonrisa despreocupada y perfecta de mi padre. Solo que por aquel entonces no era tan perfecta, porque su nombre todavía no resonaba en la industria del cine.

Es una fotografía de la familia Harding de hace años —allá por los noventa, según los peinados que llevan—. Papá y Sheri son unos adolescentes, y Popeye y mi abuela —Yaya, que es como la llamaba yo— están detrás de ellos, con las manos sobre los hombros de sus hijos, sonriendo con orgullo. Todos están muy arreglados, como para ir a la iglesia.

Me gusta mucho ver las fotografías de Yaya por toda la casa, porque mis recuerdos sobre ella son limitados y se desvanecen lentamente a medida que me hago mayor. Al menos ahora, su cálida sonrisa y su viva melena castaña vuelven a estar arraigadas en mi memoria.

Estoy mirando la fotografía, perdida en mis pensamientos, cuando empieza a vibrar mi teléfono en el bolsillo. Lo saco, esperando que la llamada sea de mamá, pero cruzando los dedos mentalmente para que, en realidad, sea de Blake. No he podido volver a verlo desde el abrasador día de la piscina la semana pasada.

Cuando miro la pantalla, se me cierra el estómago.

Es una videollamada... de papá.

Por lo visto, mamá ha encontrado tiempo en la apretada agenda de Everett Harding para concederme el privilegio de hablar con él. Me quedo mirando cómo suena el teléfono en mi mano, pensando en rechazar la llamada. La única vez que papá ha hablado conmigo desde que me fui de Los Ángeles fue la noche de la fiesta en el aparcamiento, para regañarme. Si estuviera preocupado por cómo estoy llevando el exilio en Fairview, habría vuelto a llamar.

Muevo el pulgar para rechazarla, pero me detengo. Hay algo que tengo que preguntarle y, por ese motivo, y solo por ese motivo, acepto la llamada.

Papá aparece en mi pantalla. Asombrosamente, por primera vez en siglos, no lleva puestas sus gafas de sol características, así que me mira con sus brillantes ojos marrones.

—¡Por fin contestas! —dice sonriendo, apoyando los codos en el escritorio e inclinándose más hacia la pantalla.

Me llama desde el ordenador de su despacho. Detrás de él hay varias estanterías llenas de los premios que ha ido ganando en estos diez años. El Oscar al mejor actor del año pasado está el primero, al frente, brillando bajo la luz de pequeñas lucecitas.

—Sí, perdón —digo apoyándome sobre la secadora—. Se me olvidaba que seguramente tengas un tiempo limitado para dedicarme. ¿Cuántos minutos me quedan?

—No seas tonta —dice papá irritado mientras se lleva el brazo al pecho—. Quería llamarte para ver cómo estás. ¿Qué tal va todo por el rancho?

—Es aburrido —digo, ciñéndome al trato con Sheri. Papá no puede saber que he vuelto a salir después de la fiesta—. Sheri no me deja ir a ningún sitio desde que me escapé la noche que llegué —miento. Sé que soy hija de mi padre porque puedo llevar a cabo una interpretación perfecta cuando es necesario. Suspiro con fuerza e incluso le doy una patada a la secadora para que sea más creíble—. Me paso las horas tomando el sol y ayudando con los caballos.

—Creo que es lo mejor —dice papá—. De todos modos, tampoco hay mucho que ver en Fairview. No te pierdes gran cosa.

Cuando me doy cuenta de que papá también me está mintiendo a mí y de que no tiene ninguna intención de admitir que fue él quien hizo que Ruben le diera esas órdenes a Sheri a mis espaldas, una rabia intensa me recorre todo el cuerpo. Pero mantengo la calma —gracias, una vez más, a mi talento interpretativo heredado—. Ojalá pudiera utilizar estas habilidades con Blake cuando no lleva nada más que el bañador...

—La película se estrena el fin de semana que viene, ¿no? —pregunto educadamente, como si no estuviera hirviendo por dentro—. ¿El dieciocho?

Papá asiente y estira el otro brazo.

—Tú madre y yo vamos al preestreno el jueves. Ojalá pudieras venir tú también.

Y entonces, antes de poder evitarlo, digo en voz baja:

—¿Por qué? Seguramente te dejaría en ridículo.

—Mila. —Papá deja de estirarse e inclina la cabeza a un lado—. Nunca me dejas en ridículo.

Me quedo mirando a la pared en lugar de a la pantalla, apretando los dientes.

—No, solo arruino tus campañas publicitarias.

Escuchó un suspiro al otro lado de la línea, pero no es de papá. Es más ligero, femenino. Vuelvo a mirar al teléfono.

—¿Está mamá ahí? —pregunto mirando a mi padre—. ¿Está supervisando la llamada? ¿Asegurándose de que hablas conmigo?

Tal como sospechaba, mi madre está en el despacho. Aparece en la pantalla detrás de papá y le coloca una mano en el hombro, inclinándose sobre él. La mirada de sorpresa que pone es dolorosamente falsa.

—¡Mila! Solo he venido a decirte hola, cariño.

—Papá, ¿le has dado a mamá clases de interpretación? —suelto.

Esto es ridículo, de verdad. No solo tuvo que programar mamá específicamente un día y una hora para que papá me llamara, sino que también tiene que vigilarlo mientras lo hace. Nunca me he sentido menos importante que ahora mismo. Un inconveniente, eso es lo que soy.

—Ay, Mila —dice mamá, frunciendo el ceño—. Lo siento. Solo estoy aquí para asegurarme de que tu padre no acepta ninguna otra llamada. A esta hora no está permitido nada de trabajo.

—Tu madre cree que estoy atrapado bajo el control de Ruben. —Papá resopla y pone los ojos en blanco en un intento de darle un poco de humor al ambiente extremadamente tenso que llega desde Fairview hasta Thousand Oaks.

—Es que lo estás —digo sin parpadear—. Pero él también lo está bajo el tuyo, por lo visto.

—Mila —dice mamá cortante—. Tu padre quiere hablar contigo. ¿Podéis hacer el favor de no mencionar el trabajo?

—Eso, Mila. ¿Qué tal está Popeye? —pregunta papá, pero yo no estoy de humor para una charla forzada.

—Pues se pregunta por qué su hijo no lo llama —ataco mientras me aparto de la secadora y camino por el pequeño lavadero. El olor a lavanda me ha provocado, de pronto, unas náuseas insoportables. Antes de terminar esta videollamada, tengo que hacer la pregunta que lleva rondándome la cabeza desde que Sheri plantó la semilla la semana pasada—. Pero eso ya lo sabes. —Dejo de andar y me preparo—. ¿Conoces a la alcaldesa de Nashville? —Les lanzo la pregunta acercándome el teléfono aún más a la cara para examinar a mi padre—. Se llama LeAnne Avery. ¿Te suena de algo?

Papá y mamá se ponen rígidos de inmediato. Se produce un silencio muy largo, como si estuvieran aguantando la respiración, y luego se miran despacio el uno al otro en un evidente diálogo silencioso que no puedo descifrar. Pero lo que sí sé es que el nombre de LeAnne los incomoda a ambos.

—Mila, ¿por qué... nos preguntas eso? —pregunta mamá en voz baja.

—¿Sheri se ha ido de la lengua? —me interroga papá. Lo miro agarrar el ordenador y acercarse el monitor, haciendo que la incomodidad en su mirada y en la de mamá sea más evidente—. ¿Qué te ha contado exactamente, Mila?

—Nada —digo—. No respondió a mis preguntas. Me dijo que os preguntara a vosotros.

—Pero ¿por qué sacas el tema de LeAnne Avery? —quiere saber mamá.

Se ha puesto muy pálida y me doy cuenta de cómo aprieta nerviosa el hombro de papá. He tocado una fibra sensible, y eso solo hace que necesite aún más una respuesta.

—Nos... la encontramos en la iglesia —digo, porque no puedo confesar que he quedado varias veces con su hijo. Además, es verdad que conocí a la alcaldesa Avery en la iglesia—. ¿Me vais a decir de qué la conocéis vosotros?

—¿Has ido a misa? —dice papá con los ojos muy abiertos—. No deberías...

—¿Salir del rancho? —termino, levantando una ceja—. Sí, ya lo sé. Gracias por arruinarme el verano, papá. Pero a lo que vamos, ¿qué pasa con la alcaldesa de Nashville? —insisto, alterada por la frustración y decidida a hacerme escuchar.

Ahora mismo, ni siquiera me importan las disculpas titubeantes de papá, ni sus excusas para asegurarse, mediante disciplina militar, de que no me meto en líos, lo único que quiero es una respuesta. ¿De qué conocen a LeAnne Avery, y por qué tienen tan mala relación?

Papá aprieta la mandíbula y me mira fijamente. La mirada que me lanza hace que agradezca estar a tres mil kilómetros de distancia. Visiblemente enfadado, se apoya en el respaldo de la silla, se pone recto y, sin decir ni una palabra más, cierra la tapa del ordenador.

Capítulo 17

Ya me he acostumbrado a esperar siempre fuera de la Finca Harding cada vez que viene alguien a recogerme.

Apenas acaban de dar las nueve y el cielo está de un azul profundo, cada vez más oscuro, lo bastante como para que empiecen a verse algunas estrellas; y, por una vez, el aire es cálido pero soportable. Me siento detrás de uno de los focos incrustados en los muros, encaramada sobre una roca y pasando los dedos por el polvo, haciendo líneas en la arena. Siento escalofríos en los brazos, como me pasa cada vez que espero aquí fuera de noche; hay algo inquietante en el silencio de las carreteras rurales y los campos vacíos.

Se oye un coche en la distancia y levanto la mirada hacia la oscura y larga carretera. Parpadean unas luces en una esquina y, unos segundos más tarde, aparece la camioneta de Blake dirigiéndose hacia mí.

Me pongo de pie de un salto y me limpio las manos en las piernas. Los faros me ciegan, así que me pongo una mano sobre los ojos conforme se acerca. Doy un saltito y agarro el pomo de la puerta antes de que Blake pare del todo.

—¡Hola! —digo abriendo la puerta y subiendo al asiento de atrás.

Las melodías *country* y el olor a colonia de almizcle me golpean. Savannah ya está en el asiento trasero, Myles va de copiloto y Blake, por supuesto, conduce. Recuerdo la noche en la que me recogió para la fiesta en el aparcamiento, hace tan solo unas semanas, y cómo me miraron sus ojos marrones a través del retrovisor por primera vez. Entonces, su mirada era tensa, pero, ahora, sus ojos son irresistiblemente atractivos.

—Hola, Mila —dice, arrugando los ojos al sonreír—. Ahora es cuando nos confiesas que no sabes qué es una hoguera, ¿no?

Pongo los ojos en blanco y le doy un golpe al reposacabezas de su asiento.

—He ido a hogueras —digo a la defensiva—. En la playa de Malibú. El verano pasado. Me tiré dos días con el pelo apestándome a humo.

—Bueno —dice Myles—, pues prepárate para volver a apestar.

Nos introducimos en la oscuridad, de camino a la civilización, recorriendo las carreteras rurales que ya me resultan familiares. No tengo ni idea de dónde es la hoguera, pero mientras Savannah me habla sin descanso, consigo ver algo por la ventana de vez en cuando. Entonces, cuando pasamos por la iglesia a la que voy todos los domingos, me doy cuenta de que estamos en el centro de Fairview. Unos instantes después, Blake sale de la calle principal y pasamos un cartel que anuncia el Parque Natural Bowie.

—¿Es adecuado hacer una hoguera en un parque natural? ¿Con árboles? —pregunto en voz alta cuando la camioneta continúa hacia el bosque, que empieza a aparecer ante nosotros—. ¿Y justo al lado de los bomberos?

—La hacemos junto al lago y no hay árboles cerca —dice Myles, girando la cabeza para mirarme—. No te preocupes. No vamos a hacer ninguna estupidez.

—En otoño lo intentamos en mi jardín —comenta Blake con una risilla—. Los vecinos nos delataron por llenar las calles de humo.

—¡Pero no a la policía! —dice Savannah con un tono dramático mientras se estremece—. A mi tía LeAnne, que vino corriendo desde su casa en la ciudad con la artillería preparada. Metafóricamente, claro.

—Sí... —dice Blake en voz baja. Ya ha dejado de reírse—. No fue una buena noche.

Preocupada por los tecnicismos de esta hoguera, me muerdo el labio inferior.

—Y ¿habéis decidido que hacer una hoguera en un parque natural es mejor opción? ¿No se necesita un permiso, o algo así?

—No cuestiones mis actos, Mila —dice Blake haciendo un gesto con la mano. Sus ojos vuelven al espejo retrovisor para mirarme y se tensan insinuantes—. Ya deberías haberte dado cuenta de que no siempre son inteligentes.

Pasamos por unas puertas de madera y atravesamos un estrecho camino al abrigo de unos árboles hasta que salimos a un aparcamiento. Es tarde y no creo que haya mucha gente interesada en pasear por senderos oscuros a estas horas, así que solo hay algún que otro coche más, todos con las luces encendidas y llenos de pasajeros que, según parece, esperan a Blake.

—Coged todo lo que podáis de atrás —nos ordena, apagando el motor después de aparcar. Se desabrocha el cinturón de seguridad y señala a través del parabrisas hacia delante. Veo el brillo de la luna reflejado en el agua y entiendo que está señalando al lago—. Llevadlo allí.

Los cuatro salimos de la camioneta y nos vamos a la parte de atrás. Blake abre la puerta del remolque, que está lleno de lo que me parece un montón de objetos aleatorios, desde sillas plegables hasta una caja llena de Dr. Peppers, unos troncos gruesos de madera y periódicos antiguos. Me consuela ver que también hay extintores. Menos mal.

Savannah y Myles empiezan a coger cosas mientras van llegando más coches. Empiezan a salir personas de las camionetas con sus propias sillas, bebidas y aperitivos.

—¡Llevadlo todo hasta la orilla! —grita Blake a través del aparcamiento, señalando con una mano hacia el lago—. ¡Marqué la otra noche un sitio! Es una roca muy grande, no tiene pérdida.

El ambiente se llena del murmullo de las voces emocionadas a medida que todo el mundo va llevando sus cosas hacia el agua. Myles se marcha con los brazos llenos de troncos y periódicos, y Savannah arrastra un par de sillas por el hormigón, dejándonos a Blake y a mí en la camioneta.

—¿Eres el organizador de eventos de la población adolescente de Fairview? —pregunto en broma, mirándolo de reojo.

Blake me devuelve la mirada con una expresión neutra y se encoge de hombros, estirándose sobre la camioneta para coger lo que queda.

—O lideras o te lideran —dice, poniéndome la caja de refrescos sobre los brazos—. Y cuando tu madre gana la campaña electoral a la alcaldía en tu primer año de instituto, lo mejor es ir un paso por delante. —Está sonriendo, pero no parece para nada feliz.

Blake sigue sacando cosas de la camioneta y poniéndomelas sobre los brazos, encima de la caja de refrescos, hasta que la pila es tan alta que apoyo la barbilla en una bolsa de Doritos. Se me hunden los hombros por el peso y me pongo con cuidado a su lado mientras se coloca otra silla plegable bajo el brazo y se estira para coger lo último que queda al fondo del remolque.

—¿Eso es una guitarra?

Blake se pasa la correa de la funda sobre el hombro y me mira divertido.

—¿Qué iba a ser si no?

—¿Es tuya?

Ahora se ríe. Se gira hacia mí agarrando la correa sobre el hombro.

—Venga ya, Mila. Solo escucho *country*. Me encantan los *honky tonks*. ¿No es muy evidente?

Pues sí, es bastante evidente. ¡Si hasta había una guitarra en la cabaña de su jardín!

—Cómo no ibas a tocar la guitarra.

Blake sonríe con modestia, profundizando sus hoyuelos, y sus mejillas se tiñen de un tono rosáceo.

—Toco la guitarra y —hace una pausa, tímido— canto.

—¿En serio? —repito—. En plan ¿cantar bien?

Él se me queda mirando, inexpresivo.

—¿Qué otra forma de cantar hay?

—Pero ¡si nunca te he escuchado cantar! —exclamo, casi derrumbando la torre de objetos con la que voy cargando.

—Venga, que cuanto antes empecemos la hoguera, antes lo harás.

Con la funda de la guitarra colgando de un hombro y la silla plegable bajo el brazo, se dispone a cerrar la puerta del remolque de la camioneta, pero una voz que grita su nombre hace que se detenga. Él gira la cabeza al mismo tiempo que yo echo un ojo por encima de la bolsa de Doritos para ver mejor, y me da un vuelco el corazón cuando veo aparecer una cara familiar.

—¡Qué pasa, Barney! —dice Blake.

Este le sonríe y apoya un brazo en el remolque de la camioneta.

—Lacey volvió ayer de sus vacaciones, así que está aquí,

y ni confirmo ni desmiento haberla escuchado decir que, si por una vez eres agradable con ella, puede que hoy sea tu noche de suerte. —Suelta un aullido lascivo mientras le clava el codo a Blake en las costillas, y luego se da cuenta de que lo estoy mirando con reproche.

—¡Anda! La hija de Everett Harding. Todavía estás por aquí.

—Se llama Mila —lo corrige Blake rotundo, cerrando la puerta del remolque.

Empieza a andar y la camioneta pita cuando la bloquea con el mando, dejándonos a Barney y a mí mirándonos con sorpresa. Soy muy consciente de que tengo el teléfono en el bolsillo trasero del pantalón y las manos ocupadas cargando con todas estas cosas, así que me encojo de hombros y salgo detrás de Blake antes de que Barney pueda siquiera pensar en volver a cogerme el móvil.

Alcanzo a Blake y me pongo a su lado, andando deprisa para ajustarme al ritmo de sus largas zancadas. Pasamos por entre las camionetas aparcadas y avanzamos hacia la orilla rocosa que rodea el lago, donde ya hay un grupo reunido en un claro, colocando las sillas y las mismas neveras que llevaron a la fiesta del aparcamiento el mes pasado. Solo que, esta noche, me doy cuenta de que el número de asistentes es ligeramente mayor.

Pasamos debajo de unos árboles y llegamos a la orilla. El agua parece turbia y nada tentadora en la oscuridad.

—Pensaba que mi nombre era «Señorita Mila». —Bromeo con Blake aprovechando que aún nos quedan unos instantes a solas.

—Y lo es —dice él. Luego baja la voz y roza a propósito su brazo contra el mío—. Pero solo para mí.

A pesar de que estoy a punto de caerme por el peso de todos los trastos que llevo encima, me adelanto unos pasos para que no pueda ver lo tremendamente tímida que me pongo cuando me susurra alguna de sus frases facilonas de ligoteo. No sé por qué me afecta tanto, ya he tenido novio. No soy una novata en lo que a chicos respecta.

En otoño estuve con Jack Cruz, que fue mi compañero de laboratorio durante todo segundo. Salimos un par de veces, nos dimos nuestro primer beso en la playa e incluso nos manoseamos un poco una noche en su coche. Pero papá no me dejaba llevarlo a casa, no porque no estuviera de acuerdo con la relación —la madre de Jack Cruz es una diseñadora de moda bastante adinerada—, sino porque, como he podido comprobar conforme he ido creciendo, es muy paranoico y tiene problemas de confianza de todo tipo. No le gusta, en particular, que ningún desconocido entre en casa. Sospecho que teme que vean a Everett Harding tal como es en realidad cuando no se muestra como el apuesto actor ganador de un Oscar con una fanfarronería a la altura. Jack Cruz pensó que mi familia estaba loca —«¿Quiénes os creéis que sois?»— y, gracias a las extravagancias de papá, volvimos a ser exclusivamente compañeros de laboratorio.

Pero esos dos meses que estuve saliendo con Jack no tienen nada que ver. También me sonrojaba cuando estaba con él, y muchas veces me quedaba sin palabras cuando me susurraba algo bonito, pero nunca sentí... electricidad. No tuve esa corriente de energía en las venas, ni volteretas en el estómago o palpitaciones en el corazón tan fuertes que dolían.

Nunca sentí nada de lo que me está haciendo sentir Blake.

Llegamos a donde están los demás, junto al lago. El suelo es de piedrecitas irregulares y arena. El claro que ha elegido Blake para la hoguera está, afortunadamente, a una distancia bastante segura de los árboles más cercanos. Encima de nosotros, el cielo está lleno de estrellas parpadeantes e hipnóticas.

Suelto la caja de refrescos y todo lo que llevaba encima en las piedrecitas junto a donde están Savannah y Tori colocando las sillas. Myles ya se ha escaqueado para ponerse meloso con Cindy. Todos los demás han formado un círculo amplio con las sillas y abren las latas de refrescos y se colocan los aperitivos a resguardo entre las piernas, como si fuera a aparecer un oso de entre los árboles para comérselo todo.

—Voy a encender el fuego —dice Blake, sentándose en una de las últimas sillas vacías. Con cuidado, se quita la guitarra del hombro y me la da, mirándome con temor.

—Mila, confío en ti para que cuides de mi guitarra.

Savannah se acerca agitando los brazos, indignada.

—¿Confías en Mila y en mí no? Soy tu prima, ¡sangre de tu sangre!

—Savannah, dejé de confiar en ti cuando perdiste mi coche de Hot Wheels favorito hace diez años —dice Blake inexpresivo, y luego me acerca la funda de la guitarra.

Sonríe mientras se aleja, golpea a Savannah con el hombro e ignora la mueca con la que ella le responde.

—Si le pasa algo a esa guitarra —dice Savannah—, le romperás el corazón.

El fuego tarda un poco en arrancar. Blake, Barney y otros cuantos se pasan un buen rato colocando los troncos, el papel de periódico y las ramas en un círculo marcado con piedras. Tardan incluso más en encenderlo, pasándose el mechero de uno a otro con frustración hasta que, por fin, una chispa agarra y un brillo naranja comienza a crecer poco a poco desde el interior. Satisfecho, Barney y los demás vuelven a sus sillas, pero Blake se queda agachado junto a la hoguera. Golpea la madera ardiendo con un palo y, de vez en cuando, echa más ramas para que el fuego crezca.

—Lo está mirando, ¿verdad?

—Sip —responde Tori.

Al principio sus palabras pasan de largo, pero luego, cuando las repito en mi cabeza, me doy cuenta de que están hablando de mí. Parpadeo con las lentillas secas y aparto la mirada del fuego abrasador para mirarlas a ellas, perpleja.

—¿Qué pasa?

Savannah y Tori ponen los ojos en blanco al mismo tiempo.

—No estoy mirando a Blake —aseguro, sonando cero convincente.

—Claro que no —ironiza Savannah. Cruza las piernas y se recuesta en la silla, y, por primera vez esta noche, me fijo mejor en los pendientes que ha elegido para hoy: dos llamas colgantes—. Tori, ¡deberías haberlos visto en mi piscina! Blake no le podía quitar las manos de encima.

Entrecierro los ojos.

—¿Tú no estabas durmiendo?

—¡Os gustáis! —grita con una voz triunfal. Se vuelve a poner de pie de un salto y me señala con un dedo, sonriente—. ¡Admítelo!

—¿Dices que no podía quitarte las manos de encima? —repite Tori, poniéndose un dedo en la boca mirando a Blake junto al fuego—. Jolín, qué suerte. Una vez, con trece años, jugando a reto o verdad, lo reté a darme un beso y prefirió dar una prenda.

Con el dramatismo de una actriz de Hollywood (sé lo que me digo), Tori hace como que tiene el corazón roto y se lleva una mano al pecho al mismo tiempo que echa la cabeza hacia atrás con un suspiro.

Savannah la mira con desaprobación.

—Tori, por favor, supera de una vez tu cuelgue infantil. Estamos hablando de Mila.

—No, no estamos hablando de Mila —las corto. Se me pone la cara cada vez más roja, pero me convenzo a mí misma de que es por el calor que irradia el fuego—. Barney ha dicho algo de una tal... Lacey. ¿Quién es?

—¿Lacey? —repite Tori con curiosidad, dándole un sorbo a su refresco—. Es aquella de allí, la que tiene las mechas rojas. Y, para que lo sepas —se queja—, fui yo la que empezó la moda de teñirse el pelo.

Mientras Tori agita su exuberante melena rosa sobre los hombros, yo miro hacia la dirección que me ha señalado. Al otro lado de la hoguera hay un trío de chicas bebiendo cerveza, riéndose y hablando muy alto. A una de ellas la recuerdo de la fiesta del aparcamiento, pues se emocionó en exceso cuando se enteró de que Everett Harding era mi padre, pero me centro en la castaña con las mechas rojas que brillan con la luz del fuego.

A través de las llamas, me ve mirándola. Tras reconocerme, se vuelve hacia una de sus amigas y le susurra algo al oído.

—¿Qué ha dicho Barney de ella? —pregunta Savannah.

Arrastro la silla por el suelo irregular y me giro más hacia Savannah para dejar de mirar directamente al fuego y a Lacey y sus amigas. Cruzo las piernas y juego con mis pulseras.

—Que si Blake se porta bien con ella, hoy podría ser su noche de suerte.

—Mila, ¿no estarás... celosa? —Savannah suelta un grito ahogado y se tapa la boca con las manos—. ¿Sabes que los celos suelen significar que te gusta alguien?

La miro con furia. ¿Cómo voy a estar celosa si Blake y yo no tenemos nada? Pero entonces ¿por qué me siento... rara? ¿Por qué me produce rechazo una chica cuyo nombre acabo de conocer?

—No hagas caso a Savannah —dice Tori mirándola en un intento de acallar sus bromas. Se pone recta, se aclara la garganta y luego me mira—. Lacey Dixon va a pasar al último curso, lo que significa que ha tenido la suerte de compartir clases con Blake durante toda su vida. También tiene ojos, así que, como el resto de nosotras, menos Savannah, porque sería incesto o algo así, piensa que Blake está muuuuuuy bueno. Además, sus padres son muy amigos de la alcaldesa.

Savannah se ríe y coge un refresco, escuchando atentamente.

—Sin embargo —continúa Tori—, a diferencia del resto de nosotras, Lacey cree que Blake tiene la habilidad de preocuparse por algo más que la música. Se pasó gran parte del año pasado detrás de él, aunque es muy evidente que Blake no tiene demasiado interés en ella, pero la adorable Lacey confía en que le escribirá una canción de amor algún día. Pobrecita. ¡La esperanza es lo último que se pierde!

De pronto, Tori se queda en silencio y se apoya en el respaldo de la silla de nuevo. Cuando miro hacia atrás, me doy cuenta de por qué se ha acabado la historia: Blake viene hacia aquí.

—¿Qué os parece el fuego? —pregunta, indicando la hoguera para presumir de su arduo trabajo—. Que mamá me obligara a ir a los *boy scouts* de pequeño por fin da sus frutos. Me supero cada día.

—Tranqui, chulito —dice Tori resoplando.

Blake le da un golpecito en el hombro con los dedos.

—Tranqui, DJ. ¿No deberías estar ya ocupándote de la música? No oigo nada. ¿Y vosotras? —Mira a Savannah y luego a mí. Y ya no deja de mirarme.

Con un suspiro de resignación, Tori se levanta y, antes de marcharse, saca su teléfono.

—Espera. ¡Vamos a hacernos una foto! ¡Con la hoguera de *boy scout* de Blake de fondo!

—¡Venga ya, Tori! —se queja él. Luego se ríe, me agarra del codo y tira de mí hacia abajo para que me agache.

—Espera —digo, aterrorizada cuando Savannah también se levanta y los tres se ponen alrededor de mí, con las cabezas juntas, y Tori levanta el teléfono delante de nosotros, con la hoguera detrás—. No vas a publicarla en ningún sitio, ¿verdad?

—¡Es solo de recuerdo! La pegaré en mi álbum —me tranquiliza Tori. Luego, con mucho entusiasmo, nos pide—: ¡SONREÍÍÍÍÍÍD!

No estoy segura de si he conseguido sonreír a tiempo, pero Tori no se molesta en comprobarlo. Se guarda el móvil y cruza el círculo de sillas antes de desaparecer por completo pasada la hoguera para ir a poner algo de música.

Blake se sienta en la silla vacía que ha dejado ella, coge un refresco y se queda admirando el fuego desde lejos.

—No está nada mal, ¿eh?

Savannah tose.

—Voy a... Eh... Estaré por ahí si me necesitáis —dice señalando con la mano a nada en particular, y se va en la misma dirección que Tori.

—Te apuesto diez pavos a que se ha ido a tontear con Nathan Hunt —dice Blake.

«O nos está dejando solos a propósito.»

—Sí —digo, pero los nervios se apoderan lentamente de mí y se extienden por todo mi cuerpo mientras me siento otra vez al lado de Blake.

No hemos hablado desde aquella tarde en la piscina y me he dado cuenta de que estar a solas con él es emocionante. Esa adrenalina de no saber qué pasará exactamente...

—Bueno, y esta guitarra... —comento, señalando con la cabeza la funda que está entre nuestras sillas—. ¿Eres músico?

Blake deja de mirar el fuego para mirarme a mí, pero los destellos naranjas aún brillan en sus ojos.

—No —responde—, pero lo intento.

Deja su bebida a medias en el suelo, entre las piedras, y se lleva la funda de la guitarra a las piernas. Yo lo miro en silencio mientras abre las presillas y, mirándome de reojo, levanta la tapa mostrando una guitarra acústica.

Con mucho cuidado, Blake pasa los dedos por el cuello de madera de caoba. La guitarra tiene algún que otro arañazo, señal de que la han tocado bastante, pero la madera color miel todavía brilla bajo la luz del fuego. Pasa el brazo por encima del cuerpo de la guitarra y sube la otra mano por el mástil, hasta arriba del todo, donde pone «GIBSON».

—Una Gibson Hummingbird original —dice Blake con un brillo en la voz que no había oído nunca y el acento mucho más marcado de lo normal. Pasa con cuidado el pulgar por las cuerdas—. Era de mi padre. A él también le encantaba la música, pero perdió la ambición, así que tiró la toalla y me regaló la guitarra.

Separo los labios formando una perfecta O porque esta es la primera vez que Blake menciona a su padre. No es que no me haya dado cuenta de que no está en su vida, pero tampoco es una cosa que se suela preguntar, sobre todo si...

—No está muerto, ni nada de eso —dice Blake riéndose al fijarse en mi expresión—. Es simplemente un alcohólico que se fue a Memphis para vivir con su amante.

—Ah. —No es lo que me esperaba—. ¿Y te has quedado su guitarra?

—Sí, claro. Es una Gibson Hummingbird, por Dios, Mila. —Inclina la cabeza hacia un lado y me analiza, fascinado por mi ignorancia—. Voy a tocar esta guitarra hasta el día en el que se quede sin vida.

—¿Y te quieres dedicar a esto? —pregunto, acercándome un poco más. Miro de nuevo con curiosidad la guitarra, y luego sonrío a Blake—. ¿A la música?

—Lo llevo en la sangre —dice encogiéndose de hombros y sonriendo—. Quiero estudiar en Vanderbilt y llevo meses rogándole a Marty que me deje tocar alguna vez.

—¿Quién es Marty?

—El dueño del Honky Tonk Central. Pero dice que soy muy joven para actuar allí. Ni siquiera me da un hueco por la tarde, en horario infantil —me explica Blake con indignación—. Cree que mi madre buscaría algún motivo para cerrarle el bar si se enterara de que me deja tocar.

Cuando menciona a su madre, recuerdo cómo se levantó de la mesa el domingo cuando Blake se atrevió a mencionar la palabra «música».

—Entiendo que ella no está precisamente encantada de que toques la guitarra, ¿verdad? —pregunto con precaución.

Los labios de Blake se curvan en una sonrisa más pequeña y triste.

—No. No le parece que la música sea una buena forma de ganarse la vida. Quiere que estudie Empresariales o algo igual de vacío de significado, como Política. —Se le escapa un suspiro de frustración y se queda mirando con nostalgia su guitarra, como si estuviera soñando despierto con un futuro en el que está presente—. Cada vez que intento hablar del tema con ella me hace callar. Ni siquiera le gusta escucharme tocar. Le recuerda demasiado a mi padre.

Sonrío con compasión.

—Lo siento, Blake.

En el tiempo que me paso absorbiendo el dolor de los ojos de Blake por el poco interés de su madre en su pasión me doy cuenta de que nunca he pensado demasiado en qué tipo de vida puedo tener aparte de ser la hija de Everett Harding. Por supuesto, he fantaseado sobre cumplir dieciocho años, irme a la universidad y ser libre del aislamiento del mundo que me impone papá, pero nunca he pensado en qué supone todo eso en realidad. No he averiguado los detalles, ni qué camino quiero seguir, nunca me he tomado el tiempo de descubrir quién soy y quién quiero ser.

Puede que Blake no cuente con el apoyo de su madre, pero al menos tiene una ambición, una pasión. Tiene un sueño propio. Pretende labrarse su propio camino en la vida.

Todavía está mirando su guitarra, con una mano sobre el mástil y la otra sobre el cuerpo. La hoguera sigue brillando, y el calor es cada vez más intenso, proyectando un brillo naranja sobre nuestras caras. Con un profundo suspiro, pongo mi mano sobre la suya.

—Bueno —susurro—. ¿Me tocas algo?

Blake mira mi mano sobre la suya, nuestras pieles cálidas, y me da un vuelco el corazón cuando la aparta. Luego, un segundo después, la coloca encima, entrelazando los dedos, y aprieta. Nuestras miradas se encuentran y compartimos una sonrisa tímida. Él asiente.

Me suelta la mano y se levanta. Hay algo increíblemente encantador en la forma en la que se pasa la correa de la guitarra por la cabeza y se la coloca sobre los hombros. Luego se pasa la mano por el pelo, como si se preparara para su público.

Deja la funda vacía en la silla junto a mí, luego se dirige hacia la hoguera. Se pone tan cerca del fuego como puede sin quemarse y afina la guitarra durante un minuto, mordiéndose el labio inferior. En este tiempo, la gente se ha dado cuenta de que van a ver una actuación, las voces empiezan a disminuir y baja el volumen de la música de fondo.

Blake mira hacia el mar de caras expectantes y se aclara la garganta.

—Hola a todos. Espero que os guste esta nueva ubicación. ¿Os acordáis del parque de bomberos que hemos pasado viniendo hacia aquí? Pues eso, no hagáis ninguna estupidez. No os acerquéis a los árboles. Recoged la basura cuando os vayáis. Los que bebáis, no conduzcáis. Y, por favor, que nadie se ahogue en el lago.

—¡De acuerdo, alcalde Avery! —grita alguien. Aunque tiene un tono divertido y sin nada de malicia, sé que a Blake no ha debido de hacerle ninguna gracia.

Blake, buscando al culpable con la mirada, suelta una risa forzada.

—Está bien. Bueno, como siempre, quien quiera entretenernos, sabe que puede hacerlo. Y como ninguno tenéis las narices de salir primero, supongo que tendré que volver a hacerlo yo.

—¿Vas a tocar una tuya? —pregunta otra voz.

—Todavía no —dice Blake—. Esto es una versión de uno de mis artistas favoritos. Se llama *Chance Worth Taking*, de Mitchell Tenpenny.

Vuelve a aclararse la garganta, esta vez más nervioso, y coge una púa de entre las cuerdas en el mástil de la guitarra. Inclina la cabeza, coloca los dedos en el mástil y empieza a cantar con un tono agradable y melódico, una voz rasgada que hace que un escalofrío me recorra cada centímetro de la piel.

En cada palabra que canta, el ligero acento de la voz de Blake resuena por el silencioso lago. Su voz se hace cada vez más profunda, llena de pasión. Canta con la cabeza bien alta, pero con los ojos cerrados, moviendo los dedos sin esfuerzo por el mástil, rasgando perfectamente cada cuerda. El tema que ha elegido versionar es lento, y la letra es cautivadora.

Nadie dice ni una palabra. Todos miramos asombrados cómo Blake se deja llevar, como si solo estuviera él cantando a la oscuridad con el calor del fuego en la coronilla. Es tan hipnotizador que cuando se queda en silencio después de la última palabra ni siquiera me doy cuenta de que ha terminado hasta que sus compañeros rompen a aplaudir.

Ahora mismo está muy lejos de ser el hijo de la alcaldesa. Es Blake Avery, el chico que adora la música, que tiene tanto talento que hace que sus amigos se queden en silencio con auténtica admiración.

Ojalá supiera cómo sería ser de verdad Mila Harding, alguien con sueños y pasiones propias.

Barney se acerca, le da una palmadita a Blake en la espalda y le levanta un pulgar, y un par de amigos más se le unen chocando los puños y dándole apretones de manos. Cuando me doy cuenta de que una de esas personas tiene mechas rojas en el pelo, me arrasa una ola de celos.

Lacey aparta a Barney de su camino y se lanza sobre Blake con los brazos abiertos, ahogándolo en un abrazo mientras da saltos con entusiasmo sobre la punta de los pies. Yo aprieto inconscientemente la mandíbula.

Pero, sea lo que sea este sentimiento turbio, solo dura dos segundos, hasta que veo que Blake se ha soltado de sus brazos. Se disculpa y se gira... directamente hacia mí.

Se me acelera el corazón otra vez a medida que se va acercando, con la guitarra colgada en la espalda y la mano sobre la correa en el pecho. Por encima de su hombro veo a una chica más pequeña frente al fuego con su propia guitarra, moviendo nerviosa las manos, lista para seguir los pasos de Blake.

—Bueno —dice casi sin respiración, secándose el sudor de la sien—. ¿Cuál es el veredicto, señorita Mila?

Separo los labios buscando las palabras que hagan justicia a su actuación, pero sigo tan impresionada por lo increíble que es que no sé qué decir.

—Ha sido...

Lo intento, pero termino negando con la cabeza, mirándolo con la boca abierta mientras trato de descifrar cómo me ha hecho sentir su voz. Por fin, trago saliva y digo:

—Has nacido para ser músico.

A Blake se le ilumina la cara. La aprensión en sus ojos se transforma en alivio y la tímida sonrisa en su cara se convierte en una enorme, marcando los hoyuelos más profundos —y adorables— que he visto en mi vida.

—En serio —digo, retomando el habla en condiciones—. Ha sido... alucinante. Como tocas, como cantas. Todo. Eres alucinante.

Las mejillas de Blake se vuelven rojas con mis cumplidos, y coge la funda y coloca con cuidado la guitarra dentro, dejándola reposar en el recubrimiento de terciopelo. Cuando cierra las correas, otra voz empieza a cantar detrás de él.

—Esa es Kelsey —dice Blake, hundiéndose en una silla y poniendo la funda de la guitarra en el suelo a su lado—. Le encanta Keith Urban. Siempre canta en las noches de micro abierto del pueblo.

Me vuelvo a sentar a su lado y, aunque su mirada está fija en Kelsey mientras su voz tosca llena el ambiente alrededor de la hoguera, yo no aparto la mía de él.

—Y supongo que tú no actúas en las noches de micro abierto, ¿no?

—Por favor —dice Blake—. ¿El hijo de la alcaldesa disfrutando de la música en una cafetería cualquiera de Fairview? Es demasiado humilde. —Pone los ojos en blanco—. Mi madre preferiría que me presentara a presidente del consejo escolar y que empleara mi tiempo protestando por la mejora de la democracia en el instituto de Fairview, pero de eso ya se encarga Lacey Dixon.

La chica de las mechas rojas...

—Bueno, las hogueras en un pueblo pequeño también son demasiado banales para una Harding —bromeo. Me echo hacia atrás en la silla y miro el círculo de gente alrededor del fuego. El brillo de las llamas destella entre las caras, que asienten con apreciación cuando Kelsey llega al estribillo, y los amigos se acercan con sonrisas y risas amables—. Pero me lo estoy pasando genial.

—Así que te gustan los *honky tonks* y las hogueras —dice Blake mirándome fijamente—, pero quizá no las fiestas en los aparcamientos.

Me río, pero me callo inmediatamente cuando me agarra la mano. Entrelaza sus dedos con los míos y aprieta, apoya nuestras manos unidas sobre el reposabrazos de mi silla. Me quedo mirando en secreto nuestras manos, sorprendida, pero el calor de su piel activa las malditas mariposas de mi estómago... otra vez.

—¿No puedo cogerte de la mano? —pregunta en respuesta a mi cara de sorpresa.

—No. O sea, sí. Claro que puedes. Es solo que...

—Estás nerviosa —termina, guiñándome un ojo.

Nos sentamos juntos con las manos entrelazadas y escuchamos cantar a unas cuantas personas más. Savannah y Tori no vuelven, y nadie nos molesta, pero me pregunto si alguien se habrá dado cuenta de que Blake y yo estamos un poco demasiado cómodos. Después de un rato, él se coloca la funda de la guitarra sobre el hombro y se levanta. Se queda mirándome.

—Ven conmigo a la camioneta —dice en voz baja, y echa a andar, tirando de mí.

Por mi mente pasan un montón de pensamientos de Blake y yo juntos, solos, y las mariposas de mi estómago montan una fiesta conforme nos apartamos de la hoguera y de la fiesta, y nos acercamos a la camioneta...

Me guía por el suelo irregular y lleno de piedras hasta el aparcamiento. Ahora hay más coches, pero sus ocupantes están todos junto al lago disfrutando de la hoguera y la dulce voz de la chica de la guitarra. Miro hacia atrás y todavía veo el fuego y las siluetas a su alrededor, que se expanden sobre el montón de sillas. Aunque estamos algo lejos, aún podemos escuchar el crujido del fuego y el rumor de las voces y el sonido de una versión de Taylor Swift. Pero aquí, en el aparcamiento, estamos completamente solos.

Cuando llegamos a la camioneta de Blake, me suelta la mano. Baja la puerta del remolque y mete la guitarra.

—Siéntate aquí conmigo —pide.

Se sube al borde de la camioneta con facilidad, pero yo tengo que impulsarme para ponerme a su lado. Me cuelgan las piernas y nos quedamos sentados en silencio durante un minuto, mirando cómo brillan las llamas junto al lago. Hay dos chicas cantando un dueto y el sonido de sus voces entrelazadas baila a través de los árboles.

El silencio entre nosotros es cómodo, aunque creo que los dos somos conscientes de la elevada tensión. Blake y yo... solos... sentados juntos en el remolque de su camioneta...

—Me das envidia —digo rompiendo el silencio. Mantengo la mirada en el agua oscura del lago, agarrando el borde del remolque—. Sabes lo que quieres. Eres mucho más que el hijo de la alcaldesa. Tienes objetivos. Yo, sin embargo... No sé, supongo que tengo miedo de no ser nunca nada más que la hija de Everett Harding. —Se me tensa el pecho cuando digo en voz alta esas palabras, y agacho la cabeza, parpadeando rápido hacia el hormigón que hay bajo nuestros pies colgantes.

—No eres solo la hija de Everett Harding —dice Blake inclinándose para mirarme. Yo sigo mirando fijamente el suelo—. Eres Mila Harding. Tienes tu propio nombre. Eres tu propia persona.

—Pero no tengo... nada —murmuro con la voz llena de frustración—. Tú tienes la música. Savannah, los caballos. No hay nada que me apasione. No tengo ningún pasatiempo aparte de ir con mis amigos a la playa o dar alguna que otra clase de baile. No hay nada que me defina, salvo por quién es mi padre.

Blake levanta la mano, agarrándome la barbilla. Me levanta la cabeza para obligarme a mirarlo a los ojos.

—Todavía tienes tiempo para averiguar qué puedes tener —dice—. No necesitas un pasatiempo para definirte. Lo que haces y lo que dices es lo que importa de verdad. Y ¿sabes qué es lo que creo yo?

Le devuelvo la mirada y me fijo en las motitas de color caramelo de sus ojos.

—¿Qué?

—Creo que eres una chica a la que le preocupa tanto decepcionar a su padre que lloró en el asiento de atrás de mi camioneta —dice con una sonrisa reconfortante—. Eres la chica de la iglesia que ayuda a su abuelo. Eres la que se rio cuando se le derramó encima la quesadilla.

—Pero siempre voy a vivir a la sombra de mi padre.

—Mila —dice Blake en voz baja, acercando su cara a la mía—, no debes esconderte detrás de ninguna sombra.

Acariciándome suavemente con el pulgar, me levanta con delicadeza la barbilla un poco más. Su mirada se desvía hacia mis labios y se me corta la respiración y se me paraliza el cuerpo. Nos volvemos a mirar a los ojos y los suyos arden con la misma intensidad con la que lo hicieron aquel día en la piscina. Se arrugan en los extremos cuando sonríe, justo antes de que sus labios se encuentren con los míos.

El beso es tierno y cariñoso, solo la boca de Blake contra la mía mientras su mano reposa sobre mi barbilla. No quiero que se aparte. Quiero más. Quiero besarlo de verdad. Tengo los ojos cerrados y puedo sentir el latido de nuestros corazones.

Abro la boca y la aprieto más contra la de Blake, haciéndole saber que estoy cómoda. Mi cuerpo se relaja y mis manos encuentran el camino hacia él. Coloco una sobre su mandíbula mientras le paso los dedos por el pelo con la otra. Él pilla la indirecta y me besa más. Pronto, su mano libre está sobre mi espalda, acercándome aún más.

Y, sentada en el borde de su camioneta, con sus manos sobre mí y las mías sobre él, pienso: «Joder, estoy besando a Blake Avery».

Y es perfecto.

Hasta que se aparta.

Abro los ojos, alarmada, preguntándome si he hecho algo mal, pero Blake mira hacia atrás con los ojos muy abiertos y la mano aún en mi barbilla.

—Perdona... Creía... Me ha parecido oír un coche —susurra.

Una puerta se cierra en alguna parte.

Blake me suelta de inmediato y se baja del remolque. Rodea la camioneta para investigar y me deja sola y sin respiración. Un segundo después, lo escucho quejarse: «¡Joder!».

Vuelve a aparecer enfrente de mí con una expresión de terror en la cara y, antes de que pueda darme cuenta, me agarra por la cintura y me baja sin ningún esfuerzo.

—¿Es la policía? —pregunto con calma.

Aunque empiezo a notar el pánico solo con pensar en que aparezcan las autoridades, porque dudo mucho que sea legal hacer una hoguera en un parque natural en verano, y además... ¿Y si papá o Ruben se enteran de que he estado involucrada en un altercado con la policía?

Estoy acabada. Acabadísima.

Blake cierra el remolque y se pasa la mano por el pelo.

—No. Peor.

Justo en este momento, una voz grita: «¡Blake!».

La reconozco al instante, es la de LeAnne Avery, la que

utiliza a puerta cerrada cuando no tiene que mantener las apariencias.

El sonido de los tacones sobre el hormigón se acerca cada vez más y aparece LeAnne junto a la camioneta de Blake, con una cara muy enfadada y los brazos cruzados con rabia sobre el pecho. Por una vez, no parece que acabe de salir de una rueda de prensa. Lleva unos vaqueros y una rebeca abrochada hasta arriba, y tiene el pelo recogido en una coleta alta muy apretada que se balancea de un lado a otro con cada paso que da. Puede que ahora mismo no parezca la alcaldesa, pero, sin duda, tiene la actitud.

—Pensaba que esta noche te quedabas en la ciudad —dice Blake, colocándose delante de mí como para protegerme de la ira de su madre.

—He cambiado de idea —informa LeAnne tranquilamente, aunque es evidente que está muy enfadada. Aprieta las llaves del coche como si fueran una bola antiestrés—. No estabas en casa cuando he llegado. Estaba preocupada.

—¿Cómo sabías...?

LeAnne saca su teléfono del bolso y se lo enseña.

—Si no quieres que tu madre sepa dónde estás, igual deberías bloquearme la próxima vez —suelta con sarcasmo. Vuelve a guardar el teléfono y nos da la espalda, analizando la escena que se desarrolla junto al lago. La música sigue sonando y todo el mundo está muy contento alrededor del fuego, pues ignoran que ha aparecido la alcaldesa Avery—. ¿Una hoguera? —dice con los labios apretados, dándose de nuevo la vuelta hacia nosotros—. ¿En un parque natural? Está claro que ha sido idea tuya. ¡Eres un idiota, Blake!

—¡No estamos haciendo nada! —le discute él, elevando la voz en defensa propia—. No hay árboles cerca del fuego. No estamos haciendo demasiado ruido. Solo estamos...

—¿Cantando alrededor de una hoguera? —lo interrumpe LeAnne cortante, señalando con la cabeza la funda de la guitarra que reposa en el remolque de la camioneta. Levanta una ceja como si retara a Blake a negarlo—. Todo esto para poder tocar con público, ¿no?

Blake se queda en silencio, pero, a su lado, siento el temblor de la rabia cada vez más intensa en su interior. Con la voz muy agitada, grita:

—¡No eres la alcaldesa de Fairview! ¡No puedes controlarnos!

LeAnne, tan relajada que da miedo, da los pocos pasos que la separan de Blake. Acerca su cara a la de él y le coloca la mano sobre el pecho para que se vea obligado a mirarla directamente a los ojos.

—Vete a decir que se ha acabado —ordena—. Ahora.

—¡Pues vale! —grita Blake derrotado, apartándose de ella. Se alisa la camiseta y, moviendo muy rápido las fosas nasales, me mira—. Mila, sube al coche.

—No —replica LeAnne.

A Blake le cambia la cara cuando mira a su madre.

—¿Cómo que no?

—Tú te quedas aquí —sentencia—. Vas a decirles a esos chicos que se vayan a sus casas. Vas a limpiar absolutamente todo lo que hayáis traído. Vas a apagar la hoguera y no te vas a ir hasta que estés seguro de que las cenizas se enfrían del todo. Me da igual si tienes que quedarte toda la noche.

—No me importa hacerlo —murmura Blake—, pero he traído a Mila aquí —insiste, con la voz cada vez más fuerte—. Y ¿cómo van a volver Savannah y Myles a casa?

LeAnne no dice nada al principio, pero me mira con furia y soy consciente de que no quiero escuchar la respuesta. Me encojo aún más, hundiendo los hombros y deseando poder esconderme.

—Yo los llevo —dice por fin LeAnne. Sigue mirándome

con desprecio, como si hubiera sido yo quien ha organizado este karaoke en la hoguera—. Mila, vete a mi coche. Blake, avisa a tus primos.

—Pero...

—Ya.

Blake se marcha a regañadientes. Pasados unos metros, se para y se da la vuelta con una expresión de culpa. «Lo siento», vocaliza. Luego continúa hacia la hoguera para ponerle fin a la noche.

—Mila —dice LeAnne.

—¿Qué? —respondo más agresiva de lo que pretendía.

¿Cómo se atreve a hablarle así a su hijo? ¿Por qué me mira siempre como si fuera la mugre que le está manchando el zapato?

—Por aquí —dice, y empieza a andar.

No quiero seguirla. Hace un momento, los labios de Blake estaban pegados a los míos y yo estaba felizmente sumergida en el olor a humo y a colonia y a la sensación de sus dedos acariciándome la piel. Todo ha terminado tan rápido que no puedo evitar dudar de si ha pasado de verdad. Todavía noto su sabor en mis labios, pero se está desvaneciendo como el humo de la hoguera en el aire.

¿Cómo he podido pasar de besar a Blake en el remolque de su camioneta a que su madre me dé órdenes?

Pero parece que las órdenes de la alcaldesa Avery no se pueden ignorar.

Así que la sigo.

Capítulo 18

—Tía LeAnne, esto no es justo —se queja Myles—. Y tú crees en la justicia, ¿verdad? Tus decisiones políticas se basan en ser justa, ¿no?

—Myles, te estás ganando un tortazo —suelta LeAnne—. Cállate la boca.

—Oficialmente has pasado a ser mi pariente menos favorito —responde él, sin miedo—. Incluso después del tío Ricky. Y a nadie le cae bien el tío Ricky.

LeAnne lo ignora a propósito. Tiene los ojos fijos en el asfalto mientras conduce su lujoso Tesla por las estrechas carreteras rurales. La radio no está puesta, por lo que el silencio ensordecedor aumenta la tensión en el coche. Myles se ha pasado los últimos minutos quejándose enrabietado no solo porque la fiesta en la hoguera se haya acabado tan pronto, sino también por la vergüenza de que su tía los lleve a casa, lo que me hace cuestionarme si Patsy estará al corriente de lo que iban a hacer sus hijos esta noche.

Savannah, por el contrario, no ha abierto la boca. Ni yo tampoco.

Por desgracia para mí, voy en el asiento del copiloto. Estoy sentada muy recta, con las rodillas juntas y los hombros hacia atrás, y las manos bajo los muslos para evitar mover nerviosa los dedos. Ni siquiera puedo mirar a LeAnne, así que tengo los ojos fijos en la mancha de árboles que se ven por la ventanilla. Es muy raro, no porque estuviera besando a su hijo no hace mucho, sino porque ha quedado dolorosamente claro que a la alcaldesa no le caigo bien.

La carretera por la que vamos se vuelve ligeramente reconocible en la oscuridad. La Finca Harding no debe de estar muy lejos, pero... vamos en dirección opuesta. Llegaremos antes al rancho Willowbank. «No, no, no.»

Una sensación de miedo que me resulta familiar me recorre el cuerpo. Es la misma que se apoderó de mí en la fiesta del aparcamiento, cuando me sentía superincómoda con Blake y terminé sola con él en su camioneta. Pero esto... es mucho peor. LeAnne es un millón de veces más intimidante de lo que Blake lo será jamás. Además, me da la sensación de que tiene bastante más poder que su hijo para hacer que mi vida sea un infierno.

—En casa, sanos y salvos, y sin decir una palabra —comenta LeAnne cuando el Tesla se detiene. Gira la cabeza para mirar a su sobrino y a su sobrina, que se encuentran en el asiento trasero—. Venga, marchando.

Myles abre la puerta y sale a la velocidad del rayo.

—¡Gracias por ser una aguafiestas, alcaldesa Avery! ¡Si me mudo alguna vez a la ciudad, ten por seguro que no pienso votarte! —Da un portazo y se dirige hacia la casa.

Savannah es mucho más civilizada.

—Gracias por traernos —le dice con voz calmada a su tía.

La mirada compasiva que me ofrece mientras sale del coche solo sirve para aumentar mi ansiedad, pero no puede hacer nada para ayudarme ahora mismo. Desaparece de nuestra vista tras los pasos de Myles.

El coche empieza a moverse de nuevo. LeAnne conduce

con las dos manos juntas en la parte de arriba del volante, con el cuerpo muy recto y ligeramente encorvado hacia delante. Cualquier persona normal, independientemente de lo que piensen de la chica que va con ellos en el coche, se habría esforzado en ser civilizada y hablar de algo para evitar un ambiente tan tenso como este. Es aterrador que LeAnne se quede en completo silencio, como si quisiera hacerme sentir incómoda.

Los dos minutos que tardamos hasta la Finca Harding se me hacen los más largos de mi vida. Nunca he sentido un alivio mayor que el que siento cuando LeAnne para el coche frente a las puertas, ya tan familiares. Cojo mi bolso del suelo y busco dentro el mando de la puerta.

—Conocí este rancho antes de que necesitara tantas medidas de seguridad.

Me quedo paralizada.

—¿Qué?

LeAnne exhala profundamente. Se echa hacia atrás en el asiento, mirando la oscuridad sin parpadear.

—¿Me equivoco si doy por hecho que Blake no te lo ha contado?

—¿El qué?

—Es un buen chico. Sabe que no es cosa suya explicarlo —dice tranquilamente. Ahora apoya las manos en la parte de abajo del volante—. Pero sí que es cosa mía.

—¿De qué estás...? —No soy capaz de terminar la frase, las palabras se me quedan atascadas en la garganta, rasgándome como si fueran papel de lija—. ¿De qué estás hablando?

Los ojos oscuros de LeAnne, grandes y marrones, como los de Blake, se dirigen hacia mí. No gira la cabeza, solo me mira de una forma que me hace sentir un escalofrío por la espalda.

—Conozco a tu padre desde que éramos jóvenes. De hecho, lo conocía muy bien. Conocía a Everett Harding desde antes de que lo hiciera el resto del mundo.

—Bueno, claro, supongo que tú también irías al instituto de Fairview —digo con la voz débil, como si intentara encontrarle el sentido a esta conversación.

¿Adónde quiere llegar? ¿Qué es lo que está a punto de decirme? La frialdad de su mirada me comunica que no lo quiero saber. LeAnne sonríe ante mi inocencia.

—Mila..., cariño. Tu padre y yo... —dice, girando la cabeza para mirarme con los ojos entrecerrados. Luego coge aire y aparta la mirada—. Estuvimos prometidos.

Me quedo mirando a LeAnne con una expresión tan perdida que es como si sus palabras hubieran pasado de largo. No me golpean, como deberían, no me calan. No entiendo. ¿Mi padre? ¿Prometido? ¿Con la madre de Blake?

—Te sorprende, ¿verdad? —continúa LeAnne al ver que no digo nada. Aprieta los labios con una pena forzada—. Entiendo que tus padres no te hayan hablado de su infidelidad.

El calor de mi cara se convierte en hielo y empiezo a sentir de pronto muchas náuseas. Es como si todo el oxígeno se hubiera evaporado del coche, me cuesta respirar.

—¿Qué quieres...? ¿Qué quieres decir? —susurro, negando con la cabeza, incrédula.

¿Por qué me está contando estas mentiras tan feas? ¿Qué he hecho para merecer que me trate así?

—Siento mucho ser yo la que te lo diga —suspira, pero la ligera alegría que le noto en la voz me indica que no lo lamenta para nada. Con una ligera tos para aclararse la garganta, se sienta y junta las manos frente a ella de la misma forma que me imagino que hará cuando va a dar algún discurso—. Everett y yo fuimos novios en el instituto —comienza—. Empezamos a salir en segundo y nos prometimos el verano después de graduarnos. Éramos muy jóvenes, debí darme cuenta de lo ilógica que era la idea. Y luego nos fuimos a la universidad. Tu padre, a Belmont, a estudiar Interpretación; y yo algo más lejos, a Yale, a estudiar Ciencias Políticas. Las artes escénicas son una opción muy endeble, no hay estabilidad. Yo aspiraba demasiado alto para tu padre, y eso nos separó cuando él conoció a alguien en Belmont que mostró más entusiasmo por su interpretación que yo.

—Mi madre —susurro.

Siempre he sabido cómo se conocieron mis padres. En la Universidad de Belmont, aquí, en Nashville. Mamá se había mudado de Carolina del Sur para estudiar en una ciudad que ella creía expresiva y llena de vida, y conoció a papá en el campus. Le encantó que quisiera ser actor, y a él le encantó que ella apoyara sus ambiciones por muy fuera de su alcance que pudieran parecer. Se casaron después de graduarse y se mudaron juntos a Fairview, a la casa en la que viví mis seis primeros años de vida. Eso es lo que me han contado. Así fue como sucedió.

Solo que ahora, LeAnne me está relatando la historia desde una perspectiva completamente diferente.

—Sí, tu madre —afirma—. Cualquiera pensaría que, después de haber conocido a otra persona, Everett habría tenido la decencia de anular nuestro compromiso. Tus padres estuvieron juntos a mis espaldas durante dos meses, solo porque yo estaba a unas horas de viaje y él afirma que quería esperar hasta volver a verme «cara a cara» antes de cancelar nada. Habría preferido enterarme de la verdad por teléfono, incluso un mensaje me habría valido, el primer día que empezó todo a que me contara la verdad a la cara tras unos meses. Pero, claro, Everett eligió engañarme.

—Eso es mentira —digo con los dientes apretados—. ¡Te lo estás inventando todo!

Es que, a ver, no puede ser... ¿La alcaldesa de Nashville me está diciendo que mi padre la engañó con mi madre? ¿Él iba a casarse con LeAnne? Es todo una extraña fantasía. No puede ser verdad. Mis padres me han contado cómo se conocieron y sus versiones de los hechos no involucraban un compromiso con otra persona. Noto la boca amarga cuando lo pienso.

—Mila, ¿por qué iba a mentirte sobre algo así? —dice LeAnne con lástima, girando la cabeza para mirarme. Se da cuenta de que no me creo ni una palabra—. Cancelamos el compromiso y me tomé unos años para encontrarme. Conocí a otra persona, fui madre y me lancé a trabajar en el Consejo. Pero luego tu padre hizo su debut en Hollywood.

Cuando la miro, lo único en lo que puedo pensar es en la reacción de mis padres cuando mencioné su nombre en la videollamada el otro día. Mamá abrió muchos los ojos y se quedó callada; papá experimentó una rabia tan intensa que cerró el ordenador de golpe... Es evidente que pasa algo entre ellos y LeAnne Avery, pero no puede ser...

No puede ser esto.

—Y ¿qué tiene que ver su debut en Hollywood con todo esto? —digo, a pesar de que se me nota el miedo en la voz.

—Pues que eso significaba que iba a estar en todas partes —explica LeAnne—. Y le preocupaba que yo hablara con la prensa y les vendiera la historia de cómo el rompecorazones de Everett Harding engañó a la que fue su prometida. A nadie le caen bien las personas infieles, ¿no? Tanta negatividad... Imagínate... —Se relaja en el respaldo del asiento y, por primera vez en toda la noche, su energía pasa de ofensa a derrota, mezclada con un poco de tristeza—. Tus padres intentaron chantajearme, Mila. Un tal Ruben Fisher quería enviarme un cheque enorme a cambio de un acuerdo de confidencialidad. Evidentemente, tengo bastante más dignidad, y por el bien de mi propia carrera no me interesa hacer pública mi historia con Everett Harding.

—Esto no puede... —Niego rápido con la cabeza y me froto los ojos con la esperanza de aparecer en cualquier otra parte cuando vuelva a abrirlos—. No logro entender nada de lo que me estás diciendo.

—Claro que sí. Mila, no te lo estoy contando para hacerte daño, sino porque es la clase de pasado que hace que sea mejor que nuestras familias no se mezclen. Y estoy segura de que tus padres estarían de acuerdo conmigo —concluye LeAnne amablemente. Pulsa un botón y se abre la puerta del pasajero, indicándome que es hora de que me vaya. Luego, agarrando el volante con la mirada fija en la carretera, sin volver a mirarme, añade—: Espero que, por el bien de todos, Mila, te vuelvas pronto a casa.

Y salgo del coche, derrotada.

Capítulo 19

El domingo por la mañana no vamos a misa.

Popeye está cansado, así que Sheri cree que es mejor que los tres nos quedemos en casa. No es consciente del alivio que me supone. No creo que pueda volver a mirar a la cara a los Avery en un futuro cercano después de la revelación de anoche.

Es por la tarde y he subido a mi habitación después de fregar los platos de la comida; estoy tirada en la cama mirando sin parpadear el techo. He apagado el teléfono y lo he metido en un cajón. El zumbido del ventilador es extrañamente relajante cuando el viento me roza la piel cada cinco segundos. No tengo energía para moverme. Solo pensar me supone un esfuerzo tremendo. Es como si cargase con el peso de mil ladrillos sobre la cabeza.

Toda mi vida he pensado que mis padres conectaron de forma natural en la universidad y se enamoraron a la antigua usanza. Pero ¿cómo iba a saber LeAnne que mis padres se conocieron en Belmont si lo que me ha contado no fuera verdad? ¿Cómo podría saber el nombre de Ruben?

«Bueno, eso se puede buscar muy fácilmente en internet», me digo. Pero, aun así, sé, muy en el fondo, en el mismo lugar en el que guardo el resentimiento a la carrera de papá, que las palabras de LeAnne no son mentira.

Siento una sacudida enorme por la idea de que mi padre haya engañado a alguien, y no solo a una novia, si no a su prometida, y que mamá fuera cómplice. Y que luego a él le preocupara tanto su carrera y las consecuencias que podía tener lo que hizo, que intentase comprar el silencio de LeAnne, aunque ella no necesitara que la convencieran para no decir nada. Si este último mes me ha enseñado algo, es que parece que mi padre es capaz de hacer absolutamente cualquier cosa para que Hollywood lo siga adorando y mantener su imagen limpia frente al público.

—¿Mila? —dice Sheri, que llama a la puerta y abre.

—¿Qué? —respondo sin apartar la mirada del techo.

No pretendo ser brusca o fría con Sheri y Popeye, pero hoy no puedo evitarlo. Obviamente, ellos saben la verdad —¿cómo no la iban a saber?—, por eso mi tía estaba tan incómoda y me dijo que era mejor que hablara con mis padres sobre LeAnne, en vez de con ella. No quiero contarles que fue la propia alcaldesa la que me ha revelado la verdad de la animadversión entre los Harding y los Avery. Si lo hablo con Sheri..., sería como admitir que me creo la historia de LeAnne. Admitir que mis padres me han mentido sobre cómo se conocieron. Y admitir que, sinceramente, ya no conozco a mi padre.

—Tienes visita —dice poniéndose un trapo sobre el hombro y cruzando los brazos. Se apoya en el marco de la puerta con un suspiro—. Blake ha llamado a la puerta. Le he dejado entrar.

—¿Cómo? —Me incorporo y la miro con sorpresa—. ¿Por qué? Si me habías dicho que no era una buena idea de que nos viéramos.

—A ver, buena idea no es —dice, y luego me sonríe con

esa calidez típica que me transmite que está de mi lado—. Pero no voy a impedirte que veas a un chico que te gusta.

Me levanto de la cama y me pongo unas chanclas, luego paso junto a Sheri con una sonrisa vergonzosa. Y, mientras bajo la escalera, soy consciente de que, por primera vez, no he negado la afirmación de que Blake me gusta.

Fuera, bajo el sol abrasador, me espera.

La puerta vuelve a estar cerrada, pero la camioneta de Blake está aparcada junto a la furgoneta de Sheri. Blake está a los pies del porche, con *Bailey* moviendo la cola y con la lengua fuera. Al verlos, se me alivia la tensión que siento en el pecho desde anoche. Son monísimos.

—No has ido a misa y no me contestabas los mensajes —dice Blake mientras bajo los escalones del porche para reunirme con ellos—. Me he preocupado, pensaba...

Me pongo de rodillas para acariciar a *Bailey*.

—Pensabas...

—Pensaba que habías hecho las maletas y te habías marchado —admite Blake mirando el suelo. Se ha cambiado el atuendo de misa por una camiseta de los Tennessee Titans, y juega nervioso con el dobladillo—. Después de lo que te contó mi madre.

Ah. Lo sabe.

O sea, él ya conocía la historia. Lo que no esperaba era que se hubiese enterado de que LeAnne me había contado la verdad anoche. Es un alivio, imagino. Me ahorra el mal trago de tener que explicarle lo que pasó.

Aun así, no tengo ni idea de qué responder. Me quedo mirando los ojos brillantes de *Bailey* y sigo rascándole detrás de las orejas en silencio. Me arde la cara.

—¿Te apetece dar un paseo? —sugiere Blake tras un minuto.

Yo asiento, dudosa. Después de nuestro beso, debería estar encantada de volver a ver a Blake. Deberíamos estar cortados y atontados, pero las revelaciones de LeAnne lo han estropeado todo. ¿Cómo voy a emocionarme y a tontear con él si siento que la cabeza me va a explotar por la presión? El día siguiente no debería ser así.

Me levanto, sigo a Blake hasta la puerta y salimos. Caminamos juntos por las carreteras vacías, uno al lado del otro, y *Bailey* tira de la correa para olfatear la hierba que crece en los campos que bordean el camino. Damos pasos lentos, y ninguno de los dos dice nada durante unos minutos. Simplemente miramos hacia delante, cerrando los ojos para evitar la luz del sol y dándole vueltas a diferentes pensamientos.

Por fin, Blake dice:

—Lo siento.

—Ya —es lo único que puedo decir en voz baja.

Me rodeo con los brazos e intento luchar con el escozor de ojos. Aquí vienen otra vez todos esos pensamientos sobre papá... Infiel... Mentiroso... Un fraude.

—¿Has hablado con tus padres?

—No. No creo... —Respiro hondo y cierro los ojos con fuerza—. No creo que pueda mirarles a la cara. Todavía no. Tengo que procesar todo esto antes.

—Mi madre no debería haberte dicho nada —opina Blake, moviendo la cabeza de un lado a otro. Mira hacia el cielo azul claro—. Estuvo muy feo que te tendiera una emboscada anoche. Es algo que tendrían que haberte contado tus padres.

—No creo que mis padres me lo hubieran revelado nunca —murmuro.

Cuando les pregunté por LeAnne Avery fue el momento oportuno para contarme toda la verdad, pero eligieron guardar silencio. No creo que tuvieran nunca intención de desvelar este secreto.

—Probablemente porque no es necesario que lo sepas —dice Blake. Dejamos de andar para que *Bailey* termine de explorar un arbusto, y Blake se pasa la mano por la nuca, como hace siempre que está frustrado—. Mi madre y yo ya no nos hablamos. Aunque tampoco es que las cosas estuvieran muy bien entre nosotros. Anoche no llegué a casa hasta las dos, porque me quedé hasta que se apagó el fuego y se enfriaron las cenizas, y ella estaba en la cocina esperándome. Me dijo lo que pasó cuando te dejó.

—¿Sabe que estás aquí? —pregunto cuando volvemos a movernos.

Nuestro ritmo parece cada vez más lento con cada paso que damos. Apenas hemos avanzado; los muros de la Finca Harding siguen paralelos a nosotros.

—No. Cree que he llevado a *Bailey* al parque —aclara. Luego, con una débil sonrisa, añade—: Y la he bloqueado para que no pueda ver dónde estoy, que es algo que debería haber hecho hace eones.

Mi expresión no varía. Ahora noto la cabeza aún más pesada, como si de verdad tuviera encima un montón de ladrillos. Estoy enterándome de demasiados secretos últimamente y no me queda espacio para lidiar con todo este dolor y traición y confusión.

—No quiere que nos veamos —digo.

—Ya lo sé.

—Y ¿por qué has venido?

Blake se para y me mira. Entrecierra los ojos mientras me analiza de arriba abajo.

—¿Por qué no iba a venir?

—Pero...

—No. Escucha —me interrumpe, un poco brusco. Da un paso hacia delante y me agarra por la cadera, inclinando la cabeza para mirarme fijamente—. No me importa, ni siquiera un poquito, lo que haya pasado entre nuestros padres hace años. Eso es algo entre ellos. No tiene nada que ver con nosotros. Así que, por favor, no pienses ni durante un segundo que voy a perder interés en ti simplemente porque mi madre está resentida.

Solo me quedo con un par de palabras, pero son las más importantes.

—Entonces... —no puedo evitar bromear—, ¿tienes interés en mí?

—Venga ya, Mila —dice, dando una patada a la tierra—. Ya deberías saber que me interesas desde el momento en el que abriste la puerta de mi camioneta aquel primer fin de semana. Cuando te miré por el retrovisor y me sonreíste con timidez toda sonrojada. ¡Exacto, justo así!

Me llevo las manos a la cara para esconder el color que se expande por mis mejillas. La verdad es que ya no tengo ninguna esperanza de poder esconder jamás cómo me hace sentir Blake. Es incontrolable y un millón de veces peor cuando soy consciente.

—Señorita Mila, deja que vea esas mejillas sonrojadas tan monas —dice Blake. Sus manos, con la correa de *Bailey* en la muñeca, agarran las mías y me las retiran de la cara, mostrando otra vez mis mejillas ardientes y pecosas. Él sonríe, y aparecen sus hoyuelos—. Eso es. Echarías de menos cómo consigo que te sonrojes si alguna vez dejamos de vernos, ¿verdad?

Yo asiento, mordiéndome el labio para no sonreír demasiado. Tengo las manos aún entre las suyas.

—Puede.

—Entonces deja de preocuparte por lo que te dijo mi madre, porque no pienso ir a ningún sitio.

Nos miramos fijamente, con un poco más de intensidad. Tenemos las manos entrelazadas delante de nuestros pechos, y Blake ignora los tirones que da *Bailey* a la correa. Estamos de pie en mitad de la carretera, el sol brilla sobre nosotros y no hay ni un coche a la vista, solo Blake y yo en Mitad de la Nada, Tennessee. El músico soñador de Nashville y la chica que un día quiere ser algo más que la hija de Everett Harding. Dos personas intentando vivir a la sombra de sus padres; dos personas que no van a ser lo que les han dicho que sean.

Blake se acerca.

—Espera —susurro—. Ahora no.

Me encantaría volver a besarlo, pero tengo la cabeza hecha un lío. Quiero que la próxima vez sea perfecta y sin ninguna interrupción; quiero poder centrarme únicamente en él. Ahora no es un buen momento; acaban de poner mi mundo patas arriba y tengo muchas preguntas para las que necesito respuestas.

—De acuerdo, señorita Mila —murmura Blake, y presiona ligeramente los labios contra mi mejilla.

Capítulo 20

El miércoles, Sheri accede a duras penas a descansar un poco del rancho para hacer algo para sí misma. Me costó mucho convencerla de que aceptara la oferta de Patsy de ir a tomar un café juntas, porque empiezo a darme cuenta de que no ha hecho nada solo por diversión desde hace mucho tiempo. Trabaja demasiado.

Le prometí hacerle compañía a Popeye por la tarde e incluso me ofrecí a hacer la cena esta noche, y por fin Sheri se fue del rancho perfectamente maquillada y peinada por mí. Ayuda que mi madre sea una artista profesional, he ido aprendiendo cosas durante todos estos años.

Ya lleva varias horas fuera, y Popeye y yo estamos a lo nuestro. Hemos jugado al Scrabble porque Popeye dice que era su juego de mesa favorito cuando era joven, y ahora estoy en la cocina cortando verduras frescas porque ya casi es la hora de cenar.

—¡¿Quieres que te sirva más té?! —grito desde la cocina hacia el salón, donde Popeye está viendo la tele. Echo un montón de zanahorias en la *crock pot*, pero paro al darme cuenta de que mi abuelo no ha contestado. Ya no oye demasiado bien. Me seco las manos con un trapo y salgo—. Popeye, ¿quieres...?

Las palabras se me atascan en la garganta cuando me doy cuenta de por qué me está ignorando: está concentradísimo en la pantalla, visiblemente ofendido. Ha cambiado de canal y, en lugar de la película antigua en blanco y negro con la que lo dejé, me lo encuentro viendo un programa de cotilleo.

El presentador está señalando una foto de papá y de su coprotagonista, Laurel Peyton, en una de las ruedas de prensa. Él la agarra por la cintura y les brillan los ojos por los *flashes* de los cientos de cámaras.

«Everett Harding y Laurel Peyton se preparan para su mayor éxito de cartelera hasta la fecha. La tan esperada tercera entrega de *Zona conflictiva* llega a los cines de todo el país este fin de semana, y tenemos el honor de encontrarnos con la pareja protagonista.»

El público del programa estalla en aplausos y papá y Laurel salen al plató. Él viste un pantalón negro y una camisa blanca con demasiados botones desabrochados —siguiendo las órdenes de su estilista, por supuesto—, y Laurel lleva un vestido ligero amarillo con vuelo que ondea conforme camina. Los dos muestran sus sonrisas hollywoodienses, saludan agradecidos al público y se sientan en un sofá en frente del presentador, listos para responder a las preguntas con encanto e ingenio.

—Y se cree que esto es trabajo de verdad —refunfuña Popeye—. Sonreír a una cámara...

Me pongo delante del televisor.

—¿Por qué estás viendo esto?

Popeye mira hacia delante, como si pudiera ver el televisor a través de mi cuerpo. Cojo el mando a distancia que tiene sobre las piernas y quito el programa, dejando el salón en un silencio intenso.

Popeye gimotea enfadado y sigue mirando al frente.

—¿Qué pasa? ¿No puedo ver los programas en los que

aparece mi propio hijo de vez en cuando? ¿Cómo voy a saber de él, si no? No es que me llame muy a menudo.

—Ah —digo algo insegura. Popeye nunca me ha hablado con un tono de voz tan cortante, tan honesto y abierto, y su mal humor me pilla de sorpresa—. Siento... que apenas te llame.

No es que ignore la realidad. La vida de papá estos días es demasiado glamurosa y agitada, no tiene tiempo para visitar el rancho en el que pasó su infancia. Desde que llegué a Fairview, tengo la sensación de que Sheri y Popeye se sienten un poco abandonados, relegados a meras piezas del puzle que es la vida anterior de Everett Harding, pero, hasta hace poco, no lo había experimentado nunca en primera persona. Sé cuánto duele sentir que eres el segundo plato. Y Sheri y Popeye... están mucho más abajo que yo en la lista de prioridades de papá.

—No llama. No viene —gruñe mi abuelo con una rabia que no esperaba que mis palabras pudieran desatar—. ¿Tan difícil es coger el teléfono? ¿De verdad es tan sencillo olvidarnos? ¿No somos lo bastante buenos para él?

Jamás había visto mostrar a Popeye tanta emoción en lo que va de verano. Normalmente es muy afectuoso y amable, pero ahora parece estar muy enfadado y herido, y muestra la crudeza de sus sentimientos. Ojalá pudiera arreglarlo, pero no tengo ningún control sobre las elecciones de papá, ni sobre su comportamiento. Apenas controlo las mías.

Me siento en el sofá al lado de Popeye y le cojo la mano, apretándola fuerte contra la mía.

—Lo siento. Claro que sois lo bastante buenos para él. Os quiere. Es solo que tiene una vida muy ajetreada.

Ninguno de los dos dice nada más, porque ¿qué más hay que decir? No hace falta que Popeye me explique cómo se siente: lo sé.

Después de unos minutos, pregunta:

—¿Puedes ponerme una canción?

Levanto la cabeza para mirarlo. Asiento y cruzo el salón hasta el tocadiscos de madera que hay sobre una mesa junto a la ventana. Es un reproductor tan viejo —más que *vintage*— que siempre me alucina escuchar la música por toda la casa.

—¿Qué canción?

Popeye cierra los ojos y toma aire.

—Pon *Close to you*, de The Carpenters.

Busco en la caja de vinilos, que contiene la colección de Popeye de cuando él y Yaya se casaron a principio de los 70. Ni siquiera he oído hablar de la mayoría de estas canciones. Las portadas están un poco desgastadas, pero eso indica que las han tratado bien durante muchas décadas. Por fin encuentro el que me ha pedido Popeye y saco con cuidado el disco de vinilo, levanto la tapadera transparente del tocadiscos y lo coloco en el reproductor. Poso la aguja sobre el disco y me aparto mientras empiezan a sonar los primeros acordes de la canción por todo el salón; aunque no reconozco el título, me doy cuenta enseguida de que la he escuchado antes. Es muy vieja, muy lenta, muy de los 70.

Popeye sigue con los ojos cerrados, mueve la cabeza al ritmo de la música y luego me pregunta:

—¿Bailas conmigo, Mila?

Bailar clásicos antiguos no es mi fuerte, pero Popeye necesita que le levanten el ánimo. Esto es lo que hacen las nietas: bailar pegadas con sus abuelos canciones de los 70 que apenas conocen.

Me acerco hasta Popeye y lo ayudo a levantarse del sofá. Al principio vamos un poco desacompasados, como patos mareados, pero luego me pasa un brazo por la espalda y nos balanceamos. Popeye es mucho más bajito de lo que recordaba cuando era pequeña. Creo que ha encogido. Luego, después de un minuto o dos, encontramos el ritmo y nos movemos con suavidad mientras sigue sonando la música, y Popeye apoya la cabeza en mi hombro.

—Ya sé que no fue elección tuya venir aquí —murmura—, pero me alegro mucho de que hayas pasado tanto tiempo con nosotros. Ha sido maravilloso verte vivir la vida que podrías haber tenido.

Sus palabras me golpean con fuerza.

«La vida que podrías haber tenido...»

Si a papá no le hubiera dado la fiebre de Hollywood, puede que nunca nos hubiéramos ido de Fairview. Yo habría seguido creciendo aquí. Habría tenido mi propio acento sureño, habría sido la mejor amiga de Savannah durante el colegio y en el instituto, habría conocido a Blake hace diez años. Habría ido a muchas fiestas en aparcamientos y habría cantado cantidad de canciones alrededor de hogueras, y los viajes a Nashville para comer carne con salsa barbacoa en el Honky Tonk Central habrían sido algo normal, en lugar de extraordinario. Puede que hubiera ido a nadar desnuda al lago y, quién sabe, quizá hasta hubiera aprendido a montar a caballo en condiciones.

Papá no tendría fans adoradores que siguiesen cada uno de sus movimientos, no tendríamos a Ruben controlando nuestras vidas y mamá podría aparecer en público en chándal y con el pelo recogido en una coleta sin preocuparse de decepcionar a papá y sin tener a la prensa repasando los «defectos» de su aspecto como si fueran carroñeros. A lo mejor, incluso hasta viviríamos aquí, en este rancho. Ese era el plan, al fin y al cabo: que papá se hiciera cargo una vez que Popeye no pudiera. Tal vez hubiéramos vendido nuestra casa al otro lado del pueblo y viviéramos aquí. Sheri le habría sacado más partido a su vida, habría disfrutado de sus propias aventuras; y Popeye no se sentiría tan alejado de su propio hijo.

No me arrepiento de vivir en Los Ángeles..., pero crecer aquí es la vida que podría haber tenido. No la que, como he descubierto de pronto, está llena de secretos y mentiras.

Una voz desde la cocina me saca de mis pensamientos.

—¿Qué hacéis?

Ni siquiera he escuchado a Sheri llegar a casa, pero aquí está, enfrente de nosotros, agarrando a Popeye para que me suelte. Tiene cara de desesperación y algo parecido al miedo.

—Quería bailar —digo.

Me aparto, confusa. ¿He hecho algo malo? ¿Por qué no podemos bailar tranquilos?

—¡Venga ya, Sheri! —protesta Popeye liberándose las manos—. Te comportas como si fuera a llamar la Parca a la puerta en cualquier momento. ¡Deja de mimarme!

Sheri lo lleva de nuevo al sofá, pero él se resiste.

—Es que no quiero que vuelvas a caerte, papá —dice con preocupación.

—Lo siento —me disculpo desde un segundo plano, moviendo nerviosa los dedos, sin saber muy bien qué está ocurriendo.

¿Popeye se ha caído? ¿Más de una vez?

—No te disculpes, Mila —dice él cuando la aguja se levanta del vinilo—. Gracias. Siempre has accedido a bailar conmigo.

Estoy muy muy perdida. Junto las cejas mientras miro a Popeye y a Sheri, intentando leer sus expresiones.

—¿Qué pasa?

—Nada, Mila —dice mi tía, a la vez que Popeye añade:

—Quiero contarte una cosa.

Sheri abre la boca y niega rápido con la cabeza.

—¡Papá!

—Se enterará tarde o temprano. Las cosas no van a mejor, precisamente.

—¿Qué es lo que no va a mejor? —insisto.

Popeye pasa de mirar a Sheri a mirarme a mí. Fuerza una sonrisa y las mejillas se le llenan de arrugas.

—Mila, bonita, siéntate.

Sheri se frota la sien cuando me acomodo en el sofá junto a Popeye. No consigo ponerme cómoda. Me siento en el borde, con las rodillas juntas. Creo que sé lo que Popeye está a punto de decirme, pero todavía no quiero creérmelo. No puedo soportar más secretos.

—Estoy encantado de tenerte aquí —dice, cogiéndome la mano—, porque me queda poco tiempo.

—No eres tan viejo, Popeye —lo contradigo, mirándolo con recelo.

Popeye tiene solo setenta y pocos, no es como si tuviera ciento seis años.

—Puede que no —dice con una leve sonrisa—, pero creemos que me pasa algo.

—¿Cómo...? —Trago el nudo que se me ha formado en la garganta y parpadeo para evitar que se me salten las lágrimas. Luego me levanto de un brinco y lo señalo enfadada—. ¿A qué te refieres con que te pasa algo? Estás bien, Popeye. ¡Podríamos haber bailado toda la tarde!

—Todavía no lo sabemos. —Él se acerca más al borde del sofá mientras lo dice, y el miedo que hay en su ojo es innegable—. Me están haciendo pruebas. Llevo ya bastante tiempo regular. Son muchas cosas. ¡Mila, no me mires así!

Se me rompe el corazón y los trozos me atraviesan el pecho, dejando una herida ardiente a su paso. De pronto, solo puedo pensar en lo peor. Las lágrimas me recorren las mejillas y me nublan la vista, volviendo a Popeye irreconocible. Siento que Sheri se acerca para colocarme una mano reconfortante sobre el hombro. No quiero llorar, pero la simple idea de que a Popeye le pase algo, el abuelo con el que no he pasado tiempo suficiente, es demasiado abrumadora.

—¿Papá lo sabe? —pregunto, esforzándome por mantener la respiración serena.

Él nunca me ha dicho que Popeye estuviera enfermo.

—No —responde Sheri, apretándome el hombro aún más fuerte y llevándome de nuevo hasta el sofá. Se sienta a mi lado y me seca una lágrima—. Yo creo que deberíamos decírselo.

—¡No! —Popeye se interpone enfadado—. Que ni se te ocurra, Sheri. Puede que no sea nada.

—Papá debería saber que no te encuentras bien, Popeye —intervengo—. Vendría a verte.

Ahora Popeye dirige su rabia y frustración hacia mí, con un temblor muy fuerte en la barbilla.

—¡No quiero que venga a visitarme por pena! —grita. Luego, niega con la cabeza mirándonos a Sheri y a mí—. ¡Dejad de mirarme así! ¡Basta! ¡No estoy a las puertas de la muerte! De hecho, ni me he acercado.

—Solo estamos preocupadas por ti, papá —explica Sheri.

Pero Popeye está harto de la preocupación, y es demasiado cabezota como para permitir que nadie le tenga pena. Quejándose con palabras ininteligibles en voz baja, se levanta del sofá y se marcha. Ahora que lo miro bien, me doy cuenta de lo raros que son sus movimientos, a consecuencia del dolor que siente.

Sheri se recuesta en el sofá con las manos en la cara y suspira.

—Hay muchas cosas que no sabes, Mila —dice con calma, con una voz arrepentida y llena de compasión al mismo tiempo.

Me pasa un brazo por encima y me empuja hacia ella y, cuando apoya la barbilla sobre mi cabeza y me abraza con fuerza, me doy cuenta de que soy para mi tía el mismo consuelo que ella es para mí.

Capítulo 21

Esa noche siento que no puedo seguir en el rancho. Es insoportable estar sola en mi habitación con un millón de preocupaciones diferentes a mi alrededor, y cada vez que bajo a por algo de beber, ni siquiera soy capaz de mirar a Popeye sin que se me hunda el pecho. Sheri también está muy callada.

Necesito aire fresco, así que me pongo las deportivas, una gorra sobre el pelo y me voy. Giro a la derecha y camino por la carretera bajo el calor, en dirección al centro de Fairview. Es extraño no saber si quieres estar sola o si necesitas desesperadamente hablar con alguien. No pasa ni un solo coche hasta treinta minutos después, cuando me aparto hacia la hierba a un lado de la carretera principal. La gente que pasa me saluda, pero yo no devuelvo el gesto. No estoy de humor para la amabilidad de los pueblos pequeños.

Cuando ya he avanzado más, me doy cuenta de que no me apetece estar sola. Quiero estar con mi madre. Necesito que se suba en el primer avión a Nashville para venir, ahora mismo, y darme un abrazo. Su consuelo lo sería todo para mí en este momento, aunque no sé cómo me siento por su implicación en este asunto. Por cómo me lo contó LeAnne, parece que mamá sabía que papá estaba prometido cuando empezaron a salir, lo que la convierte en cómplice de la traición. Papá acabó por confesarle la verdad a LeAnne, pero ¿por qué mamá aceptó salir con él durante ese tiempo? Me parece tremendamente... irrespetuoso. Y si papá no sabe lo que le pasa a Popeye, ella tampoco.

Me paro bajo un árbol para descansar un poco del sol y saco mi teléfono. Con un suspiro agotado, marco un número —es en la primera persona en la que pienso— y espero pacientemente mientras el tono de llamada resuena al otro lado.

—Hola, Mila —responde, justo antes de que la llamada se desviara al buzón de voz.

—B-Blake —tartamudeo—. Hola.

—¿Estás bien? —pregunta con una evidente preocupación.

—Sí, es solo que... necesitaba salir —digo frotándome los ojos y apoyando la espalda en el árbol. Estoy agotada. Cansada de tantos secretos—. ¿Estás en casa?

—Claro.

Hago una pausa.

—¿Y tu madre?

—En la ciudad —responde Blake—. ¿Vienes? ¿Quieres que te recoja?

—Voy andando. ¿Puedes enviarme tu ubicación? No sé muy bien dónde estoy.

—Sí. Claro. —Blake se ríe—. No te pierdas.

Cuelgo y me quedo mirando la pantalla, esperando a que llegue el mensaje de Blake. La ubicación llega unos segundos más tarde. Abro el mapa y veo que solo está a tres kilómetros de aquí, así que me vuelvo a poner en marcha.

No es tan tarde, son solo las seis y media. También es la primera vez que he podido explorar Fairview. He visitado un poco el centro con Savannah y Tori, y he visto muchas de estas calles tranquilas desde el coche, pero nunca las había pateado. Es muy agradable y el aire es muy fresco, mucho más limpio que el de Los Ángeles. También me parece una locura caminar durante media hora por una ciudad sin chocarte con nadie. En Fairview, con sus calles silenciosas y sus inmensos espacios, no hay ninguna presión.

Cruzo por Fairview Boulevard, la única calle con alguna evidencia de civilización, con tráfico y algunos peatones, y sigo por el sur hacia los barrios residenciales. Mi teléfono me guía hasta la casa de Blake. Las barras y estrellas en el porche ondean al viento y su camioneta brilla bajo el sol del atardecer. Aunque Blake me ha dicho que su madre está en Nashville, sigue siendo un alivio comprobar que el Tesla no está. En caso contrario, creo que daría media vuelta.

Guardo el teléfono y rodeo la casa. En cuanto mi mano roza la puerta, el ambiente se llena con los ladridos de *Bailey*. Corre por el jardín y se entrelaza a mis piernas en cuanto piso el césped, tan contento de ver a otro ser humano que no sabe muy bien qué hacer.

—Has llegado —dice Blake.

Aparto la mirada del pelo dorado de *Bailey* y miro hacia arriba. Sonrío inevitablemente en cuanto veo a Blake acercarse. Puede que sea porque me alegro de verlo otra vez, pero también porque lleva un pantalón de chándal gris... Solo un pantalón de chándal gris.

Va sin camiseta. No es la primera vez que veo su cuerpo —apenas pude pronunciar una palabra el otro día en la piscina de los Bennett—, pero ahora mismo, mientras camina hacia mí bajo la brumosa luz del atardecer, parece aún más perfecto. Su piel bronceada y tonificada brilla con gotas de sudor y hay una V muy prominente que desaparece más allá del borde de los calzoncillos. Una cadena de plata en su cuello captura la luz del sol mientras camina, y se aparta el pelo húmedo de los ojos.

—¿Qué estabas... haciendo? —consigo decir.

—Ah, nada. Unas dominadas entre canción y canción —dice riéndose, y luego se desvía y se dirige a la casa—. Voy a por una camiseta, ahora vuelvo.

—¡No! —grito, e inmediatamente después me quiero morir. Blake se para y me mira con una ceja levantada, los ojos brillantes y una sonrisa traviesa—. No me puedo creer que acabe de decir eso.

Blake se ríe y se frota el pecho mirándome, luego sigue andando hacia la casa.

—Ay, *Bailey*... —digo, negando con la cabeza, muerta de horror. Él me mira con sus ojos brillantes y la cabeza totalmente inclinada hacia un lado—. ¿Cuándo conseguiré comportarme con normalidad delante de él?

Cruzo el jardín hasta la cabaña de Blake con *Bailey* pisándome los talones. Las puertas de cristal están abiertas y del altavoz que hay bajo el televisor sale música de fondo. Hay algunas pesas esparcidas por el suelo, junto a las máquinas del gimnasio, todavía sin recoger. En el sofá, la Gibson Hummingbird de Blake descansa rodeada de cuadernos con palabras garabateadas cubriendo todo el papel. A pesar de mi curiosidad, evito ser demasiado intrusiva y aparto la mirada de las canciones.

—Voy a recoger esto —dice Blake detrás de mí.

Se ha puesto una camiseta celeste que le combina sorprendentemente bien con el pelo oscuro y los ojos. Y huele a desodorante.

Blake recoge sus cuadernos rápidamente y los mete en el cajón de una mesita, luego coge la guitarra y me hace un gesto para que ocupe su lugar en el sofá. Obedezco.

—No la guardes —digo cuando está a punto de meter la guitarra en su funda.

Blake se queda quieto.

—¿No?

—Puede que necesite que me toques algo —admito. Luego me apoyo en las rodillas y me pongo las manos en la cara. Con un gruñido, le digo—: Estoy teniendo un mal día.

Noto cómo Blake deja la guitarra en el soporte de pie y se sienta a mi lado en el sofá. Su rodilla choca con la mía, esta vez sin querer, y me acaricia reconfortante la espalda.

—¿Qué pasa, Mila?

—Popeye...

—¿Popeye?

—Mi abuelo —aclaro quitándome las manos de la cara. Miro a Blake de reojo y me tranquilizo al ver la guitarra en el soporte. A lo mejor me toca algo para que pueda pensar en otra cosa que no sean los secretos familiares de los Harding—. Le pasa algo.

—Ah. —Blake coge aire—. Lo siento.

Miro fijamente hacia delante, con los ojos clavados en nada en particular, balanceando los hombros. Me provoca náuseas pensar que Popeye quizá pronto no esté con nosotros y en la cantidad de recuerdos que podría haber tenido con él si las circunstancias hubieran sido diferentes. Sé que está envejeciendo, eso es evidente, pero ¿y si le pasa algo malo de verdad? ¿Algo que nos lo arrebatara antes de tiempo?

Consigo ordenar mis pensamientos lo suficiente como para hablar.

—De momento parece que está bien, pero creo que están intentando averiguar cuál es el problema. No quiere que mi padre se entere. Ya ves tú, si ni siquiera viene a verlo... Igual, si lo supiera, se daría cuenta.

Blake sigue acariciándome suavemente la espalda con la palma de la mano.

—Parece que estás muy enfadada con tu padre —observa.

—¡Pues claro! —grito, apartando la mirada de la pared para fijarla en Blake. Irritada, levanto las manos, como retando al mundo a que me lance otra bola rápida—. Me ha enviado a pasar el verano aquí y da órdenes secretas para que, básicamente, sea una prisionera en el rancho. Y luego me entero de que a mi abuelo le pasa algo y mi padre está viviendo su vida lujosa, totalmente inconsciente, porque ni siquiera se molesta en llamar. Ah, y cómo olvidarlo: ¡me entero de que estuvo prometido con tu madre! ¡Y que la engañó! ¡Con mi madre!

Blake pone una mueca.

—Sí, bueno. No es precisamente el mejor del planeta, ¿no? —dice incómodo, y me agarra la mano. Entrelaza nuestros dedos—. ¿Has hablado con él sobre esto?

—¿Qué debería decirle? ¿«Has engañado a todo el mundo para que piensen que eres un hombre encantador superpreocupado por su familia, pero en realidad eres un mentiroso egoísta y no te importa nadie más que tú mismo»?

Blake se queda sorprendido.

—Joder. Qué duro. —Me sonríe con dulzura—. Aunque, la verdad, estoy de acuerdo.

Vuelvo a hundir la cabeza sobre las manos y me froto la sien, sintiendo el estrés palpitante.

—No sé... A ver, es mi padre. Lo quiero. Evidentemente. —Me pongo recta y miro nuestras manos entrelazadas. Toda la rabia acumulada dentro de mí se desinfla un poco, y se me relajan los hombros—. Pero ya no sé si lo conozco de verdad.

—¿Por qué no lo llamas? —propone Blake—. A lo mejor puede darte algunas respuestas.

—Sí, bueno. No paro de retrasarlo porque...

Respiro hondo. Nunca —ni una vez— en la vida me he enfrentado a mi padre por nada. Jamás nos hemos peleado en serio, excepto alguna que otra disputa en la que he terminado dando un portazo porque no me dejaba salir hasta una hora más tarde de la establecida o alguna otra cosa sin importancia. Pero esto es muy gordo. Es muy serio. Podría arruinar las vidas de ambos y es el tipo de drama que a papá no le gusta. Algo en mi interior me dice que, si lo hablo con él, si le pregunto sobre todos estos secretos de los que me he enterado, las cosas podrían cambiar entre nosotros. Y podría ser un cambio que no pudiera arreglar.

—Supongo que no quiero discutir —consigo terminar la frase, con el ceño cada vez más fruncido—. Me he acostumbrado a estar callada a no ser que se me indique lo contrario.

—Puedes llamarlo ahora que no estás sola. Igual te ayuda que yo esté aquí. —Blake eleva la voz para terminar la frase con un tono de esperanza—. Y, si no va bien, te cantaré durante toda la noche, hasta que vuelvas a sonreír.

Sus bobadas son suficientes para que se me escape una sonrisa.

—Vale —digo, y asiento varias veces—. Sí.

—Te espero fuera. Si me necesitas, hazme una señal, ¿vale? —dice Blake, soltándome la mano y levantándose. Luego hace algo que no me espero en absoluto. Me agarra la cara con las dos manos y baja la cabeza hasta acercarla a la mía, mirándome directamente a los ojos—. Todo saldrá bien. Ponte firme, di lo que tengas que decir y, si crees que vas a llorar, haz cálculo mental como distracción. —Sonríe—. O, no sé, imagíname desnudo.

—¡Blake! —grito, pero apenas he terminado de pronunciar su nombre cuando presiona sus labios contra los míos. Luego sonríe y el nudo de mi estómago desaparece.

—Vamos, *Bails* —le ordena.

Blake sale de la cabaña y *Bailey* lo sigue con curiosidad. Coge una pelota de goma de una maceta y la aprieta, cosa que vuelve loco al perro. Mientras los dos juegan en el jardín, yo saco el teléfono.

El nombre de papá está bastante abajo en la lista de llamadas recientes. La mayoría son a mamá y a mis amigos, con la ocasional llamada de Ruben para comprobar qué tal va «la vida en la granja». Me pongo nerviosa al presionar en el número de papá. Ya debería saber que contactar con él de improviso no es lo mejor.

Pero él debería saber que no debería tener secretos con su hija.

Marco el teléfono antes de cambiar de idea y empiezo a caminar a lo largo de la cabaña, esquivando las pesas y casi tropezando con el cuenco de agua de *Bailey*. Tengo la sensación de estar a punto de arrancarme el labio de abajo cuando por fin me coge el teléfono.

—¡Mila, cariño! —dice Ruben con una falsa voz cariñosa al otro lado de la línea. Su alegría de saber de mí es tan forzada, tan falsa, que hace que lo odie mil veces más de lo que ya lo hacía.

—Tengo que hablar con mi padre —digo claramente y muy tranquila—. Devuélvele el teléfono.

—Ahora no. Everett está ocupado. Está a punto de entrar en una entrevista en directo.

—Dale el teléfono a mi padre —exijo, pronunciando cada palabra con rotundidad.

—Caray. ¿A qué viene esto? —pregunta Ruben, arrogante, riéndose para sí—. ¡No parece que se te haya pegado ni un poquito de la hospitalidad sureña!

—Necesito hablar con mi padre —repito, de nuevo calmada, antes de saltar—. Y tengo que hablar con él ahora mismo. O le contaré a tu periodista de la prensa rosa favorita que Everett Harding ha encerrado a su hija para evitar que lo avergüence.

Ruben deja de reírse. Se queda en silencio un instante, puede que impactado por mi repentino genio.

—Mila… Vamos… —dice cautelosamente para intentar apaciguar mi rabia—. Dejemos las amenazas de lado…

—AHORA, RUBEN.

—¡Relájate! —Resopla—. Voy a ver qué puedo hacer.

Escucho cómo habla en voz baja y luego oigo el sonido amortiguado cuando le pasa el teléfono a papá. Hay unos segundos en los que escucho a voces susurrar y luego vuelven a coger la llamada. Esta vez ya no es Ruben.

—Mila —dice papá. No hay cordialidad en su tono—. No es un buen momento. ¿A qué viene eso de amenazar a Ruben?

—Hola, papá —respondo igual de falsa que su mánager. Y, sin preámbulos, le digo—: Lo sé todo.

Otro silencio. Escucho mucho ruido de fondo, seguramente papá y Ruben estén en el *backstage* de algún programa de la tele, y de pronto una puerta se cierra y el ruido desaparece. Creo que ahora está solo.

—¿Qué es lo que sabes, Mila? —me dice con una voz relajada.

—Sé que fue idea tuya encerrarme en el rancho —digo sin dejar de andar por la cabaña. Me quedo parada un segundo y miro hacia el jardín, donde Blake está intentando quitarle una pelota a *Bailey*, pero me está mirando a mí. Con una voz más dura y fría, añado—: Y sé que engañaste a LeAnne Avery con mamá.

El peso sobre mi pecho desaparece. Es un alivio inmenso haberme enfrentado a papá, aunque sé que la conversación aún no ha terminado. La vieja Mila tendría miedo de su reacción, pero la Mila en la que me estoy convirtiendo es diferente. Necesita ser mucho más que un simple accesorio en la vida de Everett Harding, no permite que Ruben la mueva a su antojo. Necesita tomar el control de su propia vida.

Papá se queda callado durante un buen rato. Lo único que escucho al otro lado de la línea es su respiración agitada, y me lo imagino andando de un lado para otro como yo, pensando aceleradamente para dar con el método más efectivo de control de daños. Finalmente, exhala con fuerza y dice:

—No puedo lidiar con esto ahora mismo, Mila. De verdad. Estoy trabajando.

—Perdona, se me había olvidado. Lo más importante es el trabajo, ¿verdad? —le suelto—. Prefieres deshacerte de tu hija a correr el riesgo de que haga algo que pueda dejarte en ridículo. —Hago una pausa para recobrar fuerzas—. ¡Y tuviste una aventura! ¿No te pone nervioso que LeAnne Avery no firmara ese acuerdo de confidencialidad? ¿No te preocupa que algún día le cuente al mundo que fuiste infiel? Eso sí que sería una vergüenza.

A mi padre se le queda mi nombre enganchado en la garganta, como si se le estuviera estrechando.

—Mila —repite.

—Papá —lo imito.

—¿Por qué haces esto ahora? ¿Qué pretendes exactamente? —me pregunta en voz baja, con un ligero tono de pánico en sus palabras—. ¿Quieres volver a casa? ¿Es eso? Puedo decirle a Ruben que te saque un vuelo para mañana por la mañana.

—No. Puedes decirle a Ruben que no me saque un vuelo hasta el día antes de que empiecen las clases, porque, a lo mejor, no quiero volver a casa —digo—. Al menos, la gente de aquí es de verdad. Ah, por cierto, a Popeye le pasa algo. Lo sabrías si le prestaras un poco de atención a tu familia.

—¿Qué? —susurra.

Se me escapa una risa perturbada y Blake me mira confuso.

—Papá, por favor, no te comportes ahora como si te importara. ¡Deberías llamarlo más! ¡Deberías venir a verlo! No porque puede que esté enfermo, sino porque lo quieres. Es tu padre, ¿te acuerdas?

—Mila, deberías volver a casa —murmura papá incómodo.

Por una vez no tiene la voz cantante. Ahora soy yo la que ostenta el poder, porque lo sé todo. Y papá parece asustado —y con motivo— de lo que yo pueda hacer con esta información que acabo de descubrir.

—No deberías estar en Fairview —dice.

—Igual, antes de enviarme aquí, deberías haber pensado bien en las mentiras que podría descubrir.

Y entonces, sin decir nada más, hago algo que nunca antes había hecho: le cuelgo el teléfono a mi padre. Quiero tener la última palabra. No hay excusas para lo que ha hecho, y no quiero escuchar sus intentos de inventarse alguna. Lo único que quiero es que sepa que ya no soy una ignorante. Que soy lo bastante mayor como para conocer estos secretos —afectan a mi familia, a mi pasado, al futuro de la gente que quiero— y no me apetece que nadie me mienta nunca más. Es así de simple.

Blake se da cuenta de que la llamada ha terminado y corre hacia la cabaña. *Bailey* se queda jugando fuera.

—No estás llorando, eso es bueno. ¿Qué tal ha ido?

Suelto una respiración profunda y larga, todo el aire que había estado aguantando, y me tiro en el sofá, dejando que el teléfono se me resbale de entre los dedos y caiga al suelo. ¿De verdad acabo de hablarle a mi padre de una forma tan firme y agresiva? La adrenalina me corre tan rápido por las venas que estoy mareada.

—Está incómodo. Le he amenazado con hablar con la prensa. —Me incorporo y miro a Blake con los ojos muy abiertos, asegurándole que no soy el tipo de persona que traicionaría así a su familia—. Pero la verdad es que nunca, jamás lo delataría. Papá debería saber que yo no haría algo así.

—Bueno, Mila, lo has conseguido —dice Blake sonriendo cada vez más mientras se sienta a mi lado—. Has hablado con él con tus propias reglas. Ya no estás tan en segundo plano, ¿no?

Sin pensarlo, le toco el brazo y suspiro, llena de sentimientos encontrados. Mi cuerpo es un remolino. No me vendría mal alguna distracción. Lo miro con timidez.

—¿Te importaría tocar algo?

Blake asiente y coge la guitarra, que sigue apoyada en el soporte. Reposo la cabeza en su bíceps cuando se pone la guitarra sobre las piernas y coloca las manos. Justo antes de que los dedos toquen las cuerdas, pregunto:

—¿Escribes canciones?

—Lo intento —admite—. Nunca he terminado ninguna todavía. No se me da muy bien expresar pensamientos con palabras. Por eso siempre suspendo Literatura. —Mira la guitarra, concentrado, alineando los dedos. Esta vez no usa púa, lo que explica los callos que tiene en la yema de los dedos. Frota una vez las cuerdas, dejando que la nota flote en el aire, y, de pronto, apoya la mano sobre las cuerdas para silenciar el sonido—. Antes de empezar, quiero preguntarte algo. Mis amigos han sacado entradas para ir a ver la película de tu padre este fin de semana y me han comprado una para mí. Y..., bueno..., otra para ti.

Me pongo recta y frunzo el ceño.

—Pensaba que no te gustaban sus pelis.

—Y no me gustan, pero iremos a cenar algo después. No quiero perderme eso —confiesa Blake riéndose—. Le he dicho a Barney que seguramente tú no quieras ir. No sé. ¿Te resulta muy raro ver a tu padre en la pantalla? No sé cómo funcionan estas cosas, sobre todo después de esa llamada...

—Habla más rápido de lo normal, como si le preocupara ofenderme y quisiera soltar las palabras lo antes posible.

—No pasa nada —digo—. Iré.

Va a ser mi primera vez. Siempre asisto a pases exclusivos antes del estreno oficial, nunca voy al cine con todo el mundo. Sinceramente, me resulta un poco incómodo ver a papá en la pantalla, por eso me ha parecido siempre un poco raro ir a ver sus películas voluntariamente. Pero si los amigos de Blake han hecho el esfuerzo de incluirme sin apenas conocerme, me parece de mala educación no aceptar la oferta. De hecho, puede que no ir fuera demasiado dramático, en plan: «Mila Harding se cree que es demasiado especial como para ver las películas de su padre con la plebe». No creo que pensaran eso, pero, aun así, quiero integrarme. Y Blake estará allí, así que, además, pasaré más tiempo con él.

—¿En serio? —dice Blake sorprendido.

—Claro. Ya la he visto, de todos modos. El final es muy decepcionante, y la segunda de la saga sigue siendo la mejor, pero que los críticos no me escuchen decir eso —bromeo, consiguiendo reírme por primera vez en lo que va de día.

Blake sonríe y dice:

—Pues parece que tú y yo vamos a ir a ver la película de Everett Harding el domingo.

—Me muero de ganas —digo poniendo los ojos en blanco de forma extremadamente dramática, y luego vuelvo a apoyar la cabeza sobre su hombro y rodeo su brazo con los míos. Esta vez a propósito.

Blake vuelve a centrarse en la guitarra, colocando una mano en el mástil y la otra sobre las cuerdas, y empieza a tocar. Cierro los ojos y escucho cómo el ritmo llena la cabaña, flota suavemente por mi cuerpo y empiezo a sentirme poco a poco más calmada mientras la suave voz de Blake baila en mis oídos y mi corazón se ensancha.

Capítulo 22

—A ver, si un billete de primera clase no te convence, puedo hablar con tu padre para enviarte un *jet* privado. Estoy seguro de que, en este tipo de situaciones, no hay límites económicos.

—Eres muy gracioso, Ruben —digo descarada mientras me pongo los zapatos, sin escucharlo. Me estoy preparando para salir y tengo el teléfono en manos libres sobre la mesita de noche; pongo los ojos en blanco cada pocos segundos con las estupideces que dice el mánager de mi padre—. Venga, sí, manda un *jet* privado, pero el piloto hará el viaje en balde. Ya te lo he dicho mil veces: no voy a volver a casa hasta el día antes de que empiece el instituto, y solo porque no me queda más remedio.

—¿Desde cuándo eres tan impertinente? —dice Ruben. Tras varios días de quemarme el teléfono para convencerme de que vuelva a Los Ángeles, ahora que él y papá se han dado cuenta de que enviarme a Fairview fue una idea terrible, Ruben está en ese punto en el que ni siquiera intenta esconder que le molesto con falsos cumplidos y un tono de voz agradable—. Eras mucho más fácil de tratar antes de decidir que tienes voz en estos asuntos.

—Es que resulta, Ruben, que «estos asuntos» es mi vida —le respondo poniéndome de pie. Cojo el teléfono de la mesita de noche y me lo coloco en la oreja—. Y eso significa que soy yo la que decide cómo vivirla.

—Mila...

—Lo siento mucho, Ruben, tengo que dejarte. He quedado —lo interrumpo con placer, porque sé cuánto le va a molestar. Y luego, con un extra de sarcasmo, añado—: Cruza los dedos para que no arme mucho escándalo. —Y cuelgo.

La verdad es que, si hubiera tenido un poco más de valor, ya habría bloqueado su número. Pero no quiero lidiar con las consecuencias y, además, es muy divertido torturarlo. Me los imagino a él y a papá, inclinados sobre la encimera de la cocina, intentando idear cómo encargarse de mí ahora que dispongo de toda esta información que le daría muy mala fama al personaje de papá. No es lo más amable por mi parte, pero, joder, se merecen sentirse un poco incómodos.

Me vibra el teléfono en la mano. Y no, no es Ruben dándome por saco otra vez.

Es un mensaje de Blake que dice: «Hola, Mila. Sal fuera, señorita. Te estoy esperando».

Con una sonrisa de ilusión, salgo de mi habitación y bajo. Popeye y Sheri están cenando juntos en el comedor, pero después de la película vamos a ir a picar algo, así que no me uno a ellos hoy.

—Ya ha llegado Blake —anuncio poniéndome detrás de Popeye y colocándole una mano en el hombro.

Sheri deja su tenedor y se ríe.

—Cuando le dijiste a tu padre lo de la alcaldesa Avery, ¿te acordaste de comentarle que estás saliendo con su hijo? —pregunta moviendo las cejas de arriba abajo.

Parece estar mucho más tranquila ahora que le he confesado que lo sé todo sobre cómo comenzó la relación de mis padres y que tienen un pasado de infidelidad. Ya puede dejar de preocuparse por si se le escapa ese secreto.

—Esto no es una cita, tía Sheri. Vamos con amigos —aclaro, porque no estoy segura de que Blake y yo pensemos que estamos saliendo.

No hemos tenido ninguna cita oficial, aunque al menos ya no niego que me gusta. Y, de momento, me basta con eso. Todavía nos estamos conociendo.

—¿Y te pintas los labios de rojo cada vez que quedas con tus amigos?

Junto los labios para lanzarle un beso.

—Ja, ja. Bueno, me voy. Adiós, Popeye.

—Eres la viva imagen de tu abuela, preciosa —dice—. Pásalo bien, Mila.

Digo adiós con la mano y salgo al sol de la tarde. Ha hecho otro día precioso y empiezo a darme cuenta de que todos los días en Tennessee son así. Y esta vez, por fin, me he acordado de coger las gafas de sol. Me las pongo y camino hacia la puerta, donde Blake me espera.

Nos vimos esta mañana en misa, pero él iba con su madre y, con una mirada entre la multitud, acordamos en silencio que era mejor que no nos dirigiéramos la palabra. Cuando terminó la misa, no nos buscamos en el aparcamiento. Blake se quedó firme junto a LeAnne mientras esta asentía entusiasmada a los feligreses, y yo no intenté acapararlo para hablar un rato junto a nuestro arbusto favorito, así que me quedé con Savannah. En cuanto a la aprobación de LeAnne, no creo que la consigamos nunca. Pero eso solo significa que Blake y yo tendremos que ser un poco más discretos.

Llego al panel de control de la puerta, le doy un golpe con el puño al botón verde y espero mientras se abre. Blake está en la camioneta con la ventanilla bajada. Se ha peinado el pelo hacia un lado con gomina y sonríe cuando me ve.

—¡Venga, muchacha, que no llegamos al cine! —me grita agarrando la puerta de la camioneta—. Una fuente bastante fiable me ha dicho que el final es una mierda.

Suelto una carcajada mientras me subo a la camioneta y él vuelve a meter la cabeza dentro. Nos miramos un instante, con los ojos brillantes y muy sonrientes. Para ser dos personas que no tienen demasiado interés en ver la nueva película de Everett Harding, estamos de muy buen humor. A lo mejor es porque es fin de semana, o porque por fin podemos estar juntos después de haber hecho como que no nos conocíamos en la iglesia.

—¿Lista para nuestra segunda aventura en Nashville? —me pregunta, haciendo aparecer los hoyuelos.

—Esperemos que esta vez no acabe gritándote en una esquina —comento entre risas nerviosas mientras me pongo el cinturón.

Como siempre, hay música sonando, pero a un volumen muy bajo. Al final me ha terminado gustando el *country* y me he acostumbrado a escucharlo a todo volumen cada vez que monto en la camioneta de Blake, así que me inclino hacia delante y lo subo.

—Así mejor.

Blake me mira perplejo y fascinado.

—¿Una chica que sube el volumen de una canción de Kelsea Ballerini? Madre mía.

Arranca el motor y me toca la pierna. Yo coloco una mano sobre la suya y apoyo la cabeza en el reposacabezas, cierro los ojos y siento el calor en mi cara pecosa.

Y mientras recorremos las mismas carreteras tranquilas con el sol cada vez más bajo en el cielo, con la amarga dulzura de una canción *country* de fondo y la brisa que entra por las ventanillas bajadas alborotándome el pelo, pienso en que, a lo mejor, hoy no podemos dejar de sonreír porque me gusta Blake y a él le gusto yo.

Capítulo 23

El cine se encuentra en un centro comercial en un barrio del sur de Nashville y está abarrotado. Hay carteles de la película *Zona conflictiva* por todas las paredes, robándole el protagonismo al resto de los estrenos. Hay hasta uno gigante de cartón en la entrada con una foto de todo el elenco. En el centro aparecen papá y Laurel Peyton más grandes que en la vida real, flanqueados por los secundarios. Cuando pasamos, los fans posan en frente y le lanzo a la imagen de papá la peor mirada que puedo. Es lo más cerca que voy a estar de él, de momento.

En el recibidor del cine hay mucho alboroto, cientos de voces charlando nerviosas. Las películas de *Zona conflictiva* gustan a todo el mundo, desde las parejas de ancianos hasta los grupos de chicos más jóvenes que yo. Hay mucha gente diferente en la fila, esperando a que nos comprueben las entradas para una de las dos proyecciones que empiezan dentro de quince minutos. Me imagino a las ejecutivas de la productora frotándose las manos con alegría cuando se enteraron de que este fin de semana todo el país daría dos pases simultáneos.

Pero también es un poco... raro.

La mayoría de la gente no sabe quién soy. Yo no salgo en la película, así que solo los fans más devotos de papá me reconocerían si me vieran por la calle. Puedo pasar desapercibida con bastante facilidad, a no ser que alguien diga mi nombre entero y los demás aten cabos. Pero, afortunadamente, hoy puedo camuflarme. Lo hago conscientemente. Llevo la cabeza ligeramente agachada y me aseguro siempre de estar rodeada por los amigos de Blake. Ruben ya está al límite de su paciencia conmigo, y si supiera que voy a ver la película en un cine de Nashville, donde cualquiera de los superfans de papá podría reconocerme, estoy segura de que vendría en ese *jet* privado él solito para arrastrarme de vuelta a casa.

—Oye, Mila —me llama Barney un poco demasiado fuerte—. ¿Te resulta raro?

—Sí —murmuro mientras Blake le da una patada en la espinilla.

Estoy intentando esconderme del grupo de chicas que espera en la cola delante de nosotros, que están comentando lo sexi que es Everett Harding. Se me revuelve el estómago. No son mucho más mayores que yo y están comentando lo bueno que está mi padre.

«Qué asco.»

Blake cruza su meñique con el mío como gesto de solidaridad y yo me aguanto las ganas de cogerle la mano, no porque queramos esconder lo que sea que tenemos, sino porque estamos en un cine con sus amigos. No me parece apropiado que nos pongamos a hacer manitas, aunque me da la sensación de que a sus amigos no les sorprendería vernos arrimándonos un poco más de lo normal. Me sacaron una entrada, así que parece que han aceptado que soy la acompañante de Blake en este tipo de situaciones.

Estamos en su círculo de amigos, y me gusta ver cómo se comporta Blake cuando no hace de organizador de eventos.

Todos van a empezar el último curso en el instituto de Fairview en otoño, así que tienen un año más que yo. Por eso Savannah y Tori no están aquí, pero Barney y Lacey sí. Myles también ha venido con la chica con la que parece tener un rollo, Cindy. El chico que le gusta a Savannah, Nathan Hunt, también es uno de los mejores amigos de Blake, junto con otro que se llama Travis a quien reconozco ligeramente porque fue uno de los que ayudó a Blake con la hoguera la semana pasada. Hasta ahora, todos han sido bastante amables, menos Lacey, que no nos mira con demasiado agrado cuando nos reunimos con el resto del grupo en el aparcamiento. Y, aunque Barney fue el que me quitó el teléfono y llamó a mi padre el primer fin de semana, ya empiezo a estar más tranquila con él, pero solo porque no ha vuelto a hacerme ninguna otra broma desde entonces.

Las chicas que están delante de nosotros siguen hablando de papá con muchos detalles. Da igual cuánto me esfuerce por no escuchar la conversación; cuando empiezan a imaginar en cuántas escenas creen que papá saldrá sin camiseta, no lo puedo soportar más.

—Sabéis que tiene cuarenta años, ¿verdad? Os dobla la edad —digo en voz alta y clara, sin pensármelo.

En cuanto las palabras salen de mi boca, deseo haberme quedado calladita. No debería llamar la atención. Y menos así. Las tres chicas se giran para mirarme sorprendidas, desconcertadas por la negatividad en una fila que debería estar llena de entusiasmo.

—Lo siento —dice Blake, dando un paso hacia delante para que no me vean—. La hemos obligado a venir y odia a Everett Harding.

—Sí, debería haberse quedado en casa —murmura Lacey.

Me clava sus ojos azules y me da la sensación de que no está simplemente siguiéndole el rollo a Blake.

Las chicas miran extrañadas a nuestro grupo, pero luego se dan la vuelta y continúan con su conversación en un tono mucho más bajo. Me tapo los ojos muerta de vergüenza. No debería haber dicho nada, pero me cuesta mucho no contenerme. Vivo una vida llena de normas de las que los demás no son conscientes, y una de ellas es quedarme callada y permitir que los desconocidos fantaseen con mi padre.

—Menos mal —dice Barney— que a mí quien me gusta es Laurel Peyton y no el tío bueno de tu padre.

Los dos nos reímos y me relajo un poco conforme la fila va avanzando. Las puertas de la sala están abiertas y la emoción recorre la multitud como una ola. Llegamos hasta la puerta, nos comprueban las entradas y entramos.

Los asientos se están llenando muy rápido, pero era de esperar: se han agotado las entradas. Todo el mundo intenta acceder en estampida, como si no nos esperaran lo que parecerán horas de tráilers. Nuestros asientos están en la última fila y me doy cuenta de que es el peor sitio posible para mí. Desde aquí puedo ver las hordas de fans, cientos de mujeres (y probablemente algunos hombres también) completamente obnubiladas con mi padre.

—No entiendo que a la gente le gusten tanto estas películas —murmuro mientras nos podemos cómodos.

—Yo tampoco —dice Blake a mi izquierda.

—¡Es porque tienen un poco de todo! —explica Cindy. Está sentada a mi derecha y tiene un cubo de palomitas enorme sobre las piernas. Se incorpora y casi pasa por encima del reposabrazos para acercarse a mí—. Acción. Aventura. Romance.

—Ya —digo con una sonrisa forzada, encogiéndome más en mi asiento—. Espero que la disfrutes. —Aunque ya sé que no lo hará.

Los personajes de papá y Laurel Peyton se han ido enamorando poco a poco a lo largo de las dos primeras películas, pero en esta al final no terminan juntos. Dentro de dos horas, la sala se llenará de quejas de decepción. Al menos podré disfrutar de la escena en la que al personaje de papá le pegan un tiro en el pecho.

—¿Estás bien? —pregunta Blake en voz baja, mirándome fijamente.

—Ajá —respondo muy poco convincente.

Por fin apagan las luces y empiezan los tráileres, el público se calla y ya no tengo que seguir aguantando las conversaciones infinitas sobre lo que la gente piensa que va a pasar en la película. A mi lado, me da la sensación de que Cindy ha dejado de respirar cuando empieza la primera escena; a nuestro alrededor, todo el mundo está en completo silencio.

Como ya la he visto, no me cuesta tanto mantener el tipo. Papá es muy buen actor y no se puede negar que nació para esto, pero siempre me resulta muy extraño verlo actuar. Hay ciertas expresiones que pertenecen al personaje, y no a Everett Harding. Manierismos que sé que no son suyos. Es raro ver a alguien a quien conoces, a tu propio padre, como una persona a la que no reconoces. Pero últimamente no solo pasa en la gran pantalla.

Me dan escalofríos cuando papá susurra alguna frase ñoña con su voz rasgada y cierro los ojos y finjo quedarme dormida cuando él y Laurel se besan. Esto siempre es lo más raro. Me parece asqueroso ver a papá besar a mamá, imagínate verlo darse el lote con su coprotagonista en la gran pantalla en alta definición.

—Oye —susurra Blake durante la tercera escena romántica, dándome un golpecito en la pierna—, ¿nos vamos?

Abro un ojo y lo miro en la oscuridad, con la pantalla iluminándole la cara y la película reflejándose en sus ojos.

—Por favor —susurro.

Blake encuentra mi mano a tientas y tira de mí. Pasamos

por la fila juntos, él me guía, pero me tropiezo con el pie de Lacey.

—¡Lo siento! —me dice, pero, por su tono, no parece que sea muy sincera.

Blake y yo seguimos recorriendo la fila, esforzándonos por molestar lo mínimo posible (es un poco pueril, lo reconozco, pero me encantaría revelar qué pasa al final y arruinarle la película a todo el mundo), y bajamos de dos en dos los escalones del pasillo aún cogidos de la mano. Escucho un silbido que me imagino que es obra de Barney y, antes de doblar la esquina para salir de la sala, miro rápidamente a la platea. Están todos embobados, con los ojos pegados a la pantalla, casi sin atreverse a meter la mano en el cubo de palomitas.

Salimos de la sala y llegamos al ya vacío recibidor del cine. Yo respiro aliviada. No hay nadie aparte de los trabajadores barriendo, pero se oye el murmullo de las películas de todas las salas.

—Tenías razón —dice Blake riéndose como si acabáramos de escapar de algo peor que la muerte—. Es una mierda de película, y lo digo después de haber visto solo cuarenta minutos.

—No quiero volver a entrar —confieso mirando con temor las puertas de la sala.

—No tenemos por qué —me tranquiliza—. Vamos.

Nos dirigimos hasta las taquillas y la zona de validación de entradas, donde sospecho que no volverán a tener trabajo hasta que lleguen las personas para el siguiente pase de *Zona conflictiva*, que traerán más alboroto y emoción. Cuando pasamos junto al cartel de cartón del elenco de la película, me entran ganas de darle un puñetazo y hacer un agujero justo en la ridícula sonrisa de papá. Pero no quiero que me saquen del cine los de seguridad por agredir a una fotografía, así que lo dejo estar y salgo con Blake.

Nos hemos perdido el atardecer. El sol ya ha desaparecido

por el horizonte, pero sigue habiendo luz y el aire es denso por el calor que irradia el hormigón de las aceras. Es domingo por la tarde, así que hay bastante afluencia en la plaza. La gente entra en bares y restaurantes, pero Blake me lleva hasta su camioneta.

Se apoya en el remolque y se queda mirando mi mano mientras toca mi pulsera y juguetea con mis dedos.

—No tenemos por qué esperar a que los demás salgan del cine —dice—. Podemos ir nosotros a cenar. Hay un Cheesecake Factory por ahí...

—O —lo interrumpo— podemos hacer esto.

Y, por primera vez en mi vida, reúno el valor para dar el primer paso. Agarro la mano de Blake y me la llevo a la cadera, luego doy un paso hacia delante, acortando la distancia entre nosotros. Apoyados en su camioneta, presiono mis labios contra los suyos.

Puede que estemos en mitad de un aparcamiento, pero Blake me besa como si estuviéramos solos en el mundo. Aquel primer beso, la noche de la hoguera, fue incierto y cauteloso, pero esta vez sabemos que ninguno se va a apartar. Por eso no nos contenemos; nos dejamos llevar por completo. La mano libre de Blake está entre mi pelo mientras me besa intensamente, agarrándome fuerte, y me olvido de la película.

—Sí, esto es mucho mejor —murmura, sonriendo contra mis labios.

Nos separamos solo un momento, con las frentes juntas. Yo le paso el pulgar por el hoyuelo de la mejilla izquierda. Nos miramos, respirando más fuerte que antes. No sé quién de los dos sonríe más.

—Estamos en Nashville —susurro entre respiraciones— y creo que deberíamos aprovecharlo. ¿Qué te parece si nos pasamos por el Honky Tonk Central?

Y enseguida tengo mi respuesta: una sonrisa enorme de Blake.

Capítulo 24

Es el final de la tarde del martes, Tori y yo acompañamos a Savannah por los pasillos de Walmart en busca de un secador de pelo nuevo, pero nos hemos distraído y ahora tenemos el carrito lleno de cosas completamente innecesarias. Hemos venido aquí después de pillar unos cafés helados de Dunkin' Donuts, pero llevamos ya casi una hora merodeando por la tienda.

—Imagínate tener las narices de irte de la película de tu propio padre —dice Tori, posando frente a un espejo con un par de gafas de sol con los cristales rojos, que creo que son el par número chorrocientos mil que se prueba—. Es muy fuerte, Mila. Te importa una mierda quién sea tu padre, y por eso tienes todos mis respetos.

—Vamos a ir a ver la película el viernes —dice Savannah mientras pasa con el carrito abarrotado por una hilera de perchas—, pero Myles nos ha dicho que no nos emocionemos demasiado.

Ha abierto una bolsa de Cheetos y la coloca en la sillita para niños —sí, le ha puesto el cinturón de seguridad y todo— y va comiéndosela mientras sigue buscando.

—Hazle caso a Myles —digo entre carcajadas.

Aunque durante el primer fin de semana la película ha recaudado mucho dinero, los críticos no han sido tan entusiastas. Hace tiempo, hubo rumores en la productora sobre una cuarta entrega, pero me imagino que tendrán que repensárselo tras el desastre de la tercera.

Hace meses estaría decepcionada, pero ahora me da bastante igual. Papá ya tiene mucho éxito, no hace falta que lo pongan en un pedestal aún más alto. De hecho, le vendría bien un golpe de realidad de vez en cuando.

Tori por fin decide cuáles son las gafas de sol de tres dólares que tienen pinta de durar más de una semana (redondas, con margaritas de diamantes en las monturas) y las tira en el carrito.

—Vale, pero sigo sin poder creerme que fueras al Honky Tonk Central y no te echaran. ¿Esta es la clase de cosas que solo pasan cuando eres hija de Everett Harding o hijo de la alcaldesa de Nashville? ¿La gente hace excepciones, como dejar que los menores entren de forma ilegal en sus bares?

—No hicieron ninguna excepción —digo, dándole un empujón de broma a Tori—. Simplemente nos escondimos en una mesa al final del todo cuando dieron las ocho y los porteros no nos vieron. No nos quedamos hasta muy tarde.

—Solo hasta la una —señala Savannah, levantando una ceja y metiéndose más Cheetos en la boca. Los pendientes de hoy, sorprendentemente, no tienen nada colgando—. A mí eso me parece una noche bastante divertida.

Mis pensamientos se pierden en escenas de anoche. Blake y yo juntos en el Honky Tonk Central. Compartimos los mismos entrantes que la primera vez que fui, y, como era fin de semana, las tres plantas estaban abarrotadas de gente pasándoselo bien. La música sonó muy fuerte durante toda la noche, y yo no podía evitar que el ritmo se me metiera en el cuerpo. Dejé a Blake solo en la mesa y me fui a la apretada pista de baile para perderme en la música del grupo en directo que tocaba grandes éxitos del *country*. Me camuflé enseguida. Nada de la hija de Everett Harding, solo Mila sacándole provecho a sus clases de baile. Me sentí libre y viva bailando toda la noche entre desconocidos en la ciudad de la que me estoy enamorando, y Blake me miraba con un brillo extraño en los ojos. Al poco tiempo, vino conmigo a la pista de baile, me agarró entre sus brazos y me besó.

—Escuchamos música y bailamos un rato —confieso con la cabeza agachada.

—Ah, ¿solo eso? —dice Savannah, levantando de nuevo una ceja.

—A ver, déjame que piense... —Tori sonríe—. ¿Y le metiste la lengua hasta la campanilla?

Mi cara empieza a calentarse un poco y sonrío muerta de vergüenza mientras Savannah y Tori chillan de emoción dando saltitos de puntillas. Savannah aparta el carrito —y casi tira un maniquí al suelo—, me agarra por los hombros y empieza a agitarme.

—¿Lo ves? Lo sabía. Soy una pitonisa con este tipo de cosas.

—Pero ¡qué dices, tarada! —exclama Tori, empujando a Savannah y poniéndose delante de mí—. Te has convertido oficialmente en mi ídolo. No solo te piraste en mitad de la película de tu padre, sino que lo hiciste para poder pasarte la noche besando a Blake Avery. ¡Estás viviendo el sueño de mi yo de catorce años!

—¡Tori! Que es mi primo, no sé si te acuerdas.

—¡Ah, pero si la que lo besa es Mila entonces se te olvidan los lazos de sangre!

—Chicas —digo poniendo un brazo entre las dos, con la sonrisa todavía en la cara—. Relajaos.

—Vamos a por helado —decide Tori con un gesto dramático—. Necesito ahogar mis penas.

Por fin, quince minutos después, salimos al aparcamiento, donde nos está esperando el hermano mayor de Tori: Jacob. Vamos cargadas con bolsas llenas de helados, aperitivos, gafas de sol, una parrilla portátil y, por supuesto, el secador de pelo, entre otros miles de cosas. Mientras metemos como podemos las bolsas en el maletero del coche, recibo un mensaje del mismísimo Blake Avery que dice:

Hola, ¿dónde está la amante del Honky
Tonk Central que lo petó con sus
movimientos de baile anoche?

Espero que no haya ido a buscarme a la Finca Harding. Le respondo rápidamente.

En Walmart con un carrito lleno
de tonterías. ¿Tú?

Nuestras respuestas son bastante instantáneas.

En casa. ¿Vienes?

¿Está tu madre?

Todo despejado en el domicilio Avery.

¡Ahora nos vemos!

Me subo al asiento trasero del coche y, mientras Jacob sale a la autopista, me aclaro la garganta y digo:
—¿Podríais llevarme a casa de Blake?
—Mila, tía, no hace falta que me lo restriegues por las

narices —refunfuña Tori. Pero con una expresión me asegura que no pasa nada—. Jacob, llévala a casa de la alcaldesa.

Mientras pasamos por Fairview Boulevard, Savannah me analiza con una mirada inquisitiva.

—¿Qué piensa mi tía de todo esto?

Mi sonrisa desaparece y me pongo a mirar las tiendas por la ventanilla.

—Ah. Solo la he visto un par de veces. No creo que sepa nada —miento, poniendo una voz clara y haciendo uso de nuevo de mis genes interpretativos.

Por lo que me ha contado Blake, Savannah y Myles no tienen ni idea de que Everett Harding estuvo a punto de convertirse en su tío. Al fin y al cabo, el compromiso de papá con LeAnne ocurrió mucho antes de que ninguno de nosotros naciera, y no es la típica historia que se cuenta así como así. Además, tampoco es que necesiten saberlo... Cuanta menos gente lo sepa, mejor. Por eso no puedo contarles que a LeAnne no le caigo bien. Nada bien.

Fairview me resulta más familiar con cada semana que pasa, así que sé que no queda mucho para llegar a casa de Blake cuando empiezo a reconocer las afueras de su barrio. Las mariposas empiezan a revolotear en mi estómago como cada vez que estoy cerca de él y el cuerpo me tiembla con nervios de emoción, aunque sé que ya debería haberlo superado. «Ya lo conoces, Mila. Ha dejado de ser un desconocido.»

Pero no puedo evitar pensar que a lo mejor es buena señal que siga poniéndome nerviosa.

Cuando paramos fuera de su casa, las mariposas de mi estómago se mueren. El Tesla de LeAnne está aparcado en la entrada, junto a la camioneta de Blake. Me dijo que no estaba en casa, pero eso fue hace diez minutos. Igual ha vuelto de Nashville antes, tal vez la reunión ha sido más corta... Lo único que sé es que está aquí, y ahora también estoy yo. No puedo decirle a Jacob que siga conduciendo.

—¡Diviértete! —dice Savannah muy contenta.

—¡Pero tampoco te pases! —añade Tori guiñándome un ojo.

Trago saliva mientras me apeo y les digo adiós con la mano. El coche desaparece en la carretera y yo me giro hacia la casa. A estas alturas ya sé que no debo usar la puerta principal y que tengo que ir directamente al jardín trasero, pero cuando apenas he llegado a la mitad del camino, oigo que la puerta se abre.

Blake viene corriendo hacia mí, pero en lugar de mirarme con su preciosa sonrisa, tiene los ojos muy abiertos y niega con la cabeza con fuerza. Cuando me alcanza, me agarra de la muñeca y jadea:

—Mila, joder, lo siento mucho.

—¿Qué?

—Ni siquiera sé qué... Un momento. —Blake se calla y desaparece de pronto todo el color de su cara, dejándolo pálido e irreconocible—. ¿Qué?

Se me para el corazón unos segundos, descompasando los latidos. El pecho me palpita con fuerza cuando miro hacia abajo y veo sus manos apretadas alrededor de mis muñecas.

—¿De qué estás hablando?

Blake me mira completamente aterrorizado.

—Lo acabo de ver... Pero tú no... Aún no lo sabes.

—¿Saber el qué? —susurro con miedo.

No quiero escuchar la respuesta porque ya sé que, sea lo que sea, es algo malo. El estómago se me retuerce de agonía. El cambio repentino de la emoción al terror me ha mareado y me quedo completamente en blanco hasta que me vibra el teléfono.

Blake me suelta las muñecas, pero, aun así, no cojo el móvil porque veo que Blake se pasa nervioso las manos por el pelo, tirándose fuerte de las puntas.

—Joder, Mila. No debería ser yo quien te lo diga. No sé cómo hacerlo.

—Venga, Blake. Saca a la pobre chica de esta angustia.

Ambos nos estremecemos al oír la voz de LeAnne. Nos giramos hacia el porche, donde acaba de aparecer, con las manos en la barandilla como si se hubiera inclinado para escuchar mejor. Luego baja los escalones y se acerca a nosotros.

—Mila, ¿de verdad que todavía no te has enterado? —pregunta. Los ojos le brillan de la misma forma que en la hoguera. Está a escasos metros de mí y me mira de arriba abajo con una expresión de pena en la cara—. ¿En serio no lo sabes? Pensaba que serías la primera en enterarte.

—Mamá, no... ¡Que ni se te ocurra! —grita Blake, dando un paso amenazador hacia su madre.

Se pone entre ella y yo, como un escudo, y me fijo en que tiene los puños cerrados con fuerza. LeAnne suspira como si todo esto fuera un mero inconveniente. Se coloca el pelo detrás del hombro y mira a Blake con unos ojos igual de amenazadores que los de él, cada vez con más rencor.

—¿Qué te tengo dicho de hablarme así?

—Mila, entra en la camioneta —me ordena Blake, buscando mi mano detrás de él. No aparta la mirada de su madre y añade—: Nos vamos.

Blake me aparta de LeAnne con paso acelerado y desesperado, mientras busca las llaves. Me agarra fuerte la mano, como si le diera miedo dejarme marchar. La cabeza me da vueltas aún más rápido, casi al mismo ritmo que el teléfono vibra en mi bolsillo, cada vez más persistente.

—¡Mila, ¿no crees que tienes derecho a saberlo?! —grita LeAnne, con una crueldad inconfundible en la voz—. Me parece justo. Se conoce que tu padre no ha cambiado demasiado con los años.

Clavo los talones en el suelo y me quedo paralizada, soltándome de la mano de Blake. Tengo que saber qué narices está pasando, y ha de ser ahora mismo. El corazón me late sin control en el pecho, tan fuerte que temo entrar en parada cardíaca si paso un segundo más en este estado.

Camino de vuelta hacia LeAnne, con la barbilla levantada para enfrentarla y con los dientes muy apretados. La miro sin parpadear a los ojos negros, que se parecen tanto a los de Blake.

—Dímelo —exijo—. Ya.

—¡Mamá! —suplica Blake, y escucho cómo cierra la puerta de la camioneta. El golpe del metal resuena en toda la calle—. ¡No lo hagas! ¡No se debe enterar por ti! Deja que se lo cuente yo.

—No tengo que decirle nada a Mila —suelta LeAnne con frialdad—. Puedo enseñárselo. Compartirlo con ella. —Da un paso atrás, rompiendo nuestro intenso contacto visual, y saca su teléfono del bolso. Lo desbloquea, da un par de toques a la pantalla durante los segundos más largos de mi vida, y luego le da la vuelta y lo sostiene delante de mis ojos—. Ahí lo tienes.

No sé qué me esperaba, pero seguro que no era esto.

La conmoción me golpea con fuerza y se me congela la sangre, que alcanza tal velocidad que se me debilitan las piernas y casi me caigo por la desorientación. Pero logro entender el significado de las palabras que hay en la pantalla antes de que se pongan borrosas y el titular se distorsione hasta que ya no tenga sentido.

EVERETT HARDING Y LAUREL PEYTON
LLEVAN SU AVENTURA MÁS ALLÁ DE LA PANTALLA

Me aprieto los ojos hasta que consigo concentrarme otra vez. Luego, me fijo en la fotografía que hay debajo del titular. Tiene tanto *zoom* que está completamente pixelada, pero la verdad que muestra es innegable: en la esquina oscura de un restaurante, papá agarra a Laurel muy cerca de él, con las manos alrededor de su cuerpo y su boca contra la de ella. No están vestidos como los personajes. No están en el decorado. No es el ensayo de una escena.

Es mi padre besando apasionadamente a otra mujer.

En la vida real.

—Parece que el viejo proverbio tiene razón —dice LeAnne bajando el teléfono—. De cornudo y de asombrado pocos han escapado.

Blake viene corriendo a mi lado, pero he perdido el control sobre mi cuerpo. Su voz suena amortiguada, tengo la visión completamente borrosa, las manos se me han dormido y me tiemblan. Noto ligeramente cómo él tira de mí, intentando apartarme de LeAnne, pero mis piernas se han convertido en plomo.

—Mila, ven conmigo —me ruega con la voz rota de compasión—. Vamos a otro sitio. A donde sea.

—Es que... tengo que ir a casa —digo, parpadeando muy rápido para intentar enfocar de nuevo.

El mundo gira sin control, se estira y se expande, dejándome débil y trastornada. Consigo vislumbrar la silueta de LeAnne, aún de pie en el porche, mirándome. La vibración de mi teléfono parece ser cada vez más intensa.

—Pues te llevo a casa —sentencia Blake, entrelazando nuestras manos y tirando de mí aún más fuerte—. Vamos, entra en la camioneta.

—Mila, Blake tiene razón —dice LeAnne, y su voz se suaviza como si de verdad sintiera pena por mí, a pesar de todo—. Vete con él. Que te lleve a casa.

—No —susurro negando con la cabeza. No lo entienden—. Tengo que irme a casa.

Mi mundo se ha desmoronado. No puedo quedarme en Fairview: tengo que volver a California. ¿Habrán visto Sheri y Popeye el titular? ¿Y mamá? Ay, mamá... Las lágrimas comienzan a brotar todas a la vez, derramándose por mis mejillas como cálidas olas. Esto va a destrozar mi familia. Tengo que irme. Necesito salir de aquí.

Soltándome de la mano de Blake, me aparto de él y de LeAnne lentamente, dispuesta a recuperar fuerzas. A través de mis lágrimas veo sus expresiones. LeAnne tiene los brazos cruzados sobre el pecho, pero se muerde con fuerza el labio con la mirada llena de lo que asumo que es empatía por alguien que conoce el precio de la traición. A su lado, su hijo me mira con la boca abierta. Su expresión es diferente: sus ojos oscuros están inundados de pánico, ya que los dos sabemos qué supone que me vaya a casa.

—¡Espera, Mila! —grita Blake con la voz rota. Luego, más alto, me suplica—: ¡No te vayas! ¡No te marches así!

Pero le doy la espalda y corro.

Lista de reproducción

Aquí os dejo algunas de las canciones que me inspiraron mientras escribía *Crush 1. Cuando te conocí*. Hay temas de mis artistas *country* favoritos y canciones que se mencionan en el libro.

- *la*   Kelsea Ballerini
- *Nothing To Do Town*   Dylan Scott
- *Same Dirt Road*   Eric Lee
- *Setting the Night on Fire*   Kane Brown (con Chris Young)
- *Mgno*   Russell Dickerson
- *Unforgettable*   Thomas Rhett
- *Leave the Night on*   Sam Hunt
- *Fearless*   Taylor Swift
- *Chance Worth Taking*   Mitchell Tenpenny
- *Cortado, Pt. 2*   anton

Agradecimientos

Gracias infinitas a mis lectores por apoyar a Mila y Blake incluso antes de leer su historia, y por animarme en cada paso que doy en mi trayectoria como escritora.

Muchas muchas gracias a Black & White Publishing por ser el mejor equipo de edición que podía imaginar y por estar conmigo desde el principio. Gracias a mis editoras, Emma Hargrave, Janne Moller y Alice Latchford, por vuestra orientación y experiencia. Quiero extender un agradecimiento especial a Campbell Brown y Alison McBride por hacer posible mi sueño de que mi nombre apareciera en una estantería.

Un abrazo enorme a mis amigos por mantenerme cuerda. Rachel Lamb, Heather Allen, Rhea Forman y Bethany Stapley: gracias por llevarme a por helado, por las interminables tazas de té y por una amistad de verdad a la que le tengo muchísimo cariño.

Pero, sobre todo, gracias a aquellos que hacéis que mi mundo brille más.

A mi madre, Fenella, por todos los recuerdos increíbles que seguimos creando juntas.

A mi padre, Stuart, por recordarme siempre que puedo conseguir cualquier cosa que me proponga.

A mi compinche, *Bear*, por llenarme de alegría cada vez que me miras con tus ojitos de cachorrito.

A mi mejor amiga, Rachel, por ser la persona con la que más me río.

A mi abuelo, George, por ser igual de cabezota que yo, pero que sepas que no te cambiaría por nada en el mundo.

A mi abuela, Fenella, por ser siempre tan cariñosa.

Y a mi sobrino, Anders, por ser siempre la luz que brilla al final de cada túnel.